一寸相思一寸灰

石评梅 著

北京理工大学出版社

版权专有 侵权必究

图书在版编目（CIP）数据

一寸相思一寸灰 / 石评梅著. —北京：北京理工大学出版社，2012.7（2023.2重印）

（花开尘埃·蔓生苍华：民国才女经典书系）

ISBN 978-7-5640-6020-6

Ⅰ.①一… Ⅱ.①石… Ⅲ.①散文集–中国–现代 Ⅳ.①I266

中国版本图书馆CIP数据核字（2012）第115431号

出版发行 / 北京理工大学出版社
社　　址 / 北京市海淀区中关村南大街 5 号
邮　　编 / 100081
电　　话 /（010）68914775（办公室）68944990（批销中心）68911084（读者服务部）
网　　址 / http://www.bitpress.com.cn
经　　销 / 全国各地新华书店
印　　刷 / 三河市嵩川印刷有限公司
开　　本 / 660 毫米 × 960 毫米　1/16
印　　张 / 16.75
字　　数 / 188 千字
版　　次 / 2012 年 7 月第 1 版　2023 年 2 月第 2 次印刷　　责任校对 / 周瑞红
定　　价 / 45.00 元　　　　　　　　　　　　　　　　　　责任印制 / 边心超

图书出现印装质量问题，本社负责调换

目录 CONTENTS

玉薇 …………………………… 1	夜航 …………………………… 69
只有梅花知此恨 ……………… 5	殉尸 …………………………… 73
露沙 …………………………… 9	一片红叶 ……………………… 78
梅隐 …………………………… 13	象牙戒指 ……………………… 81
漱玉 …………………………… 18	最后的一幕 …………………… 84
素心 …………………………… 23	缄情寄向黄泉 ………………… 88
给庐隐 ………………………… 28	烟霞余影 ……………………… 94
寄山中的玉薇 ………………… 34	心之波 ………………………… 103
寄海滨故人 …………………… 39	红粉骷髅 ……………………… 108
天辛 …………………………… 47	狂风暴雨之夜 ………………… 111
微醉之后 ……………………… 50	我只合独葬荒丘 ……………… 115
母亲 …………………………… 54	肠断心碎泪成冰 ……………… 121
父亲的绳衣 …………………… 64	梦回寂寂残灯后 ……………… 126
醒后的惆怅 …………………… 67	无穷红艳烟尘里 ……………… 132

CONTENTS

梦回 …………………… 134
归来 …………………… 139
社戏 …………………… 142
恐怖 …………………… 145
寄到狱里去 …………… 149
深夜絮语 ……………… 154
祷告 …………………… 159
弃妇 …………………… 167
梦呓 …………………… 174
墓畔哀歌 ……………… 178
偶然草 ………………… 183
灰烬 …………………… 185
惆怅 …………………… 190
蕙娟的一封信 ………… 194
花神殿的一夜 ………… 200

梅花小鹿 ……………… 204
致陆晶清的信（四帖）… 207
绿屋 …………………… 215
沄沁 …………………… 218
董二嫂 ………………… 222
血尸 …………………… 228
痛哭和珍 ……………… 231
雪夜 …………………… 235
朝霞映着我的脸 ……… 240
低头怅望水中月 ……… 243
我沉沦在苦忆中 ……… 246
爆竹声中的除夕 ……… 250
余晖 …………………… 255
红鬃马 ………………… 258

玉　薇

久已平静的心波，又被这阵风雨，吹皱了几圈纤细的银浪，觉着窒息重压的都是乡愁。谁能毅然决然用轻快的剪刀，挥断这自吐自缚的罗网呵！

昨天你曾倚着窗默望着街上往来的车马，有意无意地问我：

"波微！前些天你寄我那封信含蓄着什么意思？"

我当时只笑了笑，你说了几声"神秘"就走了。今天我忽然想告你一切，大胆揭起这一角心幕给你看：只盼你不要讥笑，也不要惊奇。

在我未说到正文以前，先介绍你看一封信，这封信是节录地抄给你：

飞蛾扑火而杀身，青蚕作茧以自缚，此种现象，岂彼虫物之灵知不足以见及危害？要亦造物网罗有一定不可冲破之数耳。物在此网罗之中，人亦在此网罗之中，虽大力挣扎亦不能脱。

君谓"人之所幸幸而希望者，亦即我惴惴然而走避者"，实告君，我数年前即为坚抱此趋向之一人，然而信念自信念，事实则自循其道路，绝不与之相俜；结果，我所讪笑为追求者固溺矣，即我走避者，人何曾逃此藩篱？

世界以有生命而存在，我在其狂涡吽梦之中，君亦在其狂涡吽梦之中；吾人虽有时认得狂涡吽梦，然所能者仅不过认识，实际命运则随此轮机之旋转，直至生命静寂而后已。

吾人自有其意志，然此意志，乃绝无权处置其命运，宰制之者乃一物的世界。人苟劝我以憬悟，勿以世为有可爱溺之者；我则愿举我之经验以相告，须知世界绝不许吾人自由信奉其意志也。

我乃希望世人有超人，但却绝不信世上会有超人，世上只充满庸众。

吾人虽或较认识宇宙；但终不脱此庸众之范围，又何必坚持违生命法则之独见，以与宇宙抗？

看完这封信，你不必追究内容是什么。相信我是已经承认了这些话是经验的事实的。

近来，大概只有两个月吧！忽然觉得我自己的兴趣改变了。经过许多的推测，我才敢断定，原来，在不知什么时候，我忽然爱恋着一个十七八岁的少女，她是我的学生。

这自然是一种束缚，我们为了名分地位的隔绝，我们的心情是愈压伏愈兴奋，愈冷淡愈热烈；直到如今我都是在心幕底潜隐着，神魂里系念着。

她栖息的园林，就是我徘徊萦绕的意境，也就是命运安排好的囚笼。两月来我是这样沉默着抱了这颗迂回的心，求她的收容。在理我应该反抗，但我决不去反抗，纵然我有力毁碎，有一切的勇力去搏斗，我也不去那样做。假如这意境是个乐园，我愿做个幸福的主人，假如这意境是囚笼，我愿做那可怜的俘虏。

我确是感到一种意念的疲倦了。当桂花的黄金小瓣落满了雪白的桌布，四散着清澈的浓香，窗外横抹着半天红霞时；我每每沉思到她那冷静高洁的丰韵。朋友！我心是这样痴，当秋风吹着枯黄的落叶在地上旋舞，枝上的小鸟悼伤失去的绿荫时，我心凄酸得欲流下泪来。但这时偶然听见她一声笑语，我的神经像在荒沙绝漠寻见绿洲一样的欣慰！

我们中间的隔膜，像竹篱掩映着深密芬馥的花朵，像浮云遮蔽着幽静皎洁的月光，像坐在山崖上默望着灿烂的星辉，听深涧流水，疑惑是月娥环佩声似的那样令人神思而梦游。这都是她赐给我的，惟其是说不出、写不出的情境，才是人生的甜蜜，艺术的精深呢！

我们天天见面，然而我们都不说什么话，只彼此默默地望一望。尝试了这种神秘隐约的力的驱使，我可以告诉你，似在月下轻弹琵琶的少女般那样幽静，似深夜含枚急驱的战士般那样渺茫，似月下踏着红叶，轻叩寺门的老僧那样神远而深沉。但是除了我自己，绝莫有人相信我这毁情绝义的人，会为了她使我像星星火焰，烧遍了原野似的不可扑灭。

有一天下午，她轻轻推开门站在我的身后，低了头编织她手中的线绳，一点都没有惊动我；我正在低头写我的日记，恰巧我正写着她的名字。她轻轻地叫了一声，我抬起头来从镜子里看见她，那时我的脸红了！半晌才说了一句不干紧要的话敷衍下去；坦白天真的她，何曾知道我这样局促可怜。

我只好保留着心中的神秘，不问它银涛雪浪怎样淹没我，相信那里准有个心在，那里准有个海在。

写到这里我上课去了。吃完饭娜君送来你的信，我钦佩你那超越世界系缚的孤渺心怀，更现出你是如何的高洁伟大，我是如何的沉恋渺小呵！最后你因为朋友病了，战争阻了你的归途，你万分诅恨和惆怅！诚然，因为人类才踏坏了晶洁神秘的原始大地，留下这疏散的鸿爪；因为人类才废墟变成宫殿，宫殿又变成丘陵；因为人类才竭血枯骨，攫去大部分的生命，装潢一部分的光荣。

我们只爱着这世界，并不愿把整个世界供我支配与践踏。我们也愿意戴上银盔，骑上骏马，驰骋于高爽的秋郊，马前有献花的村女，四周有致敬的农夫；但是何忍白玉杯里酌满了鲜血，旗麾下支满了枯骨呢？自然，我们永远是柔弱的女孩，不是勇武的英雄。

这几夜月儿皎莹，心情也异常平静。心幕上掩映着的是秋月、沙场、凝血、尸骸；要不然就是明灯绿帏下一个琴台上沉思的倩影。玉薇！前者何悲壮，后者何清怨？

只有梅花知此恨

这是夜里十点多钟，潜虬坐在罩了碧罗的电灯下，抄录他部里的公文；沙发旁边放着一个白漆花架。紫玉的盆里正开着雪似的梅花。对面墙上挂一幅二尺多长的金漆钻花玻璃镜框里面的画片，是一个穿着淡绿衫子的女郎，跪在大理石冢前，低了头双手抱着塑在墓前的一个小爱神；后面是深邃的森林，天空里镂着半弯秋月，几点疏星。

潜虬似乎有点儿疲倦，写不了几个字，他就抬起头来，看看这幅画片；有时回头向铜床上望：盖着绣花紫绸棉被的，已经入梦的夫人。

今夜不知为了什么，飘浮在他脑海上的都是那些纤细的银浪，是曾经淹没过他整个心魂的银浪。他无意识地站起来，伸了伸懒腰，遂慢慢踱到那盆梅花跟前，低了头轻轻吻着。一直到清香咽入温暖的心房时，沉醉地倒在沙发上，那时皎洁辉煌的灯光，照着他泛着红霞的面靥！

这时候忽然客厅的电话铃响，他迷惘中睁开眼惊讶地向四周望了望：停了一息，差人进来说："周宅请老爷说话。"他想了想说："问清楚是找我吗？"差人低低地说："是的，老爷。"

他慢慢踱进那间庄严富丽的客厅，电灯上黄白流苏的光彩，照着他惺忪睡眼；脑海里像白雁似的思潮。一个个由茫远处急掠地飞过！沉思了半晌，才想起他是来接电话的，遂坐在电话旁边的一个玫瑰绒躺椅上：

"喂！你哪儿！找谁！"

"你是谁？呵！你是潜虬吗？……你是八年前北京大学的潜虬吗？"

"是的，我是潜虬……声音很熟。呵！你莫非薏妹吗？"

"潜虬：我是薏薏，我是你西子湖畔的薏妹！你近来好吗？你一直莫有离开北京吗？咳！潜虬：八年我们莫有通消息了；但是你能想到吗？我们在公园的荷花池前曾逢到一次，崇效寺枯萎了的牡丹前，你曾由我身边过去。"

"薏妹：真做梦都想不到你今夜会打电话给我，你怎么知道我的号数呢？"

"今天下午我到一个朋友家赴宴，无意中我看见一本你们部里的人名录，翻出你的名字，我才知道你原来也在北京，后来我更知道你的住址和电话号头。"

"薏妹，想不到今夜我们还有个接谈的机会，咳！我毕业以后，一直就留在北京；后来因为家乡被海寇扰乱的缘故，民国十二年的八月，我回南把家搬出来。你大概不知道我是死，是活？更不知道我是近在咫尺，还是远在天涯？但是我，在这八年里，我什么都知道你。你是民国十年由天津来到这里，又由西城搬到东城；现在你不是就住在我们这个胡同的北口吗？去年腊月底，有一天我去衙门，过你们门口时，确巧逢见你牵了你那六岁的女孩上汽车；那时你穿着一身素服，面色很憔悴，我几乎要喊你。你自然哪能想到风沙扑面、扰扰人海的北京市上，会逢到你八年前的潜虬呢？我此后不愿再过你门口；因此我去部里时，总绕着路走。薏妹！薏妹！！你怎么不理我呢？怎么啦！现在你还难受吗？咳！我所以不愿意和你通消息的缘故，就是怕你苦痛！"

"潜虬，你怎知道我怎样消磨这八年呢？我是一点泪一滴血地挨延着：从前我是为了母亲，现在呢我又忍不下抛弃了小孩们。我告诉你，我母亲在去年腊月底已经死了，你逢见我的那一天，我正是去法源寺上祭。我从来不愿意埋怨父母，我只悲伤自己的命运，虽然牺牲的对得住父母，但是他们现在都扔下我走了，世界孤零零的只留着我。"

"薏妹！何尝是孤零零的只留着你，你岂不知世界上还有我是在陪着你吗？八年前的黄浦江上，我并不是莫有勇气，收藏起我的血泪沉在那珀石澄澄的江心；那时我毫无牵系，所以不那样做的缘故，当然纯粹是为了你，为了成全你的孝心，我才牺牲了一生幸福，为了使你不念到我的苦痛，我在这世界上才死里求生，这正是为了在这孤零零的世界上陪你。我常想哪怕我们中间有高山，有长流；但是我相信天边明月，一半是你的心，一半是我的心！现在你不要难受，上帝怎样安排，我们就怎样承受：你的责任，便是爱你的丈夫，爱你的儿女，我的责任，也是爱我的妻子。生命是很快的，转瞬就是地球上我们的末日，光华的火焰终于要灭熄的！"

"我现在很好，很安于我的环境；早已是麻木的人了，还有什么痛苦，不过我常想毁灭我们的过去，但是哪能办到呢？我愿意我永久这样，到我离开世界的那一天。你近来部里事情忙吗？你很久莫有在报上作文章了。"

"我本想毕业后就回乡村去，这污浊纷纭的政治舞台我真不愿意滥竽唱随；但是我总不愿意离开北京。部里事忙得很，工作烦多是减少繁思的妙法，所以我这八年的生活，大都消磨在这个'忙'字上。"

"喂！潜虬！子和已在上星期去了上海了，假如这时期，你愿意见到我时，我可以见你……"

"你应该满意现在的隔离，侯门似海，萧郎路人，这是我们的命运；我们是地球上最后的胜利者，我们是爱神特别祝福的人！我现在不能见你，我莫有理由、勇气去见你；你应该知道社会礼教造成的爱，是一般人承认的爱，它的势力压伏着我们心灵上燃烧的真爱。为了这个，薏妹，我不愿见你；并且以后你连电话都不要打。这是痛苦，已经沉寂了的湖，你让它永久死静好了。薏妹！你怎么了？薏妹，你不要难受！呵！你怎么不理我呢？喂！喂！"

沉寂了，一切像秋野荒冢一样的沉寂；潜虬晕倒在那个玫瑰绒的躺椅上，旁边也一样放着一盆桃色的红梅，一阵阵冷香扑到他惨白的脸上。

《京报副刊·文学周刊》第十二期，一九二五年三月十四日，第七、八版。原署名评梅。

露　　沙

　　昨夜我不知为了什么，绕着回廊走来走去地踱着，云幕遮蔽了月儿的皎皜，就连小星的微笑也看不见，寂静中我只渺茫地瞻望着黑暗的远道，毫无意志地痴想着。

　　算命的鼓儿，声声颤荡着，敲破了深巷的沉静。我靠着栏杆想到往事，想到一个充满诗香的黄昏，悲歌慷慨的我们。

　　记得，古苍的虬松，垂着长须，在晚风中：对对暮鸦从我们头上飞过，急箭般隐入了深林。在平坦的道上，你慢慢地走着，忽然停步握紧了我手说：

　　"波微！只有这层土上，这些落叶里，这个时候，一切是属于我们的。"

　　我没有说什么，捡了一片鲜红的枫叶，低头夹在书里。当我们默然穿过了深秋的松林时，我慢走了几步，留在后面，望着你双耸的瘦肩、急促的步履，似乎告诉我你肩上所负心里隐存的那些重压。

走到水榭荷花池畔，坐在一块青石上，抬头望着蔚蓝的天空；水榭红柱映在池中，蜿蜒着像几条飞舞的游龙。云雀在枝上叫着，将睡了的秋蝉，也引得啾啾起来。白鹅把血红的嘴、黑漆的眼珠，都曲颈藏在雪绒的翅底；鸳鸯激荡着水花，昂首游泳着。那翠绿色的木栏，是聪明的人类巧设下的藩篱。

这时我已有点醺醉，看你时，目注着石上的苍苔，眼里转动着一种神秘的讪笑，猜不透是诅咒，还是赞美！你慢慢由石上站起，我也跟着你毫无目的地走去。到了空旷的社稷坛，你比较有点勇气了，提着裙子昂然踏上那白玉台阶时，脸上轻浮着女王似的骄傲尊贵，晚风似侍女天鹅的羽扇，拂着温馨的和风，袅袅地圈绕着你。望西方荫深的森林，烟云冉冉，树叶交织间，露出一角静悄悄重锁的宫殿。

我们依偎着，天边的晚霞，似纱帷中掩映着少女的桃腮，又像爱人手里抱着的一束玫瑰。渐渐地淡了，渐渐地淡了，只现出几道青紫的卧虹。这一片模糊暮云中，有诗情也有画景。

远远的军乐，奏着郁回悲壮之曲，你轻踏着蛮靴，高唱起"古从军"曲来，我虽然想笑你的狂态浪漫，但一经沉思，顿觉一股冰天的寒风，吹散了我心头的余热。无聊中我绕着坛边，默数上边刊着的青石，你忽然转头向我说：

"人生聚散无常，转眼漂泊南北，回想到现在，真是千载难遇的良会，我们努力快乐现在吧！"

当时我凄楚地说不出什么，就是现在我也是同样的说不出什么，我想将来重翻起很厚的历史，大概也是说不出什么。

往事只堪追忆，一切固然是消失地逃逸了。但我们在这深夜想到时，过去总不是概归空寂的，你假如能想到今夜天涯沦落的波微，你就能想到往日浪漫的遗迹。但是有时我不敢想，不愿想，月月的花儿开满了我的园里，夜夜的银辉，照着我的窗帏，她们是那样万古不变。我呢！时时在上帝的机轮下回旋，令我留恋的不能驻停片刻，令我恐惧的又重重实现。露沙！从前我想着盼着的，现在都使我感到失望了！

自你走后，白屋的空气沉寂得像淡月凄风下的荒冢，我似暗谷深林里往来飘忽的幽灵；这时才感到从前认为凄绝冷落的谈话，放浪狂妄的举动，现在都化作了幸福的安慰、愉快的兴奋。在这长期的沉寂中，屡次我想去信问候你的近况，但慵懒的我，搁笔直到如今。上次在京汉路中读完《前尘》，想到你向我索感的信，就想写信，这次确是能在你盼望中递到你手里了。

读了最近写的信，知你柔情万缕中，依稀仍珍藏着一点不甘雌伏的雄心，果能如此，我觉十分欣喜！原知宇宙网罗，有时在无意中无端的受了系缚；云中翱翔的小鸟，猎人要射击时，谁能预防，谁能逃脱呢！爱情的陷入也是这样。

你我无端邂逅，无端缔交，上帝的安排，有时原觉多事；我于是常奢望你在锦帷绣幕之中，较量柴米油盐之外，要承继着你从前的希望，努力去作未竟的事业，因之不惮烦厌，在你香梦正酣时，我常督促你的惊醒。不过相信一个人，由青山碧水，到了崎岖荆棘的山路，由崎岖荆棘中又到了柳暗花明的村庄，已感到人世的疲倦，在这期内彻悟了的自然又是一种人生。

在学校时我看见你激昂慷慨的态度，我曾和婉说你是女儿英雄，有时我逢见你和莹坐在公园茅亭中大嚼时，我曾和婉说你是名士风流。想到《扶桑余影》，当你握着利如宝剑的笔锋，铺着云霞天样的素纸，立在万崖峰头，俯望着千仞飞瀑的华严泷，凝视神往时，原也曾独立苍茫，对着眼底的河山，吹弹出雄壮的悲歌；曾几何时，栉风沐雨的苍松，化作了醺醉阳光的蔷薇。

但一想到中国妇女界的消沉，我们懦弱的肩上，不得不负一种先觉觉人的精神，指导奋斗的责任，那么，露沙呵！我愿你为了大多数的同胞努力创造未来的光荣，不要为了私情而抛弃一切。

我自然还是那样屏绝外缘，自谋清静，虽竭力规避尘世，但也不见得不坠落人间；将来我计划着有两条路走，现暂不告你，你猜想一下如何？

从前我常笑你那句"我一生游戏人间，想不到人间反游戏了我"。如今才领略了这种含满了血泪的诉述。我正在解脱着一种系缚，结果虽不可预知，但情景之悲惨，已揭露了大半，暗示了我悠远的恐惧。不过，露沙！我已经在心田上生根的信念，是此身虽朽，而此志不变的；我的血脉莫有停止，我和情感的决斗没有了结，自知误己误人，但愚顽的我，已对我灵魂宣誓过这样去做。

十三，九，二十

梅　　隐

　　五年前冬天的一个黄昏，我和你联步徘徊于暮云苍茫的北河沿，拂着败柳，踏着枯叶，寻觅梅园。那时群英宴间，曾和你共沐着光明的余晖，静听些大英雄好男儿的伟论。

　　昨天我由医院出来，绕道去孔德学校看朋友，北河沿败柳依然，梅园主人固然颠沛在东南当革命健儿，但是我们当时那些大英雄好男儿却有多半是流离漂泊，志气颓丧，事业无成呢！

　　谁也想不到五年后，我由烦杂的心境中，检寻出这样一段回忆，时间一天一天地飞掠，童年的兴趣，都在朝霞暮云中慢慢地消失，只剩有青年皎月是照了过去，又照现在，照着海外的你，也照着祖国的我。

　　今晨睡眼蒙眬中，你廿六号的信递到我病榻上来了。拆开时，粉色的纸包掉下来，展开温香扑鼻，淡绿的水仙瓣上，传来了你一缕缕远道的爱意。

　　梅隐！我欣喜中，含泪微笑轻轻吻着她，闭目凝思五年未见，海外漂泊的你。

你真的决定明春归来吗？我应用什么表示我的欢迎呢？别时同流的酸泪，归来化作了冷漠的微笑；别时清碧的心泉，归来变成了枯竭的沙滩；别时鲜艳的花蕾，归来是落花般迎风撕碎！何处重撷童年红花，何时重摄青春皎颜？挥泪向那太虚，嘘气望着碧空，朋友！什么都逝去了，只有生之轮默默地转着衰老，转着死亡而已。

前几天皇姊由Sumatra来信，她对我上次劝她归国的意见有点容纳了，你明春可以绕道去接她回来，省得叫许多朋友都念着她的孤单。她说：

在我决志漂泊的长途，现在确乎感到疲倦，在一切异样的习惯情状下，我常想着中华；但是破碎河山，糜烂故乡，归来后又何忍重来凭吊，重来抚慰呢？

我漂泊的途程中，有青山也有绿水，有明月也有晚霞，波妹！我不留恋这刹那寄驻的漂泊之异乡，也不留恋我童年嬉游的故国；何处也是漂泊，何时也是漂泊，管什么故国异地呢？除了死，哪里都不是我灵魂的故乡。

有时我看见你壮游的豪兴，也想远航重洋，将这一腔烦闷，投向海心，浮在天心，只是母亲系缚着我，她时时怕我由她怀抱中逸去，又在我心头打了个紧结。因此，我不能离开她比现在还远一点。许多朋友，看不过我这颓丧，常写信来勉策我的前途，但是我总默默地不敢答复他们，因为他们厚望于我的，确是完全失望了。

近来更不幸了，病神常常用她的玉臂怀抱着我；为了病更使我对于宇宙的不满和怀疑坚信些。朋友！何曾仅仅是你，仅仅是我，谁也不是生命之网的漏鱼，病精神的或者不感受身体的痛苦，病身体的或者不感受精神的斧柯；我呢！精神上受了无形的腐蚀，身体上又受着迟缓而不能致命的痛苦。

你一定要问我到底为了什么？但是我怎样告诉你呢，我是没有为了什么的。

病中有一次见案头一盆红梅，零落得可怜，还有许多娇红的花瓣在枝上，我不忍再看她萎落尘土，遂乘她开时采下来，封了许多包，分寄给我的朋友，你也有一包，在这信前许接到了。玉薇在前天寄给我一首诗，谢我赠她的梅花，诗是：

> 话到飘零感苦辛，
> 月明何处问前身？
> 甘将疏影酬知己，
> 好把离魂吊故人；
> 玉碎香消春有恨，
> 风流云散梦无尘，
> 多情且为留鸿爪，
> 他日芸窗证旧因。

同时又接到天辛寄我的两张画片：一张是一片垂柳碧桃交萦的树林下，立着个绯衣女郎，她的左臂绊攀着杨柳枝，低着头望着满地的落花凝思。一张是个很黯淡苍灰的背景，上边有几点疏散的小星，一个黑衣女郎伏在一个大理石的墓碑旁跪着，仰着头望着星光祈祷——你想她是谁?

梅隐! 不知道那个是否象征着我将来的命运?

你给我寄的书怎么还不寄来呢? 揆哥给你有信吗? 我们整整一年的隔绝了,想不到在圣诞节的前一天,他寄来一张卡片,上边写着: 愿圣诞节的仁风,吹散了人间的隔膜,愿伯利恒的光亮,烛破了疑虑的悲哀。

其实,我和他何尝有悲哀,何尝有隔膜,所谓悲哀隔膜,都是环境众人造成的,在我们天真洁白的心版上,有什么值得起隔膜和悲哀的事。现在环境既建筑了隔膜的幕壁,何必求仁风吹散;环境既造成了悲哀,又何必硬求烛破?

只要年年圣诞节,有这个机会纪念着想到我们童年的友谊,那我们的友谊已是和天地永存了。揆哥总以为我不原谅他,其实我已替他想得极周到,而且深深了解他的;在这"隔膜""悲哀"之中,他才可寻觅着现在人间的幸福;而赐给人间幸福的固然是上帝;但帮助他寻求的,确是他以为不谅解他的波微。

我一生只是为了别人而生存,只要别人幸福,我是牺牲了自己也乐于去帮助旁人得到幸福的;过去是这样,现在也是这样,不过我也只是这样希望着,有时不但人们认为这是一种罪恶,而且是一种罪恶的玩弄呢! 虽然我不辩,我又何须辩,水枯了鱼儿的死,自然都要陈列在眼前,现在何必望着深渊徘徊而疑虑呢! 梅隐! 我过去你是比较知道的,和揆哥隔绝是为了他的幸福,和梅影隔绝也是为了他的幸福……因为我这样命运不幸的人,对朋友最终的披肝沥胆,表明心迹的,大概只有含泪忍痛的隔绝吧?

母亲很念你，每次来信都问我你的近况。假如你有余暇时你可否寄一封信到山城，安慰安慰我的母亲，也可算是梅隐的母亲。我的病，医生说是肺管炎，要紧大概是不要紧，不过长此拖延，精神上觉着苦痛；这一星期又添上失眠，每夜银彩照着紫蓝绒毡时，我常觉腐尸般活着无味；但一经我抬起头望着母亲的像片时，神秘的系恋，又令我含泪无语。梅隐！我应该怎样，对于我的生，我的死？

漱　玉

永不能忘记那一夜。

黄昏时候,我们由嚣扰的城市,走进了公园,过白玉牌坊时,似乎听见你由心灵深处发出的叹息,你抬头望着青天闲云,低吟着:"望云惭高鸟,临水愧游鱼……"

你挽着我的手靠在一棵盘蜷虬曲的松根上,夕阳的余晖,照临在脸上,觉着疲倦极了,我的心忽然搏跳起来!沉默了几分钟,你深呼了一口气说:"波微!流水年华,春光又在含媚地微笑了,但是我只有新泪落在旧泪的帕上,新愁埋在旧愁的坟里。"我笑了笑,抬头忽见你淡红的眼圈内,流转着晶莹的清泪。我惊疑想要追问时,你已跑过松林,同一位梳着双髻的少女说话去了。

从此像微风吹皱了一池春水,似深涧潜伏的蛟龙蠕动,那纤细的网,又紧缚住我。

不知何时我们已坐在红泥炉畔,我伏在桌上,想静静我的心。你忽然狂笑摇着我的肩说："你又要自找苦恼了！今夜的月色如斯凄清，这园内又如斯寂静，那能让眼底的风景逝去不来享受呢？振起精神来，我们狂饮个醺醉，我不能骑长鲸，也想跨白云，由白云坠在人寰时，我想这活尸也可跌她个粉碎！"你又哈哈地笑起来了！

葡萄酒一口一口地啜着，冷月由交织的树纹里，偷觑着我们，暮鸦栖在树荫深处，闭上眼静听这凄楚的酸语。想来这静寂的园里，只有我们是明灯绿帏玛瑙杯映着葡萄酒，晶莹的泪映着桃红的腮。

沉寂中你忽然提高了玉琴般的声音，似乎要哭，但莫有哭；轻微地咽着悲酸说："朋友！我有八年埋葬在心头的隐恨！"经你明白的叙述之后，我怎能不哭，怎能不哭？我欣慰由深邃死静的古塔下，掘出了遍觅天涯找不到的同情！我这几滴滴在你手上的热泪，今夜才找到承受的玉盂。真未料到红泥炉畔，这不灿烂，不热烈的微光，能照透了你严密的心幕，揭露了这八年未示人的隐痛！上帝呵！你知道吗？虚渺高清的天空里，飘放着两颗永无归宿的小心。

在那夜以前，莫有想到地球上还有同我一样的一颗心，同我共溺的一个海，爱抚慰藉我的你！去年我在古庙的厢房卧病时，你坐在我病榻前讲了许多幼小时的过去，提到母亲死时，你也告过我关乎醒的故事。但是我哪能想到，悲惨的命运，系着我同时又系着你呢？

漱玉！我在你面前流过不能在别人面前流的泪，叙述过不能在别人面前泄漏的事，因此，你成了比母亲有时还要亲切的朋友。母亲何曾知道她的女儿心头埋着紫兰的荒冢，母亲何曾知道她的女儿，怀抱着深沉在死湖的素心——惟有你是地球上握着我库门金钥的使者！我生时你知道我为了什么生，我死时你知道我是为了什么死；假如我一朝悄悄地曳着羽纱，踏着银浪在月光下舞蹈的时候，漱玉！惟有你了解，波微是只有海可以收容她的心。

那夜我们狂饮着醇醴，共流着酸泪，小小杯里盛着不知是酒，是泪？

咽到心里去的，更不知是泪，是酒？

红泥炉中的火也熄了，杯中的酒也空了。月影娟娟地移到窗上；我推开门向外边看看，深暗的松林里，闪耀着星光似的小灯；我们紧紧依偎着，心里低唤着自己的名字，高一步，低一步地走到社稷坛上，一进了那圆形的宫门，顿觉心神清爽，明月吻着我焦炙的双腮，凉风吹乱了我额上的散发，我们都沉默地领略这刹那留在眼上的美景。

那时我想不管她是梦回，酒醒，总之：一个人来到世界的，还是一个人离开世界；在这来去的中间，我们都是陷溺在酿中沉醉着，奔波在梦境中的游历者。明知世界无可爱恋，但是我们不能不在这月明星灿的林下痛哭！

这时偌大的园儿，大约只剩我俩人；谁能同情我们呢？我们何必向冷酷的人间招揽同情，只愿你的泪流到我的心里，我的泪流到你的心里。

那夜是悱恻哀婉的一首诗，那夜是幽静孤凄的一幅画，是写不出的诗，是画不出的画；只有心可以印着她，念着她！归途上月儿由树纹内，微笑地送我们；那时踏着春神唤醒的小草，死静卧在地上的斑驳花纹，冉冉地飘浮着一双瘦影，一片模糊中，辨不出什么是树影，什么是人影？

可怜我们都是在静寂的深夜，追逐着不能捉摸的黑影，而驰骋于荒冢古墓间的人！宛如风波统治了的心海，忽然因一点外物的诱惑，转换成几于死寂的沉静；又猛然为了不经意的遭逢，又变成汹涌山立的波涛，簸动了整个的心神。我们不了解，海涛为什么忽起忽灭；但我们可以这样想，只是因那里有个心，只是因那里有个海吧！

我是卷入这样波涛中的人，未曾想到你也悄悄地沉溺了！因为有心，而且心中有罗曼舞踏着，这心就难以了解了吗？因为有海，而且海中有巨涛起伏着，这海就难以深测了吗？明知道我们是错误了，但我们的心情，何曾受了理智的警告而节制呢！既无力自由处置自己的命运，更何力逃避系缠如毒蟒般的烦闷？它是用一双冷冰的手腕，紧握住生命的火焰。

纵然有天辛飞溅着血泪，由病榻上跃起，想拯救我沉溺的心魂；哪知我潜伏着的旧影，常常没有现在，忆到过去的苦痛着！不过这个心的汹涌，她不久是要平静；你是知道的，自我去年一月十八日坚决地藏裹起一切之后，我的愿望既如虹桥的消失，因之灵感也似乎麻木，现在的急掠如燕影般的烦闷，是最容易令她更归死寂的。

我现在恨我自己，为什么去年不死，如今苦了自己，又陷溺了别人，使我更在隐恨之上建了隐痛；坐看着忠诚的朋友，反遭了我的摧残，使他幸福的鲜花，植在枯寂的沙漠，时时受着狂风飞沙的撼击！

漱玉！今天我看见你时，我不敢抬起头来；你双眉的郁结，面目的黄瘦，似乎告诉我你正在苦闷着呢！我应该用什么心情安慰你，我应该用什么言语劝慰你？

什么是痛苦和幸福呢？都是一个心的趋避，但是地球上谁又能了解我们？我常说："在可能范围内赐给我们的，我们同情地承受着；在不可能而不可希望的，我们不必违犯心志去破坏他。"现在我很平静，正为了枯骨的生命鼓舞愉乐！同时又觉着可以骄傲！

　　这几天我的生活很孤清，去了学校时，更感着淡漠的凄楚：今天接到Celia的信，说她这次病，几次很危险的要被死神接引了去，现在躺在床上，尚不敢转动；割的时候误伤了血管，所以时时头晕发烧。她写的信很长，在这草草的字迹里，我抖颤地感到过去的恐怖！我这不幸的人，她肯用爱的柔荑，捡起这荒草野冢间遗失的碎心，盛入她温馨美丽的花篮内休养着，我该如何地感谢她呢？上帝！祝福她健康！祝福她健康如往日一样！

　　这几夜月光真爱人，昨夜我很早就睡了，窗上的花影树影，混成一片；静极了，虽然在这雕梁画栋的朱门里，但是景致宛如在三号一样；只缺少那古苍的茅亭，和盘蜷的老松树。我看着月光由窗上移到案上，案上移到地上，地上移到床上，洒满在我的身上。

　　那时我静静地想到故乡锁闭的栖云阁，门前环抱的桃花潭，和高冈上姐姐的孤坟。母亲上了牺云阁，望见桃花潭后姐姐的坟墓，一定要想到漂泊异乡的女儿。

　　这时月儿是照了我，照了母亲，照着一切异地而怀念的人。

素　　心

　　我从来不曾一个人走过远路，但是在几月前我就想尝试一下这踽踽独行的滋味；黑暗中消失了你们，开始这旅途后，我已经有点害怕了！我搏跃不宁的心，常问我"为什么硬要孤身回去呢？"因之，我蜷伏在车厢里，眼睛都不敢睁，睁开时似乎有许多恐怖的目光注视着我，不知他们是否想攫住我？是否想加害我？有时为避免他们的注视，我抬头向窗外望望，更冷森地可怕，平原里一堆一堆的黑影，明知道是垒垒荒冢，但是我总怕是埋伏着的劫车贼呢。这时候我真后悔，为甚要孤零零一个女子，在黑夜里同陌生的旅客们，走向不可知的地方去呢？因为我想着前途或者不是故乡不是母亲的乐园？

　　天亮时忽然上来一个老婆婆，我让点座位给她，她似乎嘴里喃喃了几声，我未辨清是什么话；你是知道我的，我不高兴和生人谈话，所以我们只默默地坐着。

　　我一点都不恐怖了，连他们惊讶的目光，都变成温和的注视，我才明白他们是绝无攫住加害于我的意思；所以注视我的，自然因为我是女子，是旅途独行无侣的女子。但是我为什么要这样呢？因为我身旁有了护卫——不认识的老婆婆；明知道她也是独行的妇女，在她心里，在别人眼里，不见得是负了护卫我的使命，不过我确是有了勇气而且放心了。

靠着窗子睡了三点钟，醒来时老婆婆早不在了；我身旁又换了一个小姑娘，手里提着一个篮子，似乎很沉重，但是她不知道把它放在车板上。后来我忍不住了说："小姑娘！你提着不重吗？为什么不放在车板上？"可笑她被我提醒后，她红着脸把它搁在我的脚底。

七月二号的正午，我换了正太车，踏入了我渴望着的故乡界域，车头像一条蜿蜒的游龙，有时飞腾在崇峻的高峰，有时潜伏在深邃的山洞。由晶莹小圆石堆集成的悬崖里，静听着水涧碎玉般的音乐；你知道吗？娘子关的裂帛溅珠，真有"苍崖中裂银河飞，空里万斛倾珠玑"的美观。

火车箭似的穿过夹道的绿林，牧童村女，都微笑点头，似乎望着缭绕来去的白烟欢呼着说："归来呵！漂泊的朋友！"想不到往返十几次的轨道旁，这次才感到故乡的可爱和布置雄壮的河山。旧日秃秃的太行山，而今都披上柔绿；细雨里行云过岫，宛似少女头上的小鬟，因为落雨多，瀑布是更壮观而清脆，经过时我不禁想到Undine。

下午三点钟，我站在桃花潭前的家门口了。一只我最爱的小狗，在门口卧着，看见我陌生的归客，它摆动着尾巴，挣直了耳朵，向我汪汪地狂叫。

那时我家的老园丁，挑着一担水回来，看见我时他放下水担，颤巍巍向我深深地打了一躬,喊了声:"小姐回来了!"

我急忙走进了大门,一直向后院去,喊着母亲。这时候我高兴之中夹着酸楚,看见母亲时,双膝跪在她面前,扑到她怀里,低了头抱着她的腿哭了!

母亲老了,我数不清她鬓上的银丝又添几许。现在我确是一枝阳光下的蔷薇,在这温柔的母怀里又醉又懒。素心!你不要伤心你的漂泊,当我说到见了母亲的时候,你相信这刹那的快慰,已经是不可捉摸而消失的梦;有了团聚又衬出漂泊的可怜,但想到终不免要漂泊的时候,这团聚暂时的欢乐,岂不更增将来的怅惘?因之,我在笑语中低叹,沉默里饮泣。为什么呢?我怕将来的离别,我怕将来的漂泊。

只有母亲,她能知道我不敢告诉她的事!一天我早晨梳头,掉了好些头发,母亲忽然想起什么似的,问我这样一句说:"你在外边莫有生病吗?为什么你脸色黄瘦而且又掉头发呢?"素心!母亲是照见我的肺腑了,我不敢回答她,装作叫嫂嫂梳头,跑在她房里去流泪。

这几天一到正午就下雨,鱼缸里的莲花特别鲜艳,碧绿的荷叶上,银珠一粒粒的乱滚;小侄女说那是些"大珠小珠落玉盘"。家庭自有家庭的乐趣,每到下午六七点钟,灿烂的夕阳,美丽的晚霞,挂照在罩着烟云的山峰时,我陪着父亲上楼瞭望这起伏高低的山城,在一片青翠的树林里掩映着天宁寺的双塔,阳春楼上的钟声,断断续续布满了全城;可惜我不是诗人,不是画家,在这处处都是自然,处处都寓天机的环境里,我惭愧了!

你问到我天辛的消息时,我心里似乎埋伏着将来不可深测的隐痛,这是一个噩运,常觉着我宛如一个狰狞的鬼灵,掏了一个人的心,偷偷地走了。

素心！我哪里能有勇气再说我们可怜的遭逢呵！十二日那晚上我接到天辛由上海寄我的信，长极了，整整的写了二十张白纸，他是双挂号寄来的。这封信里说他回了家的胜利，和已经粉碎了他的桎梏的好消息；他自然很欣慰地告诉我，但是我看到时，觉着他可怜得更厉害，从此后他真的孤身只影流落天涯，连这个礼教上应该敬爱的人都莫有了。他终久是空虚，他终久是失望，那富艳如春花的梦，只是心上的一刹那，素心！我眼睁睁看着他要朦胧中走入死湖，我怎不伤心？为了我忠诚的朋友。但是我绝无法挽救，在灿烂的繁星中，只有一颗星是他的生命，但是这颗星确是永久照耀着这沉寂的死湖。

因此我朝夕绞思，虽在这温暖的母怀里有时感到世界的凄冷。自接了他这封长信后，更觉着这个噩运是绝不能幸免的；而深重的隐恨压伏在我心上一天比一天悲惨！但是素心呵！我绝无勇气揭破这轻翳的幕，使他知道他寻觅的世界是这样凄惨，淡粉的翼纱下，笼罩的不是美丽的蔷薇，却是一个早已腐枯了的少女尸骸！

有一夜母亲他们都睡了，我悄悄踱到前院的葡萄架下，那时天空辽阔清净像无波的海面，一轮明月晶莹地照着；我在这幸福的园里，幻想着一切未来的噩梦。后来我伏在一棵杨柳树上，觉着花影动了，轻轻地有脚步声走来，吓了我一跳。细看原来是嫂嫂，她伏着我的肩说："妹妹你不睡，在这里干吗？近来我觉着你似乎常在沉思，你到底为了什么呢？亲爱的妹妹！你告诉我？"禁不住的悲哀，像水龙一样喷发出来，索性抱着她哭起来；那夜我们莫有睡，两个人默默坐到天明。

家里的幸福有时也真有趣！告诉你一个笑话：家中有一个粗使的女

仆，她五十多岁了！每当我们沉默或笑谈时，她总穿插其间，因之，嫂嫂送她绰号叫刘姥姥，昨天晚上母亲送她一件紫色芙蓉纱的褂子，是二十年前的古董货了。她马上穿上在院子里手舞足蹈地跳起来，我们都笑了。小侄女昆林，她抱住了我笑得流出泪来，母亲在房里也被我们笑出来了，后来父亲回来，她才跳到房里，但是父亲也禁不住笑了！

  在这样浓厚的欣慰中，有时我是可以忘掉一切的烦闷。

  大概八月十号以前可以回京，我见你们时，我又要离开母亲了，素心！

  在这醺醉中的我，真不敢想到今天以后的事情！母亲今天去了外祖母家，清寂里我写这封长信给你，并祝福你！

十三年七月二十二号山城栖云阁

给 庐 隐

　　《灵海潮汐致梅姊》和《寄燕北诸故人》我都读过了,读过后感觉到你就是我自己,多少难以描画笔述的心境你都替我说了,我不能再说什么了。

　　一个人感到别人是自己的时候,这是多么不易得的而值得欣慰的事,然而,庐隐,我已经得到了。假使我们的世界能这样长此空寂,冷寂中我们又这样彼此透彻地看见了自己,人世虽冷酷无情,我只愿恋这一点灵海深处的认识,不再希冀追求什么了。

　　在你这几封信中,我才得到了人间所谓的同情,这同情是极其圣洁纯真,并不是有所希冀有所猎获才施与的同情。廿余年来在人间受尽了畸零,忍痛含泪扎挣着,虽弄得遍体鳞伤,鲜血淋淋,仍紧嚼着牙齿作勉强的微笑!

　　我希望在颠沛流离中求一星星同情和安慰以鼓舞我在这人世间战斗的勇气;然而得到的只是些冷讽热笑,每次都跌落在人心的冷森阴险中而饮泣！此后我禁受不住这无情的箭镞，才想逃避远离开这冷酷的世界和人类；因之我脱离了学校生活，踏入了世界的黑洞后，我往昔天真烂漫的童心，都改换成冷枯孤傲的性情。一年一年送去可爱的青春，一步一步陷落在满是荆棘的深洞，嘲笑讪讽包围了我，同情安慰远离着我，我才诅咒世界，厌恶人类，怨我的希望欺骗了自己。想不到遥远的海滨，扰攘的人群中，你寄来这深厚的安慰和同情，我是如何的欣喜呵！惊颤地揭起了心幕收容她，收容她在我心的深处；我怕她也许不久会消失或者飞去！

这并不是我神经过敏，朋友！我也曾几度发现过这样的同情，结果不是赝鼎便是雪杯，不久便认识了真伪而消灭。这种同情便是我上边所说有所希冀猎获而施与的，自然我不能与人以希冀猎获时，同情安慰也是终于要遗弃我的。朋友！写到这里我不能再写下去了，你百战的勇士，也许曾经有过这样的创伤！

自从得到了你充满热诚和同情的信后，我每每在静寂的冷月寒林下徘徊，虽然我只看见是枯干的枝丫，但是也能看见她含苞的嫩芽，和春来时碧意迷漫的天地。我知所忏悔了，朋友！以后我不再因自己的失意而诅咒世界的得意，因为自己未曾得到而怨恨人间未曾有了；如今漠漠干枯的寒林，安知不是将来如云如盖的绿荫呢！人生是时时在追求扎挣中，虽明知是幻象虚影，然终于不能不前去追求，明知是深涧悬崖，然终于不能不勉强扎挣；你我是这样，许多众生也是这样，然而谁也不能逃此网罗以求自拔。大概也是因此吧！才有许多伟大反抗的志士英雄，在辗转颠沛中，演出些惊人心魂的悲剧，在一套陈古的历史上，滴着鲜明的血痕和泪迹。朋友！追求扎挣着向前去吧！我们生命之痕用我们的血泪画写在历史之一页上,我们弱小的灵魂,所滴沥下的血泪何尝不能惊人心魂,这惊人心魂的血泪之痕又何尝不能得到人类伟大的同情?命运是我们手中的泥,一切生命的铸塑也如手中的泥,朋友!我们怎样把我们自己铸塑呢?只在乎我们自己。

说得太乐观了,你要笑我吧?怕我们才是命运手中的泥呢!我也觉这许多年中只是命运铸塑了我,我何尝敢铸塑命运。真是梦呓,你也许要讥我是放荡不羁的天马了。其实我真愿做个奔逸如狂飙似的骏马,把我的生命都载在小小鞍上,去践踏翻这世界的地轴,去飞扬起这宇宙的尘沙,使整个世界在我的足下动摇,整个宇宙在我铁蹄下毁灭!

然而朋友!我终于是不能真的做天马,大概也是因为我终于不是天马,每当我束装备鞍,驰驱赴敌时,总有人间的牵系束缚我,令我毁装长叹!至如今依然蜷伏槽下咀嚼这食厌了的草芥,依然镇天回旋在这死城而不能走出一步;不知是环境制止我,还是自己的不长进,我终于是四年如一日的过去。

朋友!你也许为我的抑郁而太息,我不仅不能做一件痛快点不管毁灭不管建设的事业,怕连个直捷了当极迅速极痛快的死也不能,唉!谁使我这样抑郁而生抑郁而死呢!是社会,还是我自己?我不能解答,怕你也不能解答吧!

因之,我有许多事要告诉你,结果却只是默无一语,"多少事欲说还休",所以我望着"征鸿过尽,万千心事难寄!"

我默无一语的,总是背着行囊,整天整夜的向前走,也不知何处是我的归处?是我走到的地方?只是每天从日升直到日落,走着,走着,无论怎样风雨疾病,艰险困难,未曾停息过;自然,也不允许我停息,假使我未走到我要去的地方，那永远停息之处。我每天每夜足迹踏过的地方，虽然都让尘沙掩埋，或者被别人的足踪踏乱已找不到痕迹，然而心中恍惚的追忆是和生命永存的，而我的生命之痕便是这些足迹。朋友！谁也是这样，想不到我们来到世界只是为了踏几个足印，我们留给世界的也是几个模糊零碎不可辨的足印。

我们如今是走着走着，同时还留心足底下践踏下的痕迹，欣慰因此，悲愁因此；假使我们如庸愚人们的走路，一直走去，遇见歧路不彷徨，逢见艰险不惊悸，过去了不回顾，踏下去不踟蹰；那我们一样也是浑浑噩噩从生到死，绝没有像我们这样容易动感，践了一只蚂蚁也会流泪的。朋友！太脆弱了，太聪明了，太顾忌了，太徘徊了，才使我们有今日，这也欣慰也悲凄的今日。

庐隐！我满贮着一腔有情的热血，我是愿意把冷酷无情的世界，浸在我热血中；知道终于无力时，才抱着这怆痛之心归来，经过几次后，不仅不能温暖了世界，连自己都冷凝了。我今年日记里有这样一段记述：

> 我只是在空寂中生活着，我一腔热血，四周环以泥泽的冰块，使我的心感到凄寒，感到无情。我的心哀哀地哭了！我为了寒冷之气候也病了。

这几天离开了纷扰的环境，独自睡在这静寂的斗室中，默望着窗外的积雪，忽然想到人生的究竟，我真不能解答，除了死。火炉中熊熊发光的火花，我看着它烧成一堆灰烬，它曾给予我的温热是和灰烬一样逝去；朝阳照上窗纱，我看着西沉到夜幕下，它曾给予我的光明是和落日一样逝去。人们呢，劳动着，奔忙着，从起来一直睡下，由梦中醒来又入了梦中，由少年到老年，由生到死……人生的究竟不知是什么？我病了，病中觉得什么都令人起了怀疑。

青年人的养料惟一是爱，然而我第一便怀疑爱，我更讪笑人们口头笔尖那些诱人昏醉的麻剂。我都见过了，甜蜜，失恋，海誓山盟，生死同命；怀疑的结果，我觉得这一套都是骗，自然不仅骗别人连自己的灵魂也在内。

宇宙一大骗局。或者也许是为了骗吧，人间才有一时的幸福和刹那的欣欢，而不是永久悲苦和悲惨！

我的心应该信仰什么呢？宇宙没有一件永久不变的东西。我只好求之于空寂。因为空寂是永久不变的，永久可以在幻望中安慰你自己的。我是在空寂中生活着，我的心付给了空寂。庐隐！怔视在悲风惨日的新坟之旁，含泪仰视着碧澄的天空，即人人有此境，而人人未必有此心；然而朋友呵！我不是为了倚坟而空寂，我是为了空寂而倚坟；知此，即我心自可喻于不言中。我更相信只有空寂能给予我安慰和同情，和人生战斗的勇气！

黄昏时候，新月初升，我常向残阳落处而挥泪！

"望断斜阳人不见，满袖啼红。"这时凄怆悲绪，怕天涯只有君知！

北京落了三尺深的大雪，我喜欢极了，不论日晚地在雪里跑，雪里玩，连灵魂都涤洗得像雪一样清冷洁白了。朋友！假使你要在北京，不知将怎样的欣慰呢！当一座灰城化成了白玉宫殿水晶楼台的时候，一切都遮掩涤洗尽了的时候。到如今雪尚未消，真是冰天雪地，北地苦寒；

尖利的朔风彻骨刺心一般吹到脸上时，我咽着泪在扎挣抖战。这几夜月色和雪光辉映着，美丽凄凉中我似乎可以得不少的安慰，似乎可以听见你的心音的哀唱。

间接地听人说你快来京了。我有点愁呢，不知去车站接你好呢，还是躲起来不见你好，我真的听见你来了我反而怕见你，怕见了你我那不堪描画的心境要向你面前粉碎！

你呢，一天一天，一步一步走近了这灰城时，你心抖颤吗？哀泣吗？

我不敢想下去了。好吧！我静等着见你。

十六年一月二十三日北京

寄山中的玉薇

夜已深了,我展着书坐在窗前案旁。月儿把我的影映在墙上,那想到你在深山明月之夜,会记起漂泊在尘沙之梦中的我,远远由电话铃中传来你关怀的问讯时,我该怎样感谢呢,对于你这一番抚慰念注的深情。

你已惊破了我的沉寂,我不能令这心海归于死静;而且当这种骤获宠幸的欣喜中,也难于令我漠然冷然的不起感应。因之,我挂了电话后又想给你写信。

你现在是在松下望月沉思着你凄凉的倦旅之梦吗?是伫立在溪水前,端详那冷静空幻的月影?也许是正站在万峰之巅瞭望灯火莹莹的北京城,在许多黑影下想找我渺小的灵魂?也许你睡在床上静听着松涛水声,回想着故乡往日繁盛的家庭,和如今被冷寂凄凉包围着的母亲?

玉薇!自从那一夜你掬诚告我你的身世后,我才知道世界上有不少这样苦痛可怜而又要扎挣奋斗的我们。更有许多无力扎挣,无力奋斗,屈伏在铁蹄下受践踏受凌辱，受人间万般苦痛，而不敢反抗、不敢诅咒的母亲。

我们终于无力不能拯救母亲脱离痛苦，也无力超拔自己免于痛苦，然而我们不能不去扎挣奋斗而思愿望之实现，和一种比较进步的效果之获得。

不仅你我吧！在相识的朋友中，处这种环境的似乎很多。每人都系恋着一个孤苦可怜的母亲，她们慈祥温和的微笑中，蕴藏着人间最深最深的忧愁；她们枯老皱纹的面靥上，刻划着人间最苦最苦的残痕。然而她们含辛茹苦柔顺忍耐的精神，绝不是我们这般浅薄颓唐，善于呻吟，善于诅咒，不能吃一点苦，不能受一点屈的女孩儿们所能有。所以我常想：我们固然应该反抗毁灭母亲们所居处的那种恶劣的环境，然而却应师法母亲那种忍耐坚苦的精神，不然，我们的痛苦是愈沦愈深的！

你问我现时在做什么？你问我能不能拟想到你在山中此夜的情况？你问我在这种夜色苍茫、月光皎洁、繁星闪烁的时候我感到什么？最后你是希望得到我的长信，你愿意在我的信中看见人生真实的眼泪。我已猜到了，玉薇！你现时心情一定很纷乱很汹涌，也许是很冷静很凄凉！你想到了我，而且这样的关怀我，我知道你是想在空寂的深山外，得点人间同情的安慰和消息呢！

这时窗角上有一弯明月，几点疏星，人们都转侧在疲倦的梦中去了；只有你醒着，也只有我醒着，虽然你在空寂的深山，我在繁华的城市。这一刹那我并不觉寂寞，虽然我们距离是这样远。

我的心情矛盾极了。有时平静得像古佛旁打坐的老僧，有时奔腾涌动如驰骋沙场的战马，有时是一道流泉，有时是一池冰湖；所以我有时虽然在深山也会感到一种类似城市的嚣杂,在城市又会如在深山一般寂寞呢!我总觉人间物质的环境,同我幻想精神的世界,是两道深固的堑壁。

为了你如今在山里,令我想起西山的夜景。

去年暑假我在卧佛寺住了三天,真是浪漫的生活,不论日夜的在碧峦翠峰之中,看明月看繁星,听松涛,听泉声,整日夜沉醉在自然环境的摇篮里。

同我去的是梅隐、揆哥,住在那里招待我的是几个最好的朋友,其中一个是和我命运仿佛,似乎也被一种幻想牵系而感到失望的惆怅,但又要隐藏这种惆怅在心底去咀嚼失恋的云弟。

第一夜我和他去玉皇顶,我们睡在柔嫩的草地上等待月亮。远远黑压压一片松林,我们足底山峰下便是一道清泉,因为岩石的冲击,所以泉水激荡出碎玉般的声音。那真是令人忘忧沉醉的调子。我和他静静地等候着月亮,不说一句话,心里都在想着各人的旧梦,其初我们的泪都避讳不让它流下来。

过一会半弯的明月,姗姗地由淡青的幕中出来,照得一切都现着冷淡凄凉。

夜深了,风涛声,流水声,回应在山谷里发出巨大的声音。这时候我和云弟都忍不住了,伏在草里偷偷地咽着泪!我们是被幸福快乐的世界摒弃了的青年,当人们在浓梦中沉睡时候,我们是被抛弃到一个山峰的草地上痛哭!谁知道呢?除了天上的明月和星星。涧下的泉声,和山谷中卷来的风声。

一个黑影摇晃晃地来了,我们以为是惊动了山灵,吓得伏在草里不敢再哭。走近了，喊着我的名字才知道是揆哥，他笑着说："让我把山都找遍了，我以为狼衔了你们去。"

他真像个大人，一只手牵了一个下山来，云弟回了百姓村，我和揆哥回到龙王庙，梅隐见我这样，她叹了口气说："让你出来玩，你也要伤心！"

那夜我未曾睡，想了许多许多的往事。

第二夜在香山顶上"看日出"的亭上看月亮，因为有许多人，心情调剂的不能哭了，只觉着热血中有些儿凉意。上了夹道绿荫的长坡，夜中看去除了斑驳的树影外，从树叶中透露下一丝一丝的银光；左右顾盼时，又感到苍黑的深林里，有极深极静的神秘隐藏着。我走得最慢，留在后面看他们向前走的姿势，像追逐捕获什么似的，我笑了！云弟回过头来问我："你为什么笑呢？又走这样慢。""我没有什么追求，所以走慢点。"我有意逗他的这样说。

我们走到了亭前，晚风由四面山谷中吹来，舒畅极了！不仅把我的炎热吹去，连我心底的忧愁，也似乎都变成蝴蝶飞向远处去了。可以看见灯光闪烁的北京，可以看见碧云寺尖塔上中山灵前的红旗，更能看见你现在栖息的静宜园。

第三夜我去碧云寺看一个病的朋友。我在寺院中月光下看见了那棵柿树，叶子尚未全红，我在这里徘徊了许久，想无知的柿树不知我留恋凭吊什么吧？这棵树在不同的时间里，不同的人心中，结下相同的因缘，留下一样的足痕和手泽。这真不能不令我赞叹命运安排得奇巧了。

有这三天三夜的浪游，我一想到西山便觉着可爱恋。

玉薇！你呢？也许你虽然住在山中，不能像我这样尽兴地游玩吧？

37

山中古庙钟音，松林残月，涧石泉声，处处都令人神思飞越而超脱，轻飘飘灵魂感到了自由；不像城市生活处处是虚伪，处处是桎梏，灵魂踞伏于黑暗的囚狱不能解脱。

夜已深了，我神思倦极，搁笔了吧！我要求有一个如意的梦。

十五年秋末

寄海滨故人

一

这时候我的心流沸腾得像红炉里的红焰，一支一支怒射着，我仿佛要烧毁了这宇宙似的；推门站在寒风里吹了一会，抬头看见冷月畔的孤星，我忽然想到给你写这封信。

露沙！你听见我这样喊你时，不知你是惊奇还是抖颤！假如你在我面前，听了我这样喊你的声音，你一定要扑到我怀中痛哭的。世界上爱你的母亲和涵都死了，知道你同情你可怜你，看你由畸零而走到幸福，由幸福又走到畸零的却是我。露沙！我是盼望着我们最近能见面，我握住你的手，由你饱经忧患的面容上，细认你逝去的生命和啼痕呢！

半年来，我们音信的沉寂，是我有意的隔绝，在这狂风恶浪中扎挣的你，在这痛哭哀泣中辗转的你，我是希望这时你不要想到我，我也勉强要忘记你的。我愿你掩着泪痕望着你这一段生命火焰，由残余而化为灰烬，再从凭吊悼亡这灰烬的哀思里，埋伏另一火种，爆发你将来生命的火焰。这工作不是我能帮助你，也不是一切人所能帮助人，是要你自己在深更闭门暗自呜咽时去沉思，是要你自己在人情炎凉世事幻变中去觉醒，是要你自己披刈荆棘跋涉山川时去寻觅。如今，谢谢上帝，你已经有了新的信念，你已经有了新的生命的火焰，你已经有了新的发现；我除了为你庆慰外，便是一种自私的欣喜，我总觉如今的你可以和我携手了，我们偕行着去走完这生的路程，希望在沿途把我们心胸中的热血烈火尽量地挥洒，尽量地燃烧，"焚毁世界一切不幸者的手铐足镣，扫尽人间一切愁惨的阴霾"；假使不能如意，也愿让热血烈火淹沉烧枯了我们自己。这才不辜负我们认识一场，和这几年我所鼓励你希望你的心，两年前我寄给你信里曾这样说过：

  你我无端邂逅，无端缔交，上帝的安排，有时原觉多事；我于是常奢望你在锦帷绣幕之中，较量柴米油盐之外，要承继着你从前的希望，努力去作未竟的事业，因之不惮烦厌，在你香梦正酣时，我常督促你的惊醒。不过相信一个人，由青山碧水，到了崎岖荆棘的山路，由崎岖荆棘中又到了柳暗花明的村庄，已感到人世的疲倦，在这期内彻悟了的自然又是一种人生。

  在学校时我看见你激昂慷慨的态度，我曾和婉说你是女儿英雄，有时我逢见你和莹坐在公园茅亭中大嚼时，我曾和婉说你是名士风流。想到《扶桑余影》，当你握着利如宝剑的笔锋，铺着云霞天样的素纸，立在万崖峰头，俯望着千仞飞瀑的华严泷，凝视神往时，原也曾独立苍茫，对着眼底的河山，吹弹出雄壮的悲歌；曾几何时，栉风沐雨的苍松，化作了醺醉阳光的蔷薇。

原谅我，露沙！那时我真不满意你，所以我常要劝你不要消沉，湮灭了你文学的天才和神妙的灵思。不过，你那时不甘雌伏的雄志，已被柔情万缕来纠结，我也常叹息你实有不得已的苦衷。涵的噩耗传来时，我自然为了你可怜的遭遇而痛心，对你此后畸零漂泊的身世更同情，想你经此重创一定能造成一个不可限量的女作家，只要你自己肯努力。但是这仅仅是远方故人对你在心头未灰的一星火烬，奢望你能由悲痛颓丧中自拔超脱，以你自己所受的创痛，所体验的人生，替多少有苦说不出来的朋友们泄泄怨恨，也是我们自己借此忏悔借此寄托的一件善事。万想不到露沙，你已经驰驱赴敌，荷枪实弹地立在阵前了。我真喜欢，你说：

朋友！我现在已另找到途径了，我要收纳宇宙间所有的悲哀之泪泉，使注入我的灵海，方能兴风作浪；并且以我灵海中深渊不尽的百流填满这宇宙无底的缺陷。吾友！我所望的太奢吗？但是我绝不以此灰心，只要我能作的时候，总要这样作，就是我的躯壳成灰，倘我的一灵不泯，必不停止地继续我的工作。

我不知你现在心情到底怎样？不过，我相信你心是冷寂宁静的，况且上帝又特赐你那样幽雅辽阔的境地，正宜于一个饱经征战的勇士，退休隐息。

你仔细去追忆那似真似梦的人生吧，你沉思也好，你低泣也好，你对着睡了的萱儿微笑也好，我想这样美妙的缺陷，未尝不是宇宙间一种艺术。露沙！

原谅我这话说得过分的残忍冷酷吧!

暑假前我和俊因、文菊常常念着你,为了减少你的悲绪,我们都盼望你能北来;不过露沙!那时候的北京和现在一样,是一座伟大的死城,里边乌烟瘴气,呼吸紧促,一点生气都没有,街市上只看见些活骷髅和迷人眉目的沙尘。教育界更穷苦,更无耻,说起来都令人掩鼻。在现在我们无力建设合理的新社会新环境之前,只好退一步求暂时的维持,你既觉在沪尚好,那你不来这死城里呼吸自然是我最庆幸的事。

这两年来,我在北京看见不少惊心动魄的事,我才知道世界原来是罪恶之薮。置身此中,常常恍非人间,咽下去的眼泪和愤慨不知有多少了,我自然不能具体地告诉你;不过你也许可以体会到吧,这"人为刀俎,我为鱼肉"的生活。

二

如今,说到我自己了。

说到我自己时,真觉羞愧,也觉悲凄;除了日浸于愁城恨海之外,我依然故我,毫无寸进可述。对家庭对社会,我都是个流浪漂泊的闲人。读了《蔷薇》中《涛语》,你已经知道了。值得令你释念的,便是我已经由积沙岩石的旋涡中,流入了坦平的海道,我只是这样寂然无语地从生之泉流到了死之海;我已不是先前那样呜咽哀号,颓丧沉沦,我如今是沉默深刻,容忍含蓄人间一切的哀痛,努力去寻求真实生命的战士。对于一切的过去,我仍不愿抛弃,不能忘记,我仍想在波涛落处,沙痕灭处,我独自踟蹰徘徊凭吊那逝去的生命,像一个受伤的战士,在月下醒来，望着零乱烬余、人马倒毙的战场而沉思一样。

玉薇说她常愿读到我的信，因为我信中有"人生真实的眼泪"，其实，我是一个不幸的使者，我是一个死的石像，一手执着红滟的酒杯，一手执着锐利的宝剑，这酒杯沉醉了自己又沉醉了别人，这宝剑刺伤了自己又刺伤了别人。这双锋的剑永远插在我心上，鲜血也永远是流在我身边的；不过，露沙！有时我卧在血泊中抚着插在心上的剑柄会微笑的，因为我似乎觉得骄傲！

露沙！让我再说说我们过去的梦吧！

入你心海最深的大概是梅窠吧，那时是柴门半掩，茅草满屋顶的一间荒斋。那里有我们不少浪漫的遗痕，狂笑，高歌，长啸低泣，酒杯伴着诗集。

想起来真不像个女孩儿家的行径。你呢，还可加个名士文人自来放浪不羁的头衔；我呢，本来就没有那种豪爽的气魄，但是我随着你亦步亦趋地也学着喝酒吟诗。有一次秋天，我们在白屋中约好去梅窠吃菊花面，你和晶清两个人，吃了我四盆白菊花。她的冷香洁质都由你们的樱唇咽到心底，我私自为伴我一月的白菊庆欣，她能不受风霜的欺凌摧残，而以你们温暖的心房，作埋香殡骨之地。露沙！那时距今已有两年余，不知你心深处的冷香洁质是否还依然存在？

自从搬出梅窠后，我连那条胡同都未敢进去过，听人说已不是往年残颓凄凉的荒斋，如今是朱漆门金扣环的高楼大厦了。从前我们的遗痕豪兴都被压埋在土底，像一个古旧无人知的僵尸或骨殖一样。只有我们在天涯一样漂泊，一样畸零的三个女孩儿，偶然间还可忆起那副残颓凄凉的旧景，而惊叹已经葬送了的幻梦之无凭。

前几天飞雪中，我在公园社稷台上想起海滨故人中，你们有一次在

43

月光下跳舞的记述。你想我想到什么呢？我忽然想到由美国归来，在中途卧病，沉尸在大海中的瑜，她不是也曾在海滨故人中当过一角吗？这消息传到北京许久了，你大概早已在一星那里知道这件惨剧了。她是多么聪慧伶俐可爱的女郎，然而上帝不愿她在这污浊的人间久滞留，把她由苍碧的海中接引了去。

露沙！我不知你如今有没有勇气再读海滨故人？真怅惘，那里边多是些不堪回首的往事。

有时我很盼能忘记了这些系人心魂的往事，不过我为了生活，还不能抛弃了我每天驻息的白屋，不能抛弃，自然便有许多触目伤心的事来袭击我，尤其是你那瘦肩双耸、愁眉深锁的印影，常常在我凝神沉思时涌现到我的眼底。自从得到涵的噩耗后，每次我在深夜醒来，便想到抱着萱儿偷偷流泪的你，也许你的泪都流到萱儿可爱的玫瑰小脸上。

可怜她，她不知道在母亲怀里睡眠时，母亲是如何的悲苦凄伤，在她柔嫩的桃腮上便沾染了母亲心碎的泪痕！露沙！我常常这样想到你，也想到如今惟一能寄托你母爱的薇萱。

如今，多少朋友都沉尸海底，埋骨荒丘！他们遗留在人间的不知是什么？他们由人间带走的也不知是什么？只要我们尚有灵思，还能忆起梅窠旧梦；你能远道寄来海滨的消息，安慰我这"踞石崖而参禅"的老僧，我该如何的感谢呢！

三

《寄天涯一孤鸿》我已读过了。你是成功了，"读后竟为之流泪，而至于痛哭！"那天是很黯淡的阴天，我在灰尘的十字街头逢见女师大的仪君，她告我《小说月报》最近期有你寄给我的一封信，我问什么题目，她告诉我后我已知道内容了。我心海深处忽然汹涌起惊涛骇浪，令我整个的心身受其拨动而晕厥！那时已近黄昏，雇了车在一种恍惚迷惘中到了商务印书馆。一只手我按着搏跳的心，一只手抖颤着接过那本书，我翻见了"寄天涯一孤鸿"六字后，才抱着怆痛的心走出来。这时天幕上罩了黑的影，一重一重的迫近像一个黑色的巨兽；我不能在车上读，只好把你这纸上的心情，握在我抖颤的手中温存着。车过顺治门桥梁时，我看着护城河两堤的枯柳，一口一口把我的凄哀咽下去。

到了家在灯光下含着泪看完，我又欣慰又伤感，欣慰的是我在这冷酷的人间居然能找到这样热烈的同情，伤感的是我不幸我何幸也能劳你濡泪滴血的笔锋，来替我宣泄积闷。

那一夜我是又回复到去年此日的心境。我在灯光下把你寄我的信反复再读，我真不知泪从何来，把你那四页纸都染遍了湿痕，露沙！露沙！你一个字一个字上边都有我碎心落泪的遗迹。你该胜利地一笑吧！为了你这封在别人视为平淡在我视为箭镞的信，我一年来勉强扎挣起来的心灵身躯，都被你一字一字打倒，我又躺在床上掩被痛哭！一直哭到窗外风停云霁，朝霞照临，我才换上笑靥走出这冷森的小屋，又混入那可怕的人间。

露沙！从那天直到如今，我心里总是深画着怆痛，我愿把这凄痛寄在这封信里，愿你接受了去，伴你孤清时的怀忆。

许久未痛哭了，今年暑假由山城离开母亲重登漂泊之途时，我在石家庄正太饭店曾睡在梅隐的怀里痛哭了一场。因为我不能而且不忍把我的悲哀露了，重伤我年高双亲的心；所以我不能把眼泪流在他们面前，我走到中途停息时才能尽量地大哭。梅隐她也是漂泊归来又去漂泊的人，自然也尝了不少的人世滋味，那夜我俩相伴着哭到天明。不幸到北京时，我就病了。半年来我这是第二次痛哭，读完你《寄天涯一孤鸿》的信。

我总想这一瞥如梦的人生，能笑时便笑，想哭时便哭；我们在坎坷的人生道上，大概可哭的事比可笑的事多，所以我们的泪泉不会枯干。你来信说自涵死你痛哭后，未曾再哭，我不知怎样有这个奢望，我觉你读了我这封信时你不能全忘情吧！？

这些话可以说都是前尘了，现在我心又回到死寂冷静，对一切不易兴感；很想合着眼摸索一条坦平大道，卜卜我将来的命运呢！你释念吧，露沙！

我如今不令过分的凄哀伤及我身体的。

晶清或将在最近期内赴沪，我告她到沪时去看你，你见了她梅窠中相逢的故人，也和见了我一样；而且她的受伤，她的畸零，也同我们一样。请你好好抚慰她那跋涉崎岖惊颤之心，我在京漂泊详状她可告你。这或者是你欢迎的好消息吧！？

这又是一个冬夜，狂风在窗外怒吼，卷着尘沙扑着我的窗纱像一个猛兽的来袭，我惊惧着执了破笔写这沥血滴泪的心痕给你。露沙！你呢？也许是在睁着枯眼遥望银河畔的孤星而咽泪，也许是拥抱着可爱的萱儿在沉睡。这时候，呵！露沙！是我写信的时候。

一九二六，十二，二十五，圣诞节夜

天　　辛[①]

到如今我没有什么话可说，宇宙中本没有留恋的痕迹，我祈求都像惊鸿的疾掠，浮云的转逝；只希望记忆帮助我见了高山想到流水，见了流水想到高山。但这何尝不是一样的吐丝自缚呢！

有时我常向遥远的理智塔下忏悔，不敢抬头；因为瞻望着遥远的生命，总令我寒噤战栗！最令我难忘的就是你那天在河滨将别时，你握着我的手说：

"朋友！过去的确是过去了，我们在疲倦的路上，努力去创造未来吧！"

而今当我想到极无聊时，这句话便隐隐由我灵魂深处溢出，助我不少勇气。但是终日终年战兢兢的转着这生之轮，难免有时又感到生命的空虚，像一只疲于飞翔的孤鸿，对着苍茫的天海，云雾的前途，何处是

[①] 天辛即高君宇的化名。

新径？何处是归路地怀疑着，徘徊着。

我心中常有一个幻想的新的境界，愿我自己单独地离开群众，任着脚步，走进了有虎狼豺豹的深夜森林中，跨攀过削岩峭壁的高冈，渡过了苍茫扁舟的汪洋，穿过荆棘丛生的狭径……任我一个人高呼，任我一个人低唱，即有危险，也只好一个人量力扎挣与抵抗。求救人类，荒林空谷何来佳侣？

祈福上帝，上帝是沉默无语。我愿一生便消失在这里，死也埋在这里，虽然孤寂，我也宁愿享兹孤苦的。不过这怕终于是一个意念的幻想，事实上我又如何能这样，除了蔓草黄土堙埋在我身上的时候。

如今，我并不恳求任何人的怜悯和抚慰，自己能安慰娱乐自己时，就便去追求着哄骗自己。相信人类深藏在心底的，大半是罪恶的种子，陈列在眼前的又都是些幻变万象的尸骸；猜疑嫉妒既狂张起翅儿向人间乱飞，手中既无弓箭，又无弹丸的我们，又能奈何他们呢？辛！我们又如何能不受伤负创被人们讥笑？

过去的梦神，她常伸长玉臂要我到她的怀里，因之，一切的凄怆失望像万骑踏过沙场一样蹂躏着我。使我不敢看花，看花想到业已埋葬的青春；不敢临河，怕水中映出我憔悴的瘦影；更不敢到昔日栖息之地，怕过去的陈尸捉住我的惊魂。更何忍压着凄酸的心情，在晚霞鲜明，鸟声清幽时，向沙土上小溪畔重认旧日的足痕！

从前赞美朝阳，红云捧着旭日东升，我欢跃着说："这是我的希望。"

从前爱慕晚霞，望着西方绚烂的彩虹，我心告诉我："这是我的归宿。"天辛呵！纵然今天我立在伟大庄严的天坛上，彩凤似的云霞依然飘停在我的头上。但是从前我是沉醉在阳光下的蔷薇花，现在呢，仅不过是古荒凄凉的神龛下，蜷伏着呻吟的病人。

这些话也许又会令你伤心的，然而我不知为什么似乎一些幸福愉快的言语也要躲避我。今天推窗见落叶满阶，从前碧翠的浓幕，让东风撕成了粉碎。因之，我又想到落花，想到春去的悠忽，想到生命的虚幻，想到一切……想到月明星烂的海，灯光辉煌的船，广庭中婀娜的舞女，琴台上悠扬的歌声；外边是沉静的海充满了神秘，船里是充满了醉梦的催眠。汹涌的风波起时，舵工先感恐惧，只恨我的地位在生命海上，不是沉醉娇贵的少女，偏是操持危急的舵工。

说到我们的生命，更渺小了，一波一浪，在海上留下些什么痕迹！

诞日，你寄来的象牙戒指收到了。诚然，我也愿用象牙的洁白和坚实，来纪念我们自己静寂像枯骨似的生命。

微醉之后

　　几次轻掠飘浮过的思绪，都浸在晶莹的泪光中了。何尝不是冷艳的故事，凄哀的悲剧，但是，不幸我是心海中沉沦的溺者，不能有机会看见雪浪和海鸥一瞥中的痕迹。因此心波起伏间，卷埋隐没了的，岂只朋友们认为遗憾；就是自己，永远徘徊寻觅我遗失了的，何尝不感到过去飞逝的云影，宛如彗星一扫的壮丽。

　　允许我吧！我的命运之神！我愿意捕捉那一波一浪中汹涌浮映出过去的幻梦。固然我不敢奢望有人能领会这断弦哀音，但是我尚犹爱怜我的母亲，她自然可以为我滴几点同情之泪吧！朋友们，这是由我破碎心幕底透露出的消息。假使你们还挂念着我，这就是我遗赠你们的礼物。

　　丁香花开时候，我由远道归来。一个春雨后的黄昏，我去看晶清。推开门时她在碧绸的薄被里蒙着头睡觉，我心猜想她一定是病了。不忍惊醒她，悄悄站在床前；无意中拿起枕畔一本蓝皮书，翻开时从里面落下半幅素笺，上边写着：

波微已经走了,她去那里我是知道而且很放心,不过在这样繁华如碎锦似的春之画里,难免她不为了死的天辛而伤心,为了她自己惨淡悲凄的命运而流泪!

想到她我心就怦怦地跃动,似乎纱窗外啁啾的小鸟都是为报告不幸的消息而来。我因此病了,梦中几次看见她,似乎她已由悲苦的心海中踏上那雪银的浪花,翩跹着披了一幅白云的轻纱;后来暴风巨浪袭来,她被海波卷没了,只有那一幅白云般的轻纱飘浮在海面上,一霎时那白纱也不知流到哪里去了。

固然人要笑我痴呆,但是她呢,确乎不如一般聪明人那样理智,从前她是个杀人不眨眼的英雄,如今被天辛的如水柔情,已变成多愁多感的人了。

这几天凄风苦雨令我想到她,但音信却偏这般渺茫……

读完后心头觉着凄梗,一种感激的心情,使我终于流泪!但这又何尝不是罪恶,人生在这大海中不过小小的一个泡沫,谁也不值得可怜谁,谁也不值得骄傲谁,天辛走了,不过是时间的早迟,生命上使我多流几点泪痕而已。为什么世间偏有这许多绳子,而且是互相连系着!

她已睁开半开的眼醒来,宛如晨曦照着时梦耶真耶莫辨的情形,瞪视良久,她不说一句话,我抬起头来,握住她手说:

"晶清,我回来了,但你为什么病着?"她珠泪盈睫,我不忍再看她,把头转过去,望着窗外柳丝上挂着的斜阳而默想。后来我扶她起来,同到栉沐室去梳洗,我要她挣扎起来伴我去喝酒。信步走到游廊,柳丝中露出三年前月夜徘徊的葡萄架,那里有芗蘅的箫声,有云妹的倩影，明显映在心上的，是天辛由欧洲归来初次看我的情形。

那时我是碧茵草地上活泼跳跃的白兔，天真骄憨的面靥上，泛映着幸福的微笑！三年之后，我依然徘徊在这里，纵然浓绿花香的图画里，使我感到的比废墟野冢还要凄悲！上帝呵！这时候我确乎认识了我自己。

韵妹由课堂下来，她拉我又回到寝室，晶清已梳洗完正在窗前换衣服，她说：

"波微！你不是要去喝酒吗？萍适才打电话来，他给你已预备下接风宴，去吧！对酒当歌，人生几何，去吧，乘着丁香花开时候。"

风在窗外怒吼着，似乎有万骑踏过沙场，全数冲杀的雄壮；又似乎海边孤舟，随狂飙扎挣呼号的声音，一声声的哀惨。但是我一切都不管，高擎着玉杯，里边满斟着红滟滟的美酒，她正在诱惑我，像一个绯衣美女轻掠过骑上马前的心情一样的诱惑我。我愿永久这样陶醉，不要有醒的时候，把我一切烦恼都装在这小小杯里，让它随着那甘甜的玫瑰露流到我那创伤的心里。

在这盛筵上我想到和天辛的许多聚会畅饮。

晶清挽着袖子，站着给我斟酒；萍呢！他确乎很聪明，常常望着晶清，暗示她不要再给我斟，但是已晚了，饭还未吃我就晕在沙发上了。

我并莫有痛哭，依然晕厥过去有一点多钟之久。醒来时晶清扶着我，我不能再忍了，伏在她手腕上哭了！这时候屋里充满了悲哀，萍和琼都很难受地站在桌边望着我。这是天辛死后我第六次的昏厥，我依然和昔日一样能在梦境中醒来。

灯光辉煌下，每人的脸上都泛映着红霞，眼里莹莹转动的都是泪珠,玉杯里还有半盏残酒,桌上狼藉的杯盘,似乎告诉我这便是盛筵散后的收获。

大家望着我都不知应说什么?我微抬起眼帘,向萍说:

"原谅我,微醉之后。"

母　　亲

　　母亲！这是我离开你，第五次度中秋，在这异乡——在这愁人的异乡。

　　我不忍告诉你，我凄酸独立在枯池旁的心境，我更不忍问你团圆宴上偷咽清泪的情况。

　　我深深地知道：系念着漂泊天涯的我，只有母亲；然而同时感到凄楚黯然，对月挥泪，梦魂犹唤母亲的，也只有你的女儿！

　　节前许久未接到你的信，我知道你并未忘记中秋；你不写的缘故，我知道了，只为了规避你心幕底的悲哀。月儿的清光，揭露了的，是我们枕上的泪痕；她不能揭露的，确是我们一丝一缕的离恨！

　　我本不应将这凄楚的秋心寄给母亲，重伤母亲的心。但是与其这颗心，悬在秋风吹黄的柳梢，沉在败荷残茎的湖心，最好还是寄给母亲。假使我不愿留这墨痕，在归梦的枕上，我将轻轻地读给母亲。假使我怕别人听到，我将折柳枝，蘸湖水，写给月儿，请月儿在母亲的眼里映出这一片秋心。

挹清嫂很早告诉我，她说：

"妈妈这些时为了你不在家怕谈中秋，然而你的顽皮小侄女昆林，偏是天天牵着妈妈的衣角，盼到中秋。我正在愁着，当家宴团圆时，我如何安慰妈妈？更怎能安慰千里外凝眸故乡的妹妹？我望着月儿一度一度圆，然而我们的家宴从未曾一次团圆。"

自从读了这封信，我心里就隐隐地种下恐怖，我怕到月圆，和母亲一样了。但是她已慢慢地来临，纵然我不愿撕月份牌，然而月儿已一天一天圆了！

十四的下午，我拿着一个月的薪水，由会计室出来，走到我办公处时，我的泪已滴在那一卷钞票上。母亲！不是为了我整天的工作，工资微少，不是为了债主多，我的钱对付不了，不是为了发得迟，不能买点异乡月饼，献给母亲尝尝，博你一声微笑。只因：为了这一卷钞票我才流落在北京，不能在故乡，在母亲的膝下，大嚼母亲赐给的果品。

然而，我不是为了钱离开母亲，我更不是为了钱弃故乡。

你不是曾这样说吗，母亲：

"你是我的女儿，同时你也是上帝的女儿，为了上帝你应该去爱别人，去帮助别人。

去吧！潜心探求你所不知道的，勤恳工作你所能尽力的。去吧！离开我，然而你却在上帝的怀里。"

因之，我离开你漂泊到这里。我整天的工作，当夜晚休息时，揭开帐门，看见你慈爱的像片时，我跪在地下，低低告诉你：

"妈妈！我一天又完了。然而我只有忏悔和惭愧！我莫有捡得什么，同时我也未曾给人什么！"

55

有时我胜利地微笑，有时我痛恨地大哭，但是我仍这样工作，这样每天告诉你。

这卷钞票我如今非常爱惜，她曾滴满了我思亲泪！但是我想到母亲的叮咛时，我很不安，我无颜望着这重大的报酬。

因此，我更想着母亲——我更对不起遥远的山城里，常默祝我尽职的母亲！

十五那天早晨很早就醒了，然而我总不愿起来。母亲，你能猜到我为了什么吗？

林家弟妹，都在院里唱《月儿圆》，在他们欢呼高亢的歌声里，激荡起我潜伏已久的心波，揭现了心幕底沉默的悲哀。我悄悄地咽着泪，揭开帐门走下床来；打开我的头发，我一丝一丝理着，像整理烦乱一团的心丝。母亲！

我故意慢慢地迟延，两点钟过去了，我成功了的是很松乱的髻。

小弟弟走进来，给我看他的新衣裳，女仆走进来望着我拜节，我都付之一笑。这笑里映出我小时候的情形，映出我们家里今天的情形；母亲！你们春风沉醉的团圆宴上，怎堪想想寄人篱下的游子！

我想写信，不能执笔；我想看书，不辨字迹；我想织手工，我想抄心经，但是都不能。我后来想拿下墙上的洞箫，把我这不宁的心绪吹出；不过既非深宵，又非月夜，哪是吹箫的时节！后来我想最好是翻书箱，一件一件拿出，一本一本放回，这样挨过了半天，到了吃午餐时候。

不晓得怎样，在这里住了一年的旅客，今天特别局促起来，举箸时，我的心颤跳得更厉害；不知是否，母亲你正在念着我？一杯红滟滟的葡萄酒，放在我面前，我不能饮下去，我想家里的团圆宴上少了我，这里的团圆宴上却多了我。虽然人生旅途,到处是家,不过为了你,我才绻恋着故乡;母怀是我永久倚凭的柱梁,也是我破碎灵魂,最终归宿的坟墓。

母亲!你原谅我吧!当我情感流露时,允许我说几句我心里要说的话,你不要迷信不吉祥而阻止,或者责怪我。

我吃饭时候,眼角边看见炉香绕成个A字,我忽然想到你跪在观音面前烧香的样子,你惟一祷告的一定是我在外边"身体康健,一切平安"!母亲!我已看见你龙钟的身体,慈笑的面孔,这时候我连饭带泪一块儿咽下去。

干咳了一声,他们都用怜悯的目光望我,我不由得低下头,觉着脸有点烧了。

母亲!这是我很少见的羞涩。

林家妹妹,和昆林一样大,她叫我"大姊姊",今天吃饭时,我屡次偷看她,不晓得为什么因为她,我又想起围绕你膝下,安慰欢愉你的侄女。惭愧!你枉有偌大的女儿,母亲!

你枉有偌大的女儿!

吃完饭,晶清打电话约我去万牲园。这是我第一次去看她们创造成功的学校:地址虽不大,然而结构却很别致,虽不能及石驸马大街富丽的红楼,但似乎仍不失小家碧玉的居处。

因此,我深深地感到了她们缔造艰难的苦衷了!

清很凄清,因她本有几分愁,如今又带了几分孝,在一棵垂柳下,转出来低低唤了一声"波微"时,我不禁笑了,笑她是这般娇小!

我们聚集了八个人,八个人都是和我一样离开了母亲,和我一样在万里外漂泊,和我一样压着凄哀,强作欢笑地度这中秋节。

母亲!她们家里的母亲,也和你想我一样想着她们,她们也正如我般绻怀着母亲。

我们漂零的游子能凑合着在天涯一角底勉为欢笑,然而你们做母亲的,连凑合团聚,互谈谈你们心思的机会都莫有。

因之,我想着母亲们的悲哀一定比女孩儿们的深沉!

我们缘着倾斜乱石,摇摇欲坠的城墙走,枯干一片,不见一株垂柳绿荫。砖缝里偶尔有几朵小紫花,也莫有西山上的那样令人注目,我想着这世界已是被人摒弃了的。

一路走着,她们在前边,我和清留在后边。我们谈了许多去年今日,去年此则的情景;并不曾令我怎样悲悼,我只低低念着:惊节序,叹沉浮,秾华如梦水东流;人间何事堪惆怅,莫向横塘问旧游。

走到西直门,我们才雇好车。这条路前几月我曾走过,如今令我最惆怅的,便是找不到那一片翠绿的稻田,和那吹人醺醉的惠风,只感到一阵阵冷清。

进了门,清低低叹了口气,我问问"为什么事你叹息?",她莫有答应我。多少不相识的游人从我身旁过去,我想着天涯漂泊者的滋味,沉默地站在桥头。这时,清握着我手说:

"想什么?我已由万里外归来。"

母亲!你当为了她伤心,可怜她无父无母的孤儿,单身独影漂泊在这北京城;如今歧路徘徊,她应该向哪处去呢?纵然她已从万里外归来,我固然好友相逢,感到快愉。但是她呢?她只有对着黄昏晚霞,低低唤她死了的母亲,只有望着皎月繁星洒几点悲悼父亲的酸泪!

猴子为了食欲，做出种种媚人的把戏，栏外的人也用了极少的诱惑，逗着她的动作；而且在每人的脸上，都轻泛着一层胜利的微笑，似乎表示他们是聪明的人类。

我和清都感到茫然，到底怎样是生存竞争的工具呢？当我们笑着小猴子的时候，我觉着似乎猴子也正在窃笑着我们。

她们许多人都回头望着我们微笑，我不知道为了什么！琼妹忍不住了。她说：

"你看梅花小鹿！"

我笑了，她们也笑了；清很注意地看着栏里。琼妹过去推她说：

"最好你进去陪着她，直到月圆时候。"

母亲！梅花小鹿的故事，是今夏我坐在葡萄架下告诉过你的；当你想到时，一定要拿起你案上那只泥做的梅花小鹿，看着她是否依然无恙，母亲！

这是我永远留着它伴着你的。

经过了眠鸥桥，一池清水里，漂浮着几个白鹅；我望着碧清的池水，感到四周围的寂静。我的心轻轻地跳了，在这样死静的小湖畔，我的心不知为什么反而这样激荡着？我寻着人们遗失了的，在我偶然来临的路上；然而却失丢了我自己竟守着的，在这偶然走过的道上。

在这小桥上，我凝望着两岸无穷的垂柳。垂柳！你应该认识我，在万千来往的游人里，只有我是曾经用心的眼注视着你，这一片秋心，曾在你的绿荫深处停留过。

天气渐渐黯淡了，阳光慢慢叫云幕罩了；我们踏着落叶，信步走向不知道的一片野地里去。过了福香桥，我们在一个小湖边的山石上坐

59

着，清告诉我她在这里的一段故事。

四个月前清、琼、逸来到这里。过了福香桥有一个小亭，似乎是从未叫人发现过的桃源。那时正是花开得十分鲜艳的时候，逸和琼折下柳条和鲜花，给她编了一顶花冠，逸轻轻地加在她的头上。晚霞笑了，这消息已由风儿送遍园林，许多花草树林都垂头朝贺她！

她们恋恋着不肯走，然而这顶花冠又不能带出园去，只好仍请逸把它悬在柳丝上。

归来的那晚上就接到翠湖的凶耗！清走了的第二个礼拜，琼和逸又来到这里，那顶花冠依然悬在柳丝上，不过残花败柳，已憔悴得不忍再睹。这时她们猛觉得一种凄凉紧压着，不禁对着这枯萎的花冠痛哭！不愿她再受风雨的摧残，拿下来把她埋在那个小亭畔；虽然这样，但是她却造成一段绮艳的故事。

我要虔诚地谢谢上帝，清能由万里外载着那深重的愁苦归来，更能来到这里重凭吊四月前的遗迹。在这中秋，我们能团集着；此时此景，纵然凄惨也可自豪自慰！

母亲！我不愿追想如烟如梦的过去，我更不愿希望那荒渺未卜的将来，我只尽兴尽情地快乐，让幻空的繁华都在我笑容上消灭。

母亲！我不敢欺骗你，如今我的生活确乎大大改变了，我不诅咒人生，我不悲欢人生，我只让属于我的一切事境都像闪电，都像流星。我时时刻刻这样盼着！当箭放在弦上时，我已想到我的前途了。我们由动物园走到植物园，经过许多残茎枯荷的池塘，荒芜落叶的小径；这似我心湖一样的澄静死寂，这似我心湖边岸一样的枯憔荒凉。我在飗风堂前望着那一池枯塘，向韵姊说：

"你看！那是我的心湖！"

她不能回答我，然而她却说：

"我应该向你说什么？"

我深深地了解她的心，她的心是这般凄冷。不过在这样旧境重逢时，她能不为了过去的春光惆怅吗？母亲！她是那年你曾鉴赏过她的大笔的；然而，她如椽的大笔，未必能写尽她心中的惆怅，因为她的愁恨是那样深沉难测呵！

天气阴沉地令人感着不快，每个人都低了头幻想着自己心境中的梦乡；偶然有几句极勉强的应酬话，然而不久也在沉寂的空气中消失了。

清似乎想起什么一样，站起身来领着我就走，她说："我领你到个地方去看看。"

这条道上，莫有逢到一个人。缘道的铁线上都晒着些枯干的荷叶，我低着头走了几十步，猛抬头看见巍峨高耸的四座塔形的墓。荒丛中走不过去，未能进去细看；我回头望望四周的环境，我觉着不如陶然亭的寥阔而且凄静，萧森而且清爽。陶然亭的月亮，陶然亭的晚霞，陶然亭的池塘芦花，都是特别为坟墓布置的美景，在这个地方埋葬几个烈士或英雄，确是很适宜的地方。

母亲！在陶然亭芦苇池塘畔，我曾照了一张独立苍茫的小像；当你看见它时，或许因为我爱的地方，你也爱它；我常常这样希望着。

我们见了颓废倾圮、荒榛没胫的四烈士墓，真觉为了我们的先烈难过。

万牲园并不是荒野废墟，实不当忍使我们的英雄遗骨，受这般冷森和凄凉！

就是不为了纪念先贤，也应该注意怎样点缀风景！我知道了，这或许便是中国内政的缩影吧！

隔岸有鲜红的山楂果，夹着鲜红的枫树，望去像一片彩霞。我和清拂着柳丝慢慢走到印月桥畔；这里有一块石头，石头下是一池碧清的流水；这块石头上，还刊着几行小诗，是清四月间来此假寐过的。她是这样处处留痕迹，我呢，我愿我的痕迹，永远留在我心上，默默地留在我心上。

我走到枫树面前，树上树下，红叶铺集着。远望去像一条红毡。我想拣一片留个纪念，但是我莫有那样勇气，未曾接触它前，我已感到凄楚了。

母亲！我想到西湖紫云洞口的枫叶，我想到西山碧云寺里的枫叶，我伤心，那一片片绯红的叶子，都给我一样的悲哀。

月儿今夜被厚云遮着，出来时或许要到夜半，冷森凄寒这里不能久留了；园内的游人都已归去，徘徊在暮云暗淡的道上的只有我们。

远远望见西直门的城楼时，我想当城圈里明灯辉煌、欢笑歌唱的时候，城外荒野尚有我们无家的燕子，在暮云底飞去飞来。母亲！你听到时，也为我们漂泊的游儿伤心吗？不过，怎堪再想，再想想可怜穷苦的同胞，除了悬梁投河，用死去办理解决一切生活逼迫的问题外，他们求如我们这般小姐们的呻吟而不可得。

这样佳节，给富贵人作了点缀消遣时，贫寒人确作了勒索生命的符咒。

七点钟回到学校，琼和清去买红玫瑰，芝和韵在那里料理果饼；我和侠坐在床沿上谈话。她是我们最佩服的女英雄，她曾游遍江南山水，她曾经过多少困苦；尤其令人心折的是她那娇嫩的玉腕，能飞剑取马上的头颅！我望着她那英姿潇洒的丰神，听她由上古谈到现今，由欧洲谈到亚洲。

八时半，我们已团团坐在这天涯地角，东西南北凑合成的盛宴上。月儿被云遮着，一层一层刚褪去，又飞来一块一块的絮云遮上；我想执杯对月儿痛饮，但不能践愿，我只陪她们浅浅地饮了个酒底。

　　我只愿今年今夜的明月照临我，我不希望明年今夜的明月照临我！假使今年此日月都不肯窥我，又哪能知明年此日我能望月！在这模糊阴暗的夜里，凄凉肃静的夜里，我已看见了此后的影事。母亲！逃躲的，自然努力去逃躲，逃躲不了的，也只好静待来临。

　　我想到这里，我忽然兴奋起来，我要快乐，我要及时行乐；就是这几个人的团宴，明年此夜知道还有谁在？是否烟消灰熄？是否风流云散？

　　母亲！这并不是不祥的谶语，我觉着过去的凄楚，早已这样告诉我。

　　虽然陈列满了珍馐，然而都是含着眼泪吃饭；在轻笼虹彩的两腮上，隐隐现出两道泪痕。月儿朦胧着，在这凄楚的筵上，不知是月儿愁，还是我们愁？

　　杯盘狼藉的宴上，已哭了不少的人；琼妹未终席便跑到床上哭了，母亲！这般小女孩，除了母亲的抚慰外，谁能解劝她们？琼和秀都伏在床上痛哭！这谜揭穿后谁都是很默然地站在床前，清的两行清泪，已悄悄地滴满襟头！她怕我难过，跑到院里去了。我跟她出来时，忽然想到亡友，他在凄凉的坟墓里，可知道人间今宵是月圆。

　　夜阑人静时，一轮皎月姗姗地出来；我想着应该回到我的寓所去了。

　　到门口已是深夜，悄悄的一轮明月照着我归来。

　　月儿照了窗纱，照了我的头发，照了我的雪帐；这里一切连我的灵魂，整个都浸在皎清如水的月光里。我心里像怒涛涌来似的凄酸，扑到床缘，双膝跪在地下，我悄悄地哭了，在你的慈容前。

63

父亲的绳衣

"荣枯事过都成梦，忧喜情忘便是禅。"人生本来一梦，在当时兴致勃然，未尝不感到香馥温暖，繁华清丽。至于一枕凄凉、万象皆空的时候，什么是值得喜欢的事情，什么是值得流泪的事情？我们是生在世界上的，只好安于这种生活方程，悄悄地让岁月飞逝过去。消磨着这生命的过程，明知是镜花般不过是一瞥的幻梦，但是我们的情感依然随着遭遇而变迁。为了天辛的死，令我觉悟了从前太认真人生的错误，同时忏悔我受了社会万恶的蒙蔽。死了的明显是天辛的躯壳，死了的惨淡潜隐便是我这颗心，他可诅咒我的残忍，但是我呢，也一样是啮残下的牺牲者呵！

我的生活是陷入矛盾的；天辛常想着只要他走了，我的腐蚀的痛苦即刻可以消逝。

这是一个错误的观念，事实上矛盾痛苦是永不能免除的。现在我依然沉陷在这心情下，为了这样矛盾的危险，我的态度自然也变了，有时的行为常令人莫明其妙。

这种意思不仅父亲不了解，就连我自己何尝知道我最后一日的事实；就是近来倏起倏灭的心思，自己每感到奇特惊异。

清明那天我去庙里哭天辛，归途上我忽然想到与父亲和母亲结织一件绳衣。我心里想的太可怜了，可以告诉你们的就是我愿意在这样心情下，做点东西留个将来回忆的纪念。母亲他们穿上这件绳衣时，也可想到他们的女儿结织时的忧郁和伤心！这个悲剧闭幕后的空寂，留给人间的固然很多，这便算埋葬我心的坟墓，在那密织的一丝一缕之中，我已将母亲交付给我的那颗心还她了。

我对于自己造成的厄运绝不诅咒，但是母亲，你们也应当体谅我，当我无力扑到你怀里睡去的时候，你们也不要认为是缺憾吧！

当夜张着黑翼飞来的时候，我在这凄清的灯下坐着。案头放着一个银框，里面刊装着天辛的遗像，像的前面放着一个紫玉的花瓶，瓶里插着几枝玉簪，在花香迷漫中，我默默的低了头织衣；疲倦时我抬起头来望望天辛，心里的感想，我难以写出。深夜里风声掠过时，尘沙向窗上瑟瑟的扑来，凄凄切切似乎鬼在啜泣，似乎鸥鸦的翅儿在颤栗！

我仍然低了头织着，一直到我伏在案上睡去之后。这样过了七夜，父亲的绳衣成功了。

父亲的信上这样说："……明知道你的心情是如何的恶劣，你的事务又很冗繁，但是你偏在这时候，日夜为我结织这件绳衣，远道寄来，与你父防御春寒。你的意思我自然喜欢，但是想到儿一腔不可宣泄的苦衷时，我焉能不为汝凄然！……"读完这信令我惭愧，纵然我自己命运负我，但是父母并未负我；他们希望于我的，也正是我愿为了他们而努力的。父亲这微笑中的泪珠，真令我良心上受了莫大的责罚，我还有什么奢望呢！我愿暑假快来，我扎挣着这创伤的心神，扑向母亲怀里大哭！我廿年的心头埋没的秘密，在天辛死后，我已整个的跪献在父母座下了。我不忍那可怕的人间隔膜，能阻碍了我们天性的心之交流，使他们永远隐蔽着不知道他们的女儿——不认识他们的女儿。

醒后的惆怅

深夜梦回的枕上,我常闻到一种飘浮的清香,不是冷艳的梅香,不是清馨的兰香,不是金炉里的檀香,更不是野外雨后的草香。不知它来自何处,去至何方?它们伴着皎月游云而来,随着冷风凄雨而来,无可比拟,凄迷辗转之中,认它为一缕愁丝,认它为几束恋感,是这般悲壮而缠绵。世界既这般空寂,何必追求物象的因果。

"汝负我命,我还汝债,以是因缘,经百千劫常在生死。汝爱我心,我爱汝色,以是因缘,经百千劫需在缠缚。"

——《楞严经》

寂灭的世界里,无大地山河,无恋爱生死,此身既属臭皮囊,此心又何尝有物,因此我常想毁灭生命,锢禁心灵。至少把过去埋了,埋在那苍茫的海心,埋在那崇峻的山峰;在人间永不波荡,永不飘飞;但是失败了，仅仅这一念之差，铸塑成这般罪恶。

当我在长夜漫漫、转侧呜咽之中，我常幻想着那云烟一般的往事，我感到梗酸，轻轻来吻我的是这腔无处挥洒的血泪。

我不能让生命寂灭，更无力制止她的心波澎湃，想到时总觉对不住母亲，离开她五年把自己摧残到这般枯悴。要写什么呢？生命已消逝的飞掠去了，笔尖逃逸的思绪，何曾是纸上留下的痕迹。母亲！这些话假如你已了解时，我又何必再写呢！只恨这是埋在我心冢里的，在我将要放在玉棺时，把这束心的挥抹请母亲过目。

天辛死以后，我在他尸身前祷告时，一个令我绻恋的梦醒了！我爱梦，我喜欢梦，她是浓雾里阑珊的花枝，她是雪纱轻笼了苹果脸的少女，她如沧海飞溅的浪花，她如归鸿云天里一闪的翅影。因为她既不可捉摸，又不容凝视，那轻渺渺游丝般梦痕，比一切都使人醺醉而迷惘。

诗是可以写在纸上的，画是可以绘在纸上的，而梦呢，永远留在我心里。母亲！假如你正在寂寞时候，我告诉你几个奇异的梦。

夜　　航

一九二五年元旦那天，我到医院去看天辛，那时残雪未消，轻踏着积雪去叩弹他的病室，诚然具着别种兴趣，在这连续探病的心情经验中，才产生出现在我这忏悔的惆怅！

不过我常觉由崎岖蜿蜒的山径到达到峰头，由翠荫森森的树林到达到峰头；归宿虽然一样，而方式已有复杂简略之分，因之我对于过去及现在，又觉心头轻泛着一种神妙的傲意。

那天下午我去探病，推开门时，他是睡在床上头向着窗瞧书，我放轻了足步进去，他一点都莫有觉得我来了，依然一页一页翻着书。我脱了皮袍，笑着蹲在他床前，手攀着床栏说：

"辛，我特来给你拜年，祝你一年的健康和安怡。"

他似乎吃了一惊，见我蹲着时不禁笑了！我说：

"辛！不准你笑！从今天这时起，你做个永久的祈祷，你须得诚心诚意的祈祷！"

"好！你告诉我祈祷什么？这空寂的世界我还有希冀吗？我既无希望，何必乞怜上帝，祷告他赐我福惠呢？朋友！你原谅我吧！我无力而且不愿作这幻境中自骗的祈求了。"

仅仅这几句话，如冷水一样浇在我热血搏跃的心上时，他奄奄的死寂了，在我满挟着欢意的希望中，现露出这样一个严涩枯冷的阻物。他正在诅咒着这世界，这世界是不预备给他什么，使他虔诚的心变成厌弃了，我还有什么话可以安慰他呢！

这样沉默了有二十分钟，辛摇摇我的肩说：

"你起来，蹲着不累吗？你起来我告诉你个好听的梦。快！快起来！这一瞥飞逝的时间，我能说话时你还是同我谈谈吧！你回去时再沉默不好吗！起来，坐在这椅上，我说昨夜我梦的梦。"

我起来坐在靠着床的椅上，静静地听着他那抑扬如音乐般声音，似夜莺悲啼，燕子私语，一声声打击在我心弦上回旋。他说：

"昨夜十二点钟看护给我打了一针之后，我才可勉强睡着。波微！从此之后我愿永远这样睡着，永远有这美妙的幻境环抱着我。

"我梦见青翠如一幅绿缎横披的流水，微风吹起的雪白浪花，似绿缎上纤织的小花；可惜我身旁没带着剪子，那时我真想裁割半幅给你做一件衣裳。

"似乎是个月夜，清澈如明镜的皎月，高悬在蔚蓝的天宇，照映着这翠玉碧澄的流水；那边一带垂柳，柳丝一条条低吻着水面像个女孩子的头发，轻柔而蔓长。柳林下系着一只小船，船上没有人，风吹着水面时，船独自在摆动。

"这景是沉静，是庄严，宛如一个有病的女郎，在深夜月光下，仰卧在碧茵草毡,静待着最后的接引,怆凄而冷静。又像一个受伤的骑士,倒卧在树林里,听着这渺无人声的野外,有流水呜咽的声音!他望着洒满的银光,想到祖国,想到家乡,想到深闺未眠的妻子。我不能比拟是那么和平,那么神寂,那么幽深。

"我是踟蹰在这柳林里的旅客,不知道这是什么地方?我走到系船的那棵树下,把船解开,正要踏下船板时,忽然听见柳林里有唤我的声音!我怔怔的听了半天,依旧把船系好,转过了柳林,缘着声音去寻。愈走近了,那唤我的声音愈低微愈哀惨,我的心搏跳的更加厉害。郁森的浓荫里,露透着几丝月光,照映着真觉冷森惨淡!我停止在一棵树下,那细微的声音几乎要听不见。后来我振作起勇气,又向前走了几步,那声音似乎就在这棵树上。"

他说到这里,面色变得更苍白,声浪也有点颤抖,我把椅子向床移了一下,紧握着他的手说:

"辛!那是什么声音?"

"你猜那唤我的是谁?波微!你一定想不到,那树上发出可怜的声音叫我的,就是你!不知谁把你缚在树上,当我听出是你的声音时,我像个猛兽一般扑过去,由树上把你解下来,你睁着满含泪的眼望着我,我不知为什么忽然觉得难过,我的泪不自禁的滴在你腮上了!

"这时候,我看见你惨白的脸被月儿照着像个雕刻的石像,你伏在我怀里,低低的问我:

'辛!我们到哪里去呢?'

"我莫有说什么,扶着你回到系船的那棵树下,不知怎样,刹那间我们泛着这叶似的船儿,飘游在这万顷茫然的碧波之上,月光照得如白昼。你站在船头仰望着那广漠的天宇，夜风吹送着你的散发，飘到我脸上时我替你轻轻一掠。后来我让你坐在船板上，这只无人把舵的船儿，驾凌着像箭一样在水面上飘过，渐渐看不见那一片柳林，看不见四周的缘岸。远远地似乎有一个塔，走近时原来不是灯塔，那个翠碧如琉璃的宝塔，月光照着发出璀璨的火光，你那时惊呼着指那塔说：

'辛！你看什么！那是什么？'

"在这时候，我还莫有答应你；忽然狂风卷来，水面上涌来如山立的波涛，浪花涌进船来，一翻身我们已到了船底，波涛卷着我们浮沉在那琉璃宝塔旁去了！

"我醒来时心还跳着，月光正射在我身上，弟弟在他床上似乎正在梦呓。我觉着冷，遂把椅子上一条绒毡加在身上。我想着这个梦，我不能睡了。"

我不能写出我听完这个梦以后的感想，我只觉心头似乎被千斤重闸压着。停了一会我忽然伏在他床上哭了！天辛大概也知道不能劝慰我，他叹了口气重新倒在床上。

殉　尸

　　我怕敲那雪白的病房门，我怕走那很长的草地，在一种潜伏的心情下，常颤动着几缕不能告人的酸意，因之我年假前的两星期没有去看天辛。

　　记得有一次我去东城赴宴，归来顺路去看他，推开门时他正睡着，他的手放在绒毡外边，他的眉峰紧紧锁着，他的唇枯烧成青紫色，他的脸净白像石像，只有胸前微微的起伏，告诉我他是在睡着。我静静地望着他，站在床前呆立了有廿分钟，我低低唤了他一声，伏在他床上哭了！

　　我怕惊醒他，含悲忍泪，把我手里握着的一束红梅花，插在他桌上的紫玉瓶里。我在一张皱了的纸上写了几句话："天辛，当梅香唤醒你的时候，我曾在你梦境中来过。"

　　从那天起我心里总不敢去看他，连打电话给兰辛的勇气也莫有了。我心似乎被群蛆蚕食着，像蜂巢般都变成好些空虚的洞孔。我虔诚着躲闪那可怕的一幕。

放了年假第二天的夜里,我在灯下替侄女编结着一顶线绳帽。当我停针沉思的时候,小丫头送来一封淡绿色的小信。拆开时是云弟寄给我的,他说:"天辛已好了,他让我告诉你。还希望你去看看他,在这星期他要搬出医院了。"

这是很令我欣慰的,当我转过那条街时,我已在铁栏的窗间看见他了,他低着头背着手在那枯黄草地上踱着,他的步履还是那样迟缓而沉重。我走进了医院大门,他才看见我,他很喜欢的迎着我说:"朋友!在我们长期隔离间,我已好了,你来时我已可以出来接你了。"

"呵!感谢上帝的福佑,我能看见你由病床上起来……"我底下的话没说完已经有点哽咽,我恨我自己,为什么在他这样欢意中发出这莫名其妙的悲感呢!至现在我都不了解。

别人或者看见他能起来,能走步,是已经健康了,痊愈了吧!我真不敢这样想,他没有舒怡健康的红靥,他没有心灵发出的微笑,他依然是忧丝紧缚的枯骨,依然是空虚不载一物的机械。他的心已由那飞溅冲激的奔流,汇聚成一池死静的湖水,莫有月莫有星,黑沉沉发出呜咽泣声的湖水。

他同我回到病房里,环顾了四周,他说:

"朋友!我总觉我是痛苦中浸淹了的幸福者,虽然我不曾获得什么,但是这小屋里我永远留恋它,这里有我的血,你的泪!仅仅这几幕人间悲剧已够我自豪了,我不应该在这人间还奢望着上帝所不许我的,我从此知所忏悔了!"

"我的病还未好,昨天克老头儿警告我要静养六个月,不然怕转肺结核。"

他说时很不高兴，似乎正为他的可怕的病烦闷着。停了一会他忽然问我：

"地球上最远的地方是哪里呢？"

"便是我站着的地方。"我很快地回答他。

他不再说什么，惨惨地一笑！相对默默不能说什么。我固然看见他这种坦然的态度而伤心，就是他也正在为了我的躲闪而可怜，为了这些，本来应该高兴的时候，也就这样黯淡的过去了。

这次来探病，他的性情心境已完全变化，他时时刻刻表现他的体贴我原谅我的苦衷，他自己烦闷愈深，他对于我的态度愈觉坦白大方，这是他极度粉饰的伤心，也是他最令我感泣的原因。他在那天曾郑重地向我声明：

"你还有什么不放心，我是飞入你手心的雪花，在你面前我没有自己。

你所愿，我愿赴汤蹈火以寻求，你所不愿，我愿赴汤蹈火以避免。朋友，假如连这都不能，我怎能说是敬爱你的朋友呢！这便是你所认为的英雄主义时，我愿虔诚的在你世界里，赠与你永久的骄傲。这便是你所坚持的信念时，我愿替你完成这金坚玉洁的信念。

"我在医院里这几天，悟到的哲理确乎不少，比如你手里的头绳，可以揣在怀里，可以扔在地下，可以编织成许多时新的花样。我想只要有头绳，一切权力自然操在我们手里，我们高兴编织成什么花样，就是什么。我们的世界是不长久的，何必顾虑许多呢！

"我们高兴怎样，就怎样吧，我只诚恳的告诉你'爱'不是礼赠，假如爱是一样东西,那么赠之者受损失,而受之者亦不见得心安。"

在这缠绵的病床上起来,他所得到的仅是这几句话,唉!他的希望红花,已枯萎死寂在这病榻上辗转呜咽的深夜去了。

我坐到八点钟要走了,他自己穿上大氅要送我到门口,我因他病刚好,夜间风大,不让他送我,他很难受,我也只好依他。他和我在那辉亮的路灯下走过时,我看见他那苍白的脸,颓丧的精神,不觉暗暗伤心!他呢,似乎什么都没有想,只低了头慢慢走着。

他送我出了东交民巷,看见东长安街的牌坊,给我雇好车,他才回去。

我望着他颀长的人影在黑暗中消失了,我在车上长长地呼了一口气。

就是这天夜里,我做了一个奇怪恐怖的梦。

梦见我在山城桃花潭畔玩耍,似乎我很小,头上梳着两个分开的辫子,又似乎是春天的景致,我穿着一件淡绿衫子。一个人蹲在潭水退去后的沙地上,捡寻着红的绿的好看的圆石,在这许多沙石里边,我捡着一个金戒指,翻过来看时这戒指的正面是椭圆形,里边刊着两个隶字是"殉尸"!

我很吃惊,遂拿了这戒指跑到家里让母亲去看。母亲拿到手里并不惊奇,只淡淡地说:"珠!你为什么捡这样不幸的东西呢?"我似乎很了解母亲的话,心里想着这东西太离奇了,而这两个字更令人心惊!我就向母亲说:

"娘!你让我还扔在那里去吧。"

那时母亲莫有再说话,不过在她面上表现出一种忧怖之色。我由母亲手里拿了这戒指走到门口，正要揭帘出去的时候，忽然一阵狂风把帘子刮起，这时又似乎黑夜的状况，在台阶下暗雾里跪伏着一个水淋淋披头散发的女子！

我大叫一声吓醒了！周身出着冷汗，枕衣都湿了。夜静极了，只有风吹着树影在窗纱上摆动。拧亮了电灯，看看表正是两点钟。我忽然想起前些天在医院曾听天辛说过他五六年前的情史。三角恋爱的结果一个去投了海，天辛因为她的死，便和他爱的那一个也撒手断绝了关系。从此以后他再不愿言爱。也许是我的幻想吧，我希望纵然这些兰因絮果是不能逃脱的，也愿我爱莫能助的天辛，使他有忏悔的自救吧！

我不能睡了，瞻念着黑暗恐怖的将来不禁肉颤心惊！

一片红叶

这是一个凄风苦雨的深夜。

一切都寂静了,只有雨点落在蕉叶上,淅淅沥沥令人听着心碎。这大概是宇宙的心音吧,它在这人静夜深时候哀哀地泣诉!

窗外缓一阵紧一阵的雨声,听着像战场上金鼓般雄壮,错错落落似鼓桴敲着的迅速,又如风儿吹乱了柳丝般的细雨,只洒湿了几朵含苞未放的黄菊。这时我握着破笔,对着灯光默想,往事的影儿轻轻在我心幕上颤动,我忽然放下破笔,开开抽屉拿出一本红色书皮的日记来,一页一页翻出一片红叶。这是一片鲜艳如玫瑰的红叶,它夹在我这日记本里已经两个月了。往日我为了一种躲避从来不敢看它,因为它是一个灵魂孕育的产儿,同时它又是悲惨命运的纽结。谁能想到薄薄的一片红叶,里面纤织着不可解决的生谜和死谜呢!我已经是泣伏在红叶下的俘虏,但我绝不怨及它,可怜在万千飘落的枫叶里,它衔带了这样不幸的命运。我告诉你们它是怎样来的:

一九二三年十月廿六的夜里,我翻读着一本《莫愁湖志》,有些倦意,遂躺在沙发上假睡;这时白菊正在案头开着,窗纱透进的清风把花香一阵阵吹在我脸上,我微嗅着这花香不知是沉睡,还是微醉!懒松松的似乎有许多回忆的燕儿,飞掠过心海激动着神思的颤动。我正沉恋着逝去的童年之梦,这梦曾产生了金坚玉洁的友情,不可掠夺的铁志;我想到那轻渺渺像云天飞鸿般的前途时,不自禁的微笑了!睁开眼见菊花都低了头,我忽然担心它们的命运,似乎它们已一步一步走近了坟墓,死神已悄悄张着黑翼在那里接引,我的心充满了莫名的悲绪!

大概已是夜里十点钟,小丫头进来递给我一封信,拆开时是一张白纸,拿到手里从里面飘落下一片红叶。

"呵!一片红叶!"

我不自禁的喊出来。怔愣了半天,用抖颤的手捡起来一看,上边写着两行字:

  满山秋色关不住

  一片红叶寄相思

      天辛采自西山碧云寺十月二十四日

平静的心湖,悄悄被夜风吹皱了,一波一浪汹涌着像狂风统治了的大海。我伏在案上静静地想,马上许多的忧愁集在我的眉峰。我真未料到一个平常的相识,竟对我有这样一番不能抑制的热情。只是我对不住他,我不能受他的红叶。为了我的素志我不能承受它,承受了我怎样安慰他;为了我没有一颗心给他,承受了如何忍欺骗他。我即使不为自己设想，但是我怎能不为他设想。因之我陷入如焚的烦闷里。

在这黑暗阴森的夜幕下，窗下蝙蝠飞掠过的声音，更令我觉着战栗！

我揭起窗纱见月华满地，斑驳的树影，死卧在地下不动，特别现出宇宙的清冷和幽静。我遂添了一件夹衣，推开门走到院里，迎面一股清风已将我心胸中一切的烦念吹净。无目的走了几圈后，遂坐在茅亭里看月亮，那凄清皎洁的银辉，令我对世界感到了空寂。坐了一会，我回到房里蘸饱了笔，在红叶的反面写了几个字是：枯萎的花篮不敢承受这鲜红的叶儿。

仍用原来包着的那张白纸包好，写了个信封寄还他。这一朵初开的花蕾，马上让我用手给揉碎了。为了这事他曾感到极度的伤心，但是他并未因我的拒绝而中止。他死之后，我去兰辛那里整理他箱子内的信件，那封信忽然又出现在我眼前！拆开红叶依然，他和我的墨泽都依然在上边，只是中间裂了一道缝，红叶已枯干了。我看见它心中如刀割，虽然我在他生前拒绝了不承受的，在他死后我觉着这一片红叶，就是他生命的象征。

上帝允许我的祈求罢！我生前拒绝了他的我在他死后依然承受他，红叶纵然能去了又来，但是他呢！是永远不能回来了，只剩了这一片志恨千古的红叶，依然无恙的伴着我，当我抖颤的用手捡起它寄给我时的心情，愿永远留在这鲜红的叶里。

象牙戒指

记得那是一个枫叶如荼、黄花含笑的深秋天气，我约了晶清去雨华春吃螃蟹。晶清喜欢喝几杯酒，其实并不大量，仅不过想效颦一下诗人名士的狂放。雪白的桌布上陈列着黄赭色的螃蟹，玻璃杯里斟满了玫瑰酒。晶清坐在我的对面，一句话也不说，一杯杯喝着，似乎还未曾浇洒了她心中的块垒。

我执着杯望着窗外，驰想到桃花潭畔的母亲。

正沉思着忽然眼前现出茫洋的大海，海上漂着一只船，船头站着激昂慷慨，愿血染了头颅誓志为主义努力的英雄！

在我神思飞越的时候，晶清已微醉了，她两腮的红采，正照映着天边的晚霞，一双惺忪似初醒时的眼，她注视着我执着酒杯的手，我笑着问她：

"晶清！你真醉了吗？为什么总看着我的酒杯呢！"

"我不醉，我问你什么时候戴上那个戒指，是谁给你的？"

她很郑重地问我。

本来是件极微小的事吧！但经她这样正式的质问，反而令我不好开口，我低了头望着杯里血红潋滟的美酒，呆呆地不语。晶清似乎看出我的隐衷，她又问我道：

"我知道是辛寄给你的吧！不过为什么他偏要给你这样惨白枯冷的东西？"

我听了她这几句话后，眼前似乎轻掠过一个黑影，顿时觉着桌上的杯盘都旋转起来，眼光里射出无数的银线。我晕了，晕倒在桌子旁边！晶清急忙跑到我身边扶着我。过了几分钟我神经似乎复原，我抬起头又斟了一杯酒喝了，我向晶清说：

"真的醉了！"

"你不要难受，告诉我你心里的烦恼，今天你一来我就看见你戴了这个戒指，我就想一定有来由，不然你绝不戴这些妆饰品的，尤其这样惨白枯冷的东西。波微！你可能允许我脱掉它，我不愿意你戴着它。"

"不能，晶清！我已经戴了它三天了，我已经决定戴着它和我的灵魂同在，原谅我朋友！我不能脱掉它。"

她的脸渐渐变成惨白，失去了那酒后的红采，眼里包含着真诚的同情，令我更感到凄伤！她为谁呢！她确是为了我，为了我一个光华灿烂的命运，轻轻地束在这惨白枯冷的环内。

天已晚了，我遂和晶清回到学校。我把天辛寄来象牙戒指的那封信给她看，信是这样写的：

　　……我虽无力使海上无浪，但是经你正式决定了我们命运之后，我很相信这波涛山立狂风统治了的心海，总有一天风平浪静，不管这是在千百年后，或者就是这握笔的即刻；我们只有候平静来临，死寂来临，假如这是我们所希望的。容易丢去了的，便是兢兢然恋守着的；愿我们的友谊也和双手一样，可以紧紧握着的，也可以轻轻放开。宇宙作如斯观，我们便毫无痛苦，且可与宇宙同在。

双十节商团袭击，我手曾受微伤。不知是幸呢还是不幸，流弹洞穿了汽车的玻璃，而我能坐在车里不死！这里我还留着几块碎玻璃，见你时赠你做个纪念。昨天我忽然很早起来跑到店里购了两个象牙戒指；一个大点的我自己戴在手上，一个小的我寄给你，愿你承受了它。或许你不忍吧！再令它如红叶一样的命运。愿我们用"白"来纪念这枯骨般死静的生命。……

晶清看完这信以后，她虽未曾再劝我脱掉它，但是她心里很难受，有时很高兴时，她触目我这戒指，会马上令她沉默无语。

这是天辛未来北京前一月的事。

他病在德地医院时，出院那天我曾给他照了一张躺在床上的像，两手抚胸，很明显地便是他右手那个象牙戒指。后来他死在协和医院，尸骸放在冰室里，我走进去看他的时候，第一触目的又是他右手上的象牙戒指。他是戴着它一直走进了坟墓。

最后的一幕

人生骑着灰色马和日月齐驰,在尘落沙飞的时候,除了几点依稀可辨的蹄痕外,遗留下什么?如我这样整天整夜的在车轮上回旋,经过荒野,经过闹市,经过古庙,经过小溪;但那鸿飞一掠的残影又遗留在那里?在这万象变幻的世界,在这表演一切的人间,我听着哭声笑声歌声琴声,看着老的少的俊的丑的,都感到了疲倦。因之我在众人兴高采烈,沉迷醺醉,花香月圆时候,常愿悄悄地退出这妃色幕帏的人间,回到我那凄枯冷寂的另一世界。

那里有惟一指导我,呼唤我的朋友,是谁呢?便是我认识了的生命。

朋友们!我愿你们仔细咀嚼一下,那盛筵散后,人影零乱,杯盘狼藉的滋味;绮梦醒来,人去楼空,香渺影远的滋味;禁得住你不深深地呼一口气,禁得住你不流泪吗?我自己常怨恨我愚傻——或是聪明,将世界的现在和未来都分析成只有秋风枯叶,只有荒冢白骨;虽然是花开红紫，叶浮碧翠，人当红颜，景当美丽时候。我是愈想超脱、愈自沉溺，愈要撒手、愈自系恋的人，我的烦恼便绞锁在这不能解脱的矛盾中。今天一个人在深夜走过街头，每家都悄悄紧闭着双扉，就连狗都蜷伏在墙根或是门口酣睡，一切都停止了活动归入死寂。我驱车经过桥梁，望着护城河两岸垂柳，一条碧水，星月灿然照着，景致非常幽静。我想起去年秋天天辛和我站在这里望月，恍如目前的情形而人天已隔，我不自禁的热泪又流到腮上。

"珠！什么时候你的泪才流完呢？"这是他将死的前两天问我的一句话。

这时我仿佛余音犹缭绕耳畔，我知他遗憾的不是他的死，却是我的泪！他的坟头在雨后忽然新生了一株秀丽的草，也许那是他的魂，也许那是我泪的结晶！

我最怕星期三，今天偏巧又是天辛死后第十五周的星期三。星期三是我和辛最后一面，他把人间一切的苦痛烦恼都交付给我的一天。唉！上帝！

容我在这明月下忏悔吧！

十五周前的星期三，我正伏在我那形消骨立、枯瘦如柴的朋友床前流泪！

他的病我相信能死，但我想到他死时又觉着不会死。可怜我的泪滴在他炽热的胸膛时，他那深凹的眼中也涌出将尽的残泪，他紧嚼着下唇握着我的手抖颤，半天他才说：

"珠！什么时候你的泪才流完呢！"

我听见这话更加哽咽了，哭得抬不起头来，他掉过头去不忍看我，只深深地将头埋在枕下。后来我扶起他来,喂了点桔汁,他睡下后说了声:"珠!我谢谢你这数月来的看护……"底下的话他再也说不出来,只瞪着两个凹陷的眼望着我。那时我真觉怕他,浑身都出着冷汗。我的良心似乎已轻轻拨开了云翳,我跪在他病榻前最后向他说:"辛,你假如仅仅是承受我的心时,现在我将我这颗心双手献在你面前,我愿它永久用你的鲜血滋养,用你的热泪灌溉。辛,你真的爱我时,我知道你也能完成我的主义,因之我也愿你为了我牺牲,从此后我会为了爱独身的,你也为了爱独身。"

他抬起头来紧握住我手说:

"珠!放心。我原谅你,至死我也能了解你,我不原谅时我不会这样缠绵的爱你了。

"但是,珠!一颗心的颁赐,不是病和死可以换来的,我也不肯用病和死,换你那颗本不愿给的心。我现在并不希望得你的怜恤同情,我只让你知道世界上有我是最敬爱你的,我自己呢,也曾爱过一个值得我敬爱的你。珠!我就是死后,我也是敬爱你的,你放心!"

他说话时很(有)勇气,像对着千万人演说时的气概,我自然不能再说什么话,只默默地低着头垂泪!

这时候一个俄国少年进来,很诚恳地半跪着在他枯蜡似的手背上吻了吻,掉头他向我默望了几眼,辛没有说话只向他惨笑了一下,他向我低低说:

"小姐!我祝福他病愈。"说着戴上帽子匆匆忙忙地去了。这时他的腹部又绞痛得厉害,在床上滚来滚去地呻吟,脸上苍白得可怕。我非常焦急,去叫他弟弟的差人还未见回来,叫人去打电话请兰辛也不见回话，那时我简直呆了，只静静地握着他焦炽如焚的手垂泪！过一会弟弟来了，他也莫有和他多说话，只告他腹疼的厉害。我坐在椅子上面开开抽屉无聊地乱翻，看见上星期五的他那封家书，我又从头看了一遍。他忽掉头向我说：

"珠！真的我忘记告你了，你把它们拿去好了，省得你再来一次检收。"

我听他话真难受，但怎样也想不到星期五果然去检收他的遗书。他也真忍心在他决定要死的时候，亲口和我说这些诀别的话！那时我总想他在几次大病的心情下，不免要这样想，但未料到这就是最后的一幕了。我告诉静弟送他进院的手续，因为学校下午开校务会我须出席，因之我站在他床前说了声："辛！你不用焦急，我已告诉静弟马上送你到协和去，学校开会我须去一趟，有空我就去看你。"那时我真忍心，也莫有再回头看看他就走了，假如我回头看他时，我一定能看见他对我末次目送的惨景……呵！这时候由天上轻轻垂下这最后的一幕！

他进院之后兰辛打电话给我，说是急性盲肠炎已开肚了。开肚最后的决定，兰辛还有点踌躇，他笑着拿过笔自己签了字，还说："开肚怕什么？你也这样脑筋旧。"兰辛怕我见了他再哭，令他又难过。因之，他说过一二天再来看他。哪知就在兰辛打电话给我的那晚上就死了。

死时候莫有一个人在他面前，可想他死时候的悲惨！他虽然莫有什么不放心在这世界上，莫有什么留恋在这世界上；但是假如我在他面前或者兰辛在他面前时，他总可瞑目而终，不至于让他睁着眼等着我们。

缄情寄向黄泉

我如今是更冷静，更沉默地挟着过去的遗什去走向未来的。我四周有狂风，然而我是掀不起波澜的深潭；我前边有巨涛，然而我是激不出声响的顽石。

颠沛搏斗中我是生命的战士，是极勇敢、极郑重、极严肃地向未来的城垒进攻的战士。我是不断地有新境遇，不断地有新生命的；我是为了真实而奋斗，不是追逐幻象而疲奔的。

知道了我的走向人生的目标。辛，一年来我虽然有不少的哀号和悲忆，你也不须为生的我再抱遗恨和不安。如今我是一道舒畅平静向大海去的奔流；纵然缘途在山峡巨谷中或许发出凄痛的鸣咽！那只是积沙岩石旋涡冲击的原因，相信它是会得到平静的，会得到创造真实生命的愉快的，它是一直奔到大海去的。

辛！你的生命虽不幸早被腐蚀而夭逝，不过我也不过分的再悼感你在宇宙间曾存留的幻体。我相信只要我自己生命闪耀存在于宇宙一天，你是和我同在的。辛！你要求于人间的，你希望于我自己的，或许便是这些吧！

深刻的情感是受过长久的理智的熏陶的。是由深谷底潜流中一滴一滴渗透出来的。

我是投自己于悲剧中而体验人生的。所以我便牺牲人间一切的虚荣和幸福，在这冷墟上，你的坟墓上，培植我用血泪浇洒的这束野花来装饰点缀我们自己创造下的生命。辛！除了这些我不愿再告你什么，我想你果真有灵，也许赞助我一样的努力。

一年之后，世变几迁，然而我的心是依然这样平静冷寂的，抱持着我理想上的真实而努力。有时我是低泣，有时我是痛哭；低泣，你给与我的死寂；痛哭，你给与我的深爱。然而有时我也很快乐，我也很骄傲。我是睥视世人微微含笑，我们的圣洁的高傲的孤清的生命是巍然峙立于皑皑的云端。生命的圆满，生命的圆满，有几个懂得生命的圆满？那一般庸愚人的圆满，正是我最避忌恐怖的缺陷。我们的生命是肉体和骨头吗？假如我们的生命是可以毁灭的幻体，那么，辛！我的这颗迂回潜隐的心，也早应随你的幻体而消逝。我如今认识了一个完成的圆满生命是不能消灭，不能丢弃，不能忘记；换句话说，就是永远存在。多少人都希望我毁灭，丢弃，忘记，把我已完成的圆满生命抛去。我终于不能。才知道我们的生命并未死，仍然活着，向前走着，在无限的高处创造建设着。

我相信你的灵魂，你的永远不死的心，你的在我心里永存的生命；是能鼓励我，指示我，安慰我，这孤寂凄清的旅途。我如今是愿挑上这付担子走向遥远的黑暗的，荆棘的生到死的道上。一头我挑着已有的收获，一头我挑着未来的耕耘，这样一步一步走向无穷的。

自你死后，我便认识了自己，更深的了解自己。同时朋友中是贤最知道我，他似乎这样说过：

"她生来是一道大江，你只应疏凿沙石让她舒畅的流入大海，断不可堵塞江口，把水引去点缀帝王之家的宫殿楼台。"

辛！你应该感谢他！他自从由法华寺归路上我晕厥后救护起，一直到我找到了真实生命；他都是启示我，指导我，帮助我，鼓励我。由积沙岩石的旋涡波涌中，把我引上了坦平的海道。如今，我能不怨愤，不悲哀，没有沉重的苦痛永远缠绕的，都是因为我已有了奔流的河床。只要我平静的舒畅的流呵，流呵，流到一个归宿的地方去，绝无一种决堤泛滥之灾来阻挠我。

辛！你应感谢他！你所要在死后希望我要求我努力的前途，都是你忠诚的朋友，他一点一滴的汇聚下伟大的河床，帮助我移我的泉水在上边去奔流，无阻碍奔向大海去的。

像我目下这样夜静时的心情，能这样平淡的写这封信给你，你也会奇怪我吧！我已不是从前呜咽哀号、颓丧消沉的我；我是沉默深刻，容忍涵蓄一切人间的哀痛，而努力去寻求生命的真确的战士。

我不承认这是自骗的话。因为我的路是这样自然，这样平坦的走去的。

放心！你别我一年多，而我能这般去辟一个理想的乐园，也许是你惊奇的吧！

你一定愿意知道一点，关于弟弟的消息，前三天我忽然接到他一封信，他现在是被你们那古旧的家庭囚闭着，所以他已失学一年多了。这种情形，自然你会伤感的，假如你要活着，他绝对不能受这样的苦痛，因为你是能帮助他脱却一切桎梏而创造新生命的。

如今他极愤激，和你当日同你家庭暗斗的情形一样。而我也很相信静弟是能觅到他的光明的前途的，或者你所企望的一切事业志愿，他都能给你有圆满的完成。他的信是这样说的：

自别京地回家之后，实望享受几天家庭的乐趣，以慰我一年来感受了的苦痛。谁知我得到的，是无限量的烦恼！

我回来的时候，家中已决定令我废学，及我归后，复屡次向我表示斯旨，我虽竭词解释，亦无济于事。

读姊来信，说那片荒凉的境地，也被践踏蹂躏而不得安静，我更替我黄泉下的哥哥愤激！不料一年来的变迁，竟有如斯其悲惨！

一切境遇，一切遭逢，皆足以使人伤心掉泪！

我希望于家庭的，是要借得他来援助完成我的志愿，我的事业，但家庭则不然。他使我远近游学的一点心迹，是希望我猎得一些禄位金钱来光荣祖墓家风。这些事我们青年人看起来，就是头衔金银冠里满身，那也算不了什么希奇的光荣！我每想到环境的压迫，恒愿一死为快。但是到了死的关头，好像又有许多不忍的观念来挚肘似的。我不愿死，我死固不足惜；但我死而一切该死的人不能竟行死去。我将以此不死的躯骸，向着该死的城垒进攻！

我现在的希望已绝，但我仍流连不忍即离去者，实欲冀家庭之能有一时觉悟，如我心愿亦未可定！如或不然，我将决于明年为行期，毅然决然的要离开他，远避他，和他行最后决裂的敬礼。

愿你勿为了一切黑暗的，荆棘的环境愁烦！我们从生到死的途径上，就像日的初升；纵然有时被浮云遮蔽，仍然是要继续发光的。

我们走向前去吧！我们走向前去吧！环境的阻挠在我们生命的途中，终于是等若浮云。

辛！是残月深更，在一个冷漠枯寂的初冬之夜，我接读静弟这封依稀是你字迹，依稀是你语句的信。久不流的酸泪又到了眶边，我深深地向你遗像叹息！记得静弟未离京时，他曾告过贤以他将来前途的黯淡，他那时便决心要和家庭破裂。是我和贤婉劝他，能用善良的态度去感化而有效时，千万不要和家庭破裂。因为思想的冲突，是环境时代不同的差别之争。应该原谅老年人们的陈腐思想，是一时代中的产物；并不是他对于子女有意对垒似的向你宣战。因之，能辗转委婉去和家庭解释。令他能觉悟到什么是现代青年人应做的工作，自我的警策。令他知道我们青年人，绝对再不能为古旧的家庭或社会作涂饰油彩的机械傀儡。父母年老，假如一旦你的消息泄漏，静弟再远走愤去，那你们家庭的惨淡，黑暗，悲痛，定连目下都不如，这也不是你的愿意和静弟的希望吧！所以我一直都系念着静弟，那最后决裂的敬礼。

认识我们，和我们要好的朋友，现在大半都云散四方，去创造追求各个的生命希望去了。只有你的贤哥，和我的晶妹，还在这块你埋骨的地方，伴着你。朋友们都离京后，时局也日在幻变，陷入死境，要找寻前二年的那种环境和兴趣已不可得。所以连你坟头都那样凄寂。去年那些小弟弟们，知道你未曾见过你的朋友们，他们都是常常在你的墓畔喝酒野餐，痛哭高歌的。

帮助我建碑种树修墓的都是他们。如今，连这个梦也闭幕了。

你墓头不再有那样欢欣、那样热闹的聚会了。

他们都走向远方去了。

自从那块地方驻兵后，连我都不敢常去。任你墓头变成了牧场，牛马践踏蹂躏了你的墓砖，吃光了环绕你墓的松林，那块白石的墓碑上有了剥蚀的污秽的伤痕。我们不幸在现代做人受欺凌不能安静，连你做鬼的坟茔都要受意外的灾劫；说起来真令人愤激万分。辛！这世界，这世界，四处都是荆棘，四处都是刀兵，四处都是喘息着生和死的呻吟，四处都洒滴着血和泪的遗痕。我是撑着这弱小的身躯，投入在这腥风血雨中搏战着走向前去的战士，直到我倒毙在旅途上为止。

我并不感伤一切既往，我是深谢着你是我生命的盾牌；你是我灵魂的主宰。从此就是自在的流，平静的流，流到大海的一道清泉。辛！一年之后，我在辗转哀吟，流连痛苦之中，我能告诉你的，大概只有这些话。你永久的沉默死寂的灵魂呵！我致献这一篇哀词于你吐血的周年这天。

十五年十一月十八日

烟霞余影

一　龙潭之滨

　　细雨蒙蒙里，骑着驴儿踏上了龙潭道。

　　雨珠也解人意，只像沙霰一般落着，湿了的是崎岖不平的青石山路。

　　半山岭的桃花正开着，一堆一堆远望去像青空中叠浮的桃色云；又像一个翠玉的篮儿里，满盛着红白的花。烟雾迷漫中，似一幅粉纱，轻轻地笼罩了青翠的山峰和卧崖。

　　谁都是悄悄地，只听见嘚嘚的蹄声。回头看芸，我不禁笑了，她垂鞭踏蹬，昂首挺胸的，像个马上的英雄；虽然这是一幅美丽柔媚的图画，不是黄沙无垠的战场。

　　天边絮云一块块叠重着，雨丝被风吹着像细柳飘拂。远山翠碧如黛。

　　如削的山峰里，涌出的乳泉，汇成我驴蹄下一池清水。我骑在驴背上，望着这如画的河山，似醉似痴，轻轻颤动我心弦的凄音；往事如梦，不禁对着这高山流水深深地叹了一口气！

惭愧我既不会画，又不能诗，只任着秀丽的山水由我眼底逝去，像一只口衔落花的燕子，飞掠进深林。

这边是悬崖，那边是深涧，狭道上满是崎岖的青石，明滑如镜，苍苔盈寸；因之驴蹄踏上去一步一滑！远远望去似乎人在峭壁上高悬着。危险极了，我劝芸下来，驴交给驴夫牵着，我俩携着手一跳一窜地走着。四围望不见什么，只有笔锋般的山峰像屏风一样环峙着；涧底淙淙流水碎玉般声音，好听似月下深林，晚风吹送来的环佩声。

跨过了几个山峰，渡过了几池流水，远远地就听见有一种声音，不是檐前金铃玉铎那样清悠意远，不是短笛洞箫那样凄哀情深，差堪比拟像云深处回绕的春雷，似近又远、似远又近的在这山峰间蕴蓄着。芸和我正走在一块悬岩上，她紧握住我的手说：

"蒲：这是什么声音？"

我莫回答她，抬头望见几块高岩上，已站满了人，疏疏洒洒像天上的小星般密布着。

苹在高处招手叫我，她说："快来看龙潭！"在众人欢呼声中，我踟蹰不能向前；我已想着那里是一个令我意伤的境地，无论它是雄壮还是柔美。

一步一步慢腾腾的走到苹站着的那块岩石上，那春雷般的声音更响亮了。我俯首一望，身上很迅速的感到一种清冷，这清冷，由皮肤直浸入我的心，包裹了我整个的灵魂。

这便是龙潭，两个青碧的岩石中间，汹涌着一朵一片的絮云，它是比银还晶洁，比雪还皎白；一朵一朵的由这个山层飞下那个山层，一片一片由这个深涧飘到那个深涧。

它像山灵的白袍，它像水神的银须；我意想它是翠屏上的一幅水珠帘，我意想它是裁剪下的一匹白绫。但是它都不能比拟，它似乎是一条银白色的蛟龙在深涧底回旋，它回旋中有无数的仙云拥护，有无数的天乐齐鸣！

我痴立在岩石上不动，看它瞬息万变，听它钟鼓并鸣。一朵白云飞来了，只在青石上一溅，莫有了！一片雪絮飘来了，只在青石上一掠，不见了！

我站在最下的一层，抬起头可以看见上三层飞涛的壮观；到了这最后一层遂汇聚成一池碧澄的潭水，是一池清可见底、光能鉴人的泉水。

在这种情形下，我不知心头感到的是欣慰，还是凄酸？我轻渺像晴空中一缕烟线，不知是飘浮在天上还是人间？空洞洞的不知我自己是谁？谁是我自己？同来的游伴我也觉着她们都生了翅儿在云天上翱翔，那淡紫浅粉的羽衣，点缀在这般湖山画里，真不辨是神是仙了。

我的眼不能再看什么了，只见白云一片一片由深涧中乱飞！我的耳不能再听什么了，只听春雷轰轰在山坳里回旋！世界什么都莫有，连我都莫有，只有涛声絮云，只有潭水涧松。

芸和苹都跑在山上去照相。掉在水里的人的嬉笑声，才将我神驰的灵魂唤回来。我自己环视了一周山峰，俯视了一遍深潭，我低低喊着母亲，向着西方的彩云默祷！我觉着二十余年的尘梦，如今也应该一醒；近来悲惨的境遇，凄伤的身世，也应该找个结束。

萍踪浪迹十余年漂泊天涯，难道人间莫有一块高峰，一池清溪，作我埋骨之地。如今这絮云堆中，只要我一动足，就可脱解了这人间的樊篱羁系，从此逍遥飘渺和晚风追逐。

我向着她们望了望，我的足已走到岩石的齿缘上，再有一步我就可离此尘世，在这洁白的潭水中，谡浣一下这颗尘沙蒙蔽的小心，忽然后边似乎有人牵着我的衣襟，回头一看芸紧皱着眉峰瞪视着我。

"走吧，到山后去玩玩。"她说着牵了我就转过一个山峰，她和我并坐在一块石头上。我现在才略略清醒，慢慢由遥远的地方把自己找回来，想到刚才的事又喜又怨，热泪不禁夺眶滴在襟上。我永不能忘记，那山峰下的一块岩石，那块岩石上我曾惊悟了二十余年的幻梦，像水云那样无凭呵！

可惜我不是独游，可惜又不是月夜，假如是月夜，是一个眉月伴疏星的月夜，来到这里，一定是不能想不能写的境地。白云絮飞的瀑布，在月下看着一定更美到不能言，钟鼓齐鸣的涛声，在月下。听着一定要美到不敢听。

这时候我一定能向深潭明月里，找我自己的幻影去；谁也不知道，谁也想不到：那时芸或者也无力再阻挠我的清兴！

雨已停了，阳光揭起云幕悄悄在窥人；偶然间来到山野的我们，终于要归去。我不忍再看龙潭，遂同芸、苹走下山来，走远了，那春雷般似近似远的声音依然回绕在耳畔。

二　翠峦清潭畔的石床

黄昏时候汽车停到万寿山，揆已雇好驴在那里等着。

梅隐许久不骑驴了，很迅速的跨上鞍去，一扬鞭驴子的四蹄已飞跑

97

起来，几乎把她翻下来，我的驴腿上有点伤不能跑，连走快都不能，幸而好是游山不是赶路，走快走慢莫关系。

这条路的景致非常好，在平坦的马路上，两旁的垂柳常系拂着我的鬓角，迎面吹着五月的和风，夹着野花的清香。翠绿的远山望去像几个青螺，淙淙的水音在桥下流过，似琴弦在月下弹出的凄音，碧清的池塘，水底平铺着翠色的水藻，波上被风吹起一弧一弧的皱纹，里边游影着玉泉山的塔影；最好看是垂杨荫里，黄墙碧瓦的官房，点缀着这一条芳草萋萋的古道。经过颐和园围墙时，静悄悄除了风涛声外，便是那啼尽兴亡恨事的暮鸦，在苍松古柏的枝头悲啼着。

他们的驴儿都走得很快，转过了粉墙，看见梅隐和揆并骑赛跑；一转弯掩映在一带松林里，连铃声衣影都听不见看不见了。我在后边慢慢让驴儿一拐一拐的走着，我想这电光石火的一刹那能在尘沙飞落之间，错错落落遗留下这几点蹄痕，已是烟水因缘，又那可让他迅速的轻易度过，而不仔细咀嚼呢！人间的驻停，只是一凝眸，无论如何繁缛绮丽的事境，只是昙花片刻，一卷一卷的像他们转入松林一样渺茫，一样虚无。

在一片松林里，我看见两头驴儿在地上吃草，驴夫靠在一棵树上蹲着吸潮烟，梅隐和揆坐在草地上吃葡萄干，见我来了他们跑过来替我笼住驴，让我下来。这是一个墓地，中间芳草离离，放着一个大石桌几个小石凳，被风雨腐蚀已经是久历风尘的样子。坟头共有三个，青草长了有一尺多高；四围遍植松柏，前边有一个石碑牌坊，字迹已模糊不辨，不知是否奖励节孝的？

如今我见了坟墓，常起一种非喜非哀的感觉；愈见的坟墓多，我烦滞的心境愈开旷；虽然我和他们无一面之缘，但我远远望见这黑色的最后一幕时，我总默默替死者祝福！

梅隐见我立在这不相识的墓头发呆，她轻轻拍着我肩说："回来！"揆立在我面前微笑了。那时驴夫已将驴鞍理好，我回头望了望这不相识的墓，骑上驴走了。他们大概也疲倦了，不是他们疲倦是驴们疲倦了，因之我这拐驴有和他们并驾齐驱的机会。这时暮色已很苍茫，四面迷蒙的山岚，不知前有多少路，后有多少路；那烟雾中轻笼的不知是山峰还是树林？凉风吹去我积年的沙尘，尤其是吹去我近来的愁恨，使我投入这大自然的母怀中沉醉。

惟自然可美化一切，可净化一切，这时驴背上的我，心里充满了静妙神微的颤动；一鞭斜阳，嘚嘚蹄声中，我是个无忧无虑的骄儿。

大概是七点多钟，我们的驴儿停在卧佛寺门前，两行古柏萧森一道石坡欹斜，庄严黄红色的穹门，恰恰笼罩在那素锦千林，红霞一幕之中。我踱过一道蜂腰桥，底下有碧绿的水，潜游着龙眼红色，像燕掠般在水藻间穿插。

过了一个小门，望见一大块岩石，狰狞像一个卧着的狮子，岩石旁有一个小亭，小亭四周，遍环着白杨，暮云里蝉声风声噪成一片。

走过几个院落，依稀还经过一个方形的水池，就到了我们住的地方，我们住的地方是龙王堂。龙王堂前边是一眼望不透的森林，森林中漏着一个小圆洞，白天射着太阳，晚上照着月亮；后边是山，是不能测量的高山，那山上可以望见景山和北京城。

刚洗完脸，辛院的诸友都来看我，带来的糖果，便成了招待他们的茶点；在这里逢到，特别感着朴实的滋味，似乎我们都有几分乡村真诚的遗风。

吃完饭，我回来时，许多人伏在石栏上拿面包喂鱼，这个鱼池比门前那个澄清，鱼儿也长得美丽。看了一回鱼，我们许多人出了卧佛寺，由小路抄到寺后上山去，揆叫了一个卖汽水点心的跟着，想寻着一个风景好的地方时，在月亮底下开野餐会。

这时候暝色苍茫，远树浓荫郁荔，夜风萧萧瑟瑟，梅隐和揆走着大路，我和云便在乱岩上跳踯，苔深石滑，跌了不晓得有多少次。经过一个水涧，他们许多人悬崖上走，我和云便走下了涧底，水不深，而碧清可爱，淙淙的水声，在深涧中听着依稀似嫠妇夜啼。几次回首望月，她依然模糊，被轻云遮着；但微微的清光由云缝中泄漏，并不如星夜那么漆黑不辨。前边有一块圆石，晶莹如玉，石下又汇集着一池清水。我喜欢极了，刚想爬上去，不料一不小心，跌在水里把鞋袜都湿了！他们在崖上，拍着手笑起来，我的脸大概是红了，幸而在夜间他们不曾看见；云由岩石上踏过来才将我拖出水池。

抬头望悬崖峭壁之上，郁郁阴森的树林里掩映着几点灯光，夜神翅下的景致，愈觉得神妙深邃，冷静凄淡；这时候无论什么事我都能放得下超得过，将我的心轻轻地捧献给这黑衣的夜神。我们的足步声笑语声，惊得眠在枝上的宿鸟也做不成好梦，抖战着在黑暗中乱飞，似乎静夜旷野爆发了地雷，震得山中林木，如喊杀一般的纷乱和颤噤！前边大概是村庄人家吧，隐隐有犬吠的声音，由那片深林中传出。

爬到山巅时，凉风习习，将衣角和短发都（吹）起来。我立在一块石床上，抬头望青苍削岩，乳泉一滴滴，由山缝岩隙中流下去，俯视飞瀑流湍，听着像一个系着小铃的白兔儿，在涧底奔跑一般，清冷冷忽远忽近那样好听。

我望望云幕中的月儿，依然露着半面窥探，不肯把团圆赐给人间这般痴望的人们。这时候，揆来请我去吃点心，我们的聚餐会遂在那个峰上开了。这个会开的并不快活，各人都懒松松不能十分作兴，月儿呢模模糊糊似乎用泪眼望着我们。梅隐躺在草上唱着很凄凉的歌，真令人愁肠百结；揆将头伏在膝上，不知他是听他姐姐唱歌，还是膜首顶礼和默祷？这样夜里，不知什么紧压着我们的心，不能像往日那样狂放浪吟，解怀痛饮？

陪着他们坐了有几分钟，我悄悄的逃席了。一个人坐在那边石床上，听水涧底的声音，对面阴浓萧森的树林里，隐隐现出房顶；冷静静像死一般笼罩了宇宙。不幸在这非人间的，深碧而飘渺的清潭，映出我迷离恍惚的尘影；我卧在石床上，仰首望着模糊泪痕的月儿，静听着清脆激越的水声，和远处梅隐凄凉入云的歌声，这时候我心头涌来的凄酸，真愿在这般月夜深山里尽兴痛哭；只恨我连这都不能，依然和在人间一样要压着泪倒流回去。蓬勃的悲痛，还让它埋葬在心坎中去展转低吟！而这颗心恰和林梢月色，一样的迷离惨淡，悲情荡漾！

云轻轻走到我身旁，凄（然）的望着我！我遂起来和云跨过这个山峰，忽然眼前发现了一块绿油油的草地。我们遂拣了一块斜坡，坐在上边。面前有一棵松树，月儿正在树影中映出，下边深涧万丈，水流的声音已听不见；只有草虫和风声，更现得静寂中的振荡是这般阴森可怕！我们坐在这里，想不出什么话配在这里谈，而随便的话更不愿在这里谈。这真是最神秘的夜呵！

我的心更较清冷，经这度潭水涛声洗涤之后。

夜深了,远处已隐隐听见鸡鸣,露冷夜寒,穿着单衣已有点战栗,我怕云冻病,正想离开这里,揆和梅隐来寻我们,他们说在远处望见你们,像坟前的两个石像。

这夜里我和梅隐睡在龙王堂,而我的梦魂依然留在那翠峦清潭的石床上。

心 之 波

　　我立在窗前许多时候,我最喜欢见落日光辉,照在那烟雾迷蒙的西山,在暮色苍茫的园里,粗厉而且黑暗的假山影,在紫色光辉里照耀着;那傍晚的云霞,飘坠在楼下,青黄相间,迎风摇曳的梧桐树上——很美丽的闪烁;犹如一阵淡红蔷薇花片的微雨,遍染了深秋梧叶。我痴痴地看那晚霞坠在西山背后,今天的愉快中秋节,又匆匆地去了!

　　时间张着口,把青春之花,生命之果都吸进去了;只留下迷路的小羊在山坡踌躇着。

　　夜间临到了!我在寂寞沉闷的自然怀抱中,我是宇宙的渺小者呵;这一瞥生命之波又应当这样把温和与甜蜜的情感,去发掘宇宙秘藏之奥妙;吸收她的美和感化,以安慰这枯燥的人生呵!晶莹光辉的一轮明月,她将一手蕴藏的光明,都兴尽的照遍宇宙了;那夜景的灿烂,都构成很和平很静默的空气。我从楼上下去到了后院——那空旷的操场上,去吸收她那素彩清辉的抚爱;一路过了许多游廊,那电灯都黑沉的想着他的沉闷，他是没有力量和月光争辉的，但在黑暗的夜里，那月儿被黑云翳遮满了，除了一二繁星闪烁外，在那黑暗里辉耀着的就是电灯了！但现在他是不能和她争点光明的，因为她是自然的神。我一路想着许多无聊的小问题，不觉的走到花园的后面一棵松树底下；我就拂着枯草坐在树底。从枝叶织成的天然幕里，仰着头看那含笑的月！我闭了眼，那灵魂儿不觉的飞出去，找我那理想中之幻想界——神之宫——仙之园——作我的游园。我觉着灵魂从白云迷茫中，分出一道光明的路，我很欣喜的踏了进去，那白玉琢成的月宫里，冉冉的走出许多极美丽的白衣仙女，张着翅膀去欢迎我的灵魂！从微笑的温和中，我跪在那白绒的毡上，伏在那洁白神女之肩上。我那时觉着灵魂儿都化成千数只的蝴蝶，翩翩在白云的深宫跳舞了！神秘的音乐，飘荡在银涛的波光中，那地上的花木，也摇曳着合拍的发出相击的细声。眼睁开了，依然在伟大的松林影下坐着，眼中还映着那闪烁而飘浮的色带：仿佛那白衣的神妃及仙女都舞蹈着向我微笑！她听见各地方都发出嘹嘹的、奇异的、悲愁的、感动的、恳切的声调；如珍珠的细雨落在深密而开花的林中一样。我慢慢地醒了那灵魂中构成的幻梦，微细的音乐还依然在那银涛之光中波动着。我凝神细听，才知是远处的箫声，那一缕缕的哀音，告诉以人类的可怜！

　　去年今夜，不是同她在皓月之下叙别吗？我那时候无心去看月儿的娇媚，我的泪只是往肚子里流！现在月儿一样的照在我和她的心里，但重洋之波流不去我的思惆。我确知道她是最哀痛的一个失恋者，在生命中她不觉的愉快，幸福只充满了忏悔和哀怨。她生命之花，都被那恶社会的环境牺牲了。

　　她觉着宇宙尽充着悲哀，在呜咽的音容中，微笑总是徒然，像海鸥躲出海去，是不可能的事啊！

我思潮不定的波荡着，到了我极无聊的时候，我觉着又非常可笑！人生到底是怎样生活去吗？我慢慢地向我寝室走，那萧瑟的秋风吹在两旁的树林里，瑟瑟地向我微语：他们的吟声和着风声，唱出那悲哀之歌。我踽踽独行，是沉闷无聊的事吗？但我看来，是在这烦恼嚣杂的社会里，不亲近人是躲避是非的妙法。所以人家待我有二三分的美意，我就觉着有一种说不出的恐怖布满了我的心腔。我慢慢地沉思着走到了我的楼下，忽然见楼旁有个黑影一闪，我很惊讶地问了一声"是谁"，但那黑影已完全消灭了，找不出半点行踪。一瞥的人生也是这样的无影无踪吗？我匆匆地上楼，那皓光恰好射在我的帐子上，现出种极惨的白色！在帐中的一个小像上，她掬着充足的泪泉在那眼波中，摄我的灵魂去，游那悲哀之海啊！失恋的小羊哟，在这生命之波流动的时候，那种哀怨的人生，是阻止那进行的拦路虎，愈要觉着那不语的隐痛。但人要不觉悟人世是虚伪的，本来什么也不足为凭，何况是一种冲动的感情啊！不过人在旁观者的地位都觉着她是不知达观方面去想的，到了身受者亲切的感着时候，是比不得旁观者之冷眼讥笑。这假面具戴满的社会，谁能看透那脑筋荡漾着什么波浪啊！谁知道谁的目的是怎样主张啊？况且人世的事都是完全相对的，不能定一个是非；如甲以为是的乙又以为非，是没有标准的。

那么，在这恶社会里失望和懊恼，都是人类难免的事。这么一想，她有多少悲哀都要被极强的意志战胜。既然人世是宇宙的渺小者瞬息的一转，影一般的就捉不住了！那疲倦的青春，和沉梦的醉者，都是青年人所不应当消极的。但现在的青年——知识界的青年，因感觉的敏感，和思想的深邃，所以处处感着不快的人生，烦闷的人生。他们见宇宙的事物，人类是受束缚的。那如天空的鸿雁，任意翱翔，春日的流莺，随心歌唪呢？他们是没有知识的，所以他们也减少烦恼，他们是生活简单的，所以也不受拘束。

我一沉思，虽晴光素彩，光照宇宙，但我心胸中依然塞满了黑暗。我搬把椅子，放在寝室外边的栏杆旁，恰好一轮明月，就照着我。那栏杆下沉静的青草和杨柳，也伸着头和月儿微语呢。一阵秋风，那树叶依然扑拉拉落了满地。月儿仍然不能保护他今夜不受秋风的摧残，她更不能借月儿的力量，帮助他的"生命之花"不衰萎不败落。这是他们最不幸的事情，但他们也慷慨的委之于运命了！

夜是何等的静默啊！心之波在这爱园中波荡着，想起多少的回忆：在初级师范读书的时候，天真烂漫，那赤血搏动的心里，是何等光亮和洁白呵！

没有一点的尘埃，是奥妙神洁的天心呵！赶我渐渐一步一步的挨近社会，才透澈了社会的真像——是万恶的——引人入万恶之途的。一入万恶之渊，未有不被万恶之魔支配的！叫他洁白的心胸，染了许多的污点。他是意志薄弱的青年，能不为万恶之魔战败吗？所以一般知识略深的青年，对于社会的事业，是很热心去改造的，不过因为环境和恶魔的征服，他们结果便灰心了，所以他对于社会是卑弃的，远避的。社会上所需要的事物，都是悖逆青年的意志，而偏要使他去做的事情。被征服的青年，也只好换一副面具和心肠去应付社会去，这是人生隐痛啊！觉悟的青年，感受着这种苦痛，都是社会告诉他的，将他从前的希望，都变成悲观的枯笑，使他自然地被摒弃于社会之外，社会的万恶之魔，就是许多相袭既久的陈腐习惯；在这种习惯下面，造出一种诈伪不自然的伪君子，面子上都是仁义道德，骨子里都是男盗女娼，然而这是社会上最尊敬最赞扬的人物，假如在这社会习惯里有一二青年，要禀着独立破坏的精神，去发展个人的天性，不甘心受这种陈腐不道德的束缚，于是乎东突西冲，想与社会作对，但是社会的权力很大，罗网很密，个人绝对不能做社会的公敌的，社会像个大火炉，什么金银铜铁锡，进了炉子，都要熔化的。况且"多数服从的迷信"是执行重罚的机关（舆论），所以他们用大多数的专制威权去压制那少数的真理志士，削夺了他的言论行动精神肉体——易卜生的社会栋梁同国民公敌都是青年在社会内的背影！

人生是不敢去预想未来，回忆过去的，只可合眼放步随造物的低昂去。

一切希望和烦恼，都可归到运命的括弧下。积极方面斗争作去，终归于昙花一现，就消极方面挨延过去，依然一样的落花流水；所取的目的虽不同，而将来携手时，是同归于一点的。人生如沉醉的梦中，在梦中的时候一颦一笑，都是由衷的——发于至情的；迨警钟声唤醒噩梦后，回想是极无意识而且发笑的！人生观中一片片的回忆，也是这种现象。

今夜的月儿，好像朵生命之花，而我的灵魂又不能永久深藏在月宫，躲着这沉浊的社会去，这是永久的不满意呵！世界上的事物，没有定而不变的，没有绝对真实的。我这一时的心波是最飘忽的一只雁儿；那心血汹涌的时候，已一瞥的追不回来了！追不回来了！我只好低着头再去沉思之渊觅她去……

一九二三年，双十节脱稿

红粉骷髅

记得进了个伟大庄严的庙,先看见哼哈二将,后看见观音菩萨;战栗的恐怖到了菩萨面前才消失去,因之觉着爱菩萨怕将军,已可这样决定了。

有一天忽然想起来,我到父亲跟前告诉他,他闭着眼睛微笑了说"菩萨"也不必去爱,将军也无须去怕:相信他们都是一堆泥土塑成的像。

知道了美丽的菩萨,狰狞的将军,剥了表皮都是一堆烂泥之后;因之我想到红粉,想到骷髅,想到泥人,想到肉人。

十几年前,思潮上曾不经意的起了这样一个浪花。

十几年以后,依稀是在梦境,依稀又似人间,我曾逢到不少的红粉,不少的骷髅。

究竟是谁呢?当我介绍给你们时,我感到不安,感到惭愧,感到羞涩!

钗光衣影的广庭上，风驰电掣的电车里，凡是宝钻辉眩，绫罗绚烂，披绛纱，戴花冠，温馨醉人，骄贵自矜的都是她们，衣服庄的广告是她们，脂粉店的招牌是她们，镇日婀娜万态，回旋闹市，流盼含笑，徜徉剧场；要不然头蓬松而脸青黄，朝朝暮暮，灵魂绕着麻雀飞翔的都是她们。

在这迷香醉人的梦里，她们不知道人是什么？格是什么？

醺醉在这物欲的摇篮中，消磨时间，消磨金钱。

沙漠中蠕动着的：贫苦是饥寒交迫，富贵是骄奢淫逸；可怜一样都是沦落，一样都是懦弱，一样都是被人轻贱的奴隶，被人戏弄的玩具；不知她们自豪的是什么？骄傲的是什么？

一块土塑成了美的菩萨，丑的将军，怨及匠人的偏心，不如归咎自己的命运。理想的美，并不是在灰黄的皱肉上涂菩萨的脸，如柴的枯骨上披天使的纱；是在创建高洁的人格，发育丰腴的肌肉，内涵外缘都要造入完全的深境，更不是绣花枕头一肚草似的，仅存其表面的装。

我们最美丽而可以骄傲的是：充满学识经验的脑筋，秉赋经纬两至的才能，如飞岩溅珠，如蛟龙腾云般的天资，要适用在粉碎桎梏，踏翻囚笼的事业上；同时我们的人格品行，自持自检，要像水晶屏风一样的皎澈晶莹！

那时我们不必去坐汽车，在风卷尘沙中，示威风夸美貌；更无须画眉涂脸，邀人下顾；自然像高山般令人景仰俯伏，而赞叹曰："是人漂亮哉！""是人骄傲哉！"

我们也应该想到受了经济压迫的阔太太娇小姐，她们却被金钱迫着，应该做的事务，大半都有代庖，抱着金碗，更不必愁饭莫有的吃，自然无须乎当"女学士"。不打牌看戏逛游艺园，你让她们做什么？因之我想到高尚娱乐组织的必要，社会体育提倡的必要；至少也可叫她们在不愿意念书中得点知识；不愿意活动里引诱她们活动；这高尚娱乐的组织如何？

且容我想想。

我现在是在梦中，是在醒后，是梦中的呓语，是醒后的说话，是尖酸的讪讽，是忠诚的哽吟，都可不问，相信脸是焦炙！心是搏跃！魂魄恍惚！

目光迷离！我正在一面大镜下，掩面伏着。

狂风暴雨之夜

该记得吧！太戈尔到北京在城南公园雩坛见我们的那一天，那一天是十三年四月二十八号的下午，就是那夜我接到父亲的信，寥寥数语中，告诉我说道周死了！当时我无甚悲伤，只是半惊半疑的沉思着。第二天我才觉到难过，令我什么事都不能做。她那活泼的倩影，总是在我眼底心头缭绕着。

第三天便从学校扶病回来，头疼吐血，遍体发现许多红斑，据医生说是猩红热。

我那时住在寄宿舍里院的一间破书斋，房门口有株大槐树，还有一个长满茅草荒废倾斜的古亭。有月亮的时候，这里别有一种描画不出的幽景。

不幸扎挣在旅途上的我，便倒卧在这荒斋中，一直病了四十多天。在这冷酷、黯淡、凄伤、荒凉的环境中，我在异乡漂泊的病榻上，默咽着人间一杯一杯的苦酒。那时我很愿因此病而撒手，去追踪我爱的道周。在病危时，连最后寄给家里，寄给朋友的遗书，都预备好放在枕边。病中有时晕迷，有时清醒，清醒时便想到许多人间的纠结；已记不清楚了，似乎那令我病的原因，并不仅仅是道周的死。

在这里看护我的起初有小苹，她赴沪后，只剩了一个女仆，幸好她对我很忠诚，像母亲一样抚慰我，招呼我。来看我的是晶清和天辛。自然还有许多别的朋友和同乡。病重的那几天，我每天要服三次药；有几次夜深了天辛跑到极远的街上去给我配药。在病中，像我这只身漂零在异乡的人，举目无亲，无人照管；能有这样忠诚的女仆，热心的朋友，真令我感激涕零了！

虽然，我对于天辛还是旧日态度，我并不因感激他而增加我们的了解，消除了我们固有的隔膜。

有一天我病的很厉害，晕迷了三个钟头未曾醒，女仆打电话把天辛找来。那时正是黄昏时候，院里屋里都罩着一层淡灰的黑幕，沉寂中更现得凄凉，更现得惨淡。我醒来，睁开眼，天辛跪在我的床前，双手握着我的手，垂他的头在床缘；我只看见他散乱的头发，我只觉他的热泪濡湿了我的手背。

女仆手中执着一盏半明半暗的烛，照出她那悲愁恐惧的面庞站在我的床前，这时候，我才认识了真实的同情，不自禁的眼泪流到枕上。

我掉转脸来，扶起天辛的头，我向他说："辛！你不要难受，我不会这容易就死去。"自从这一天，我忽然觉得天辛命运的悲惨和可怜，已是由他自己的祭献而交付与上帝，这哪能是我弱小的力量所能挽回。因此，我更害怕，我更回避，我是万不能承受他这颗不应给我而偏给我的心。

正这时候，他们这般人，不知怎样惹怒了一位国内的大军阀，下了密令指明的逮捕他们，天辛也是其中之一。因为我病，这事他并未先告我，我二十余天不看报，自然也得不到消息。

有一夜，我扎挣起来在灯下给家里写信，告诉母亲我曾有过点小病如今已好的消息。

这时窗外正吹着狂风，震撼得这荒斋像大海汹涌中的小舟。树林里发出极响的啸声，我恐怖极了，想象着一切可怕的景象，觉着院外古亭里有无数的骷髅在狂风中舞蹈。少时，又增了许多点滴的声音，窗纸现出豆大的湿痕。我感到微寒，加了一件衣服，我想把这封信无论如何要写完。

抬头看钟正指到八点半。忽然听见沉重的履声和说话声，我惊奇地喊女仆。她推门进来，后边还跟着一个男子，我生气的责骂她，是谁何不通知就便引进来。她笑着说是"天辛先生"，我站起来细看，真是他，不过他是化装了，简直认不出是谁。我问他为什么装这样子，而且这时候狂风暴雨中跑来。他只苦笑着不理我。

半天他才告我杏坛已捕去了数人，他的住处现尚有游警队在等候着他。

今夜是他冒了大险特别化装来告别我，今晚十一时他即乘火车逃逸。我病中骤然听见这消息，自然觉得突兀，而且这样狂风暴雨之夜，又来了这样奇异的来客。当时我心里很战栗恐怖，我的脸变成了苍白！他见我这样，竟强作出镇静的微笑，劝我不要怕，没要紧，他就是被捕去坐牢狱他也是不怕的，假如他怕就不做这项事业。

他要我珍重保养初痊的病体，并把我吃的西药的药单留给我自己

113

去配。

他又告我这次想乘机回家看看母亲，并解决他本身的纠葛。他的心很苦，他屡次想说点要令我了解他的话，但他总因我的冷淡而中止。他只是低了头叹气，我只是低了头咽泪，狂风暴雨中我和他是死一样的沉寂。

到了九点半，他站起身要走，我留他多坐坐。他由日记本中写了一个Bovia递给我，他说我们以后通信因检查关系，我们彼此都另呼个名字；这个名字我最爱，所以赠给你，愿你永远保存着它。这时我强咽着泪，送他出了屋门，他几次阻拦我病后的身躯要禁风雨，不准我出去；我只送他到了外间。我们都说了一句前途珍重努力的话，我一直望着他的顾影在黑暗的狂风暴雨中消失。

我大概不免受点风寒又病了一星期才起床。后来他来信，说到石家庄便病了，因为那夜他披淋了狂风暴雨。

如今，他是寂然的僵卧在野外荒冢。但每届狂风暴雨之夜，我便想起两年前荒斋中奇异的来客。

十五年十一月廿五日

我只合独葬荒丘

　　昨夜英送我归家的路上,他曾说这样料峭的寒风里带着雪意,夜深时一定会下雪的。

　　那时我正瞻望着黑暗的远道,没有答他的话。今晨由梦中醒来,揭起帐子,由窗纱看见丁香枯枝上的雪花,我才知道果然,雪已在梦中悄悄地来到人间了。

　　窗外的白雪照着玻璃上美丽的冰纹,映着房中熊熊的红炉,我散着头发立在妆台前沉思,这时我由生的活跃的人间,想到死的冷静的黄泉。

　　这样天气,坐在红炉畔,饮着酽的清茶,吃着花生瓜子栗子一类的零碎,读着喜欢看的书,或和知心的朋友谈话,或默默无语独自想着旧梦,手里织点东西;自然最舒适了。我太矫情!偏是迎着寒风,扑着雪花,向荒郊野外,乱坟茔中独自去徘徊。

　　我是怎样希望我的生命,建在美的、冷的、静的基础上。因之我爱冬天，尤爱冬天的雪和梅花。如今，往日的绮梦，往日的欢荣，都如落花流水一样逝去，幸好还有一颗僵硬死寂的心，尚能在寒风凄雪里抖颤哀泣。于是我抱了这颗尚在抖战，尚在哀号的心，无目的迷惘中走向那一片冰天雪地。

到了西单牌楼扰攘的街市上，白的雪已化成人们脚底污湿的黑泥。我抬头望着模糊中的宣武门，渐渐走近了，我看见白雪遮罩着红墙碧瓦的城楼。

门洞里正过着一群送葬的人，许多旗牌执事后面，随着大红缎罩下黑漆的棺材；我知道这里面装着最可哀最可怕的"死"！棺材后是五六辆驴车，几个穿孝服的女人正在轻轻地抽噎着哭泣！这刹那间的街市是静穆严肃，除了奔走的车夫，推小车卖蔬菜的人们外，便是引导牵系着这沉重的悲哀，送葬者的音乐，在这凄风寒雪的清晨颤荡着。

凄苦中我被骆驼项下轻灵灵的铃声唤醒！车已走过了门洞到了桥梁上。

我望着两行枯柳夹着的冰雪罩了的护城河。这地方只缺少一个月亮，或者一颗落日便是一幅疏林寒雪。

雪还下着，寒风刮的更紧，我独自趋车去陶然亭。

在车上我想到十四年正月初五那天，也是我和天辛在雪后来游陶然亭，是他未死前两个月的事。说起来太伤心，这次是他自己去找墓地。我不忍再言往事，过后他有一封信给我，是这样写的：

  珠！昨天是我们去游陶然亭的日子，也是我们历史上值得纪念的日子。我们的历史一半写于荒斋，一半写于医院，我希望将来便完成在这里。珠！你不要忘记了我的嘱托，并将一切经过永远记在心里。

我写在城根雪地上的字，你问我："毁掉吗？"随即提足准备去磕；我笑着但是十分勉强的说："磕去吧！"虽然你并未曾真的将它磕掉，或者永远不会有人去把它磕掉；可是在你问我之后，我觉着我写的那"心珠"好像正开着的鲜花，忽然从枝头落在地上，而且马上便萎化了！我似乎亲眼看见那两个字于一分钟内，由活体立变成僵尸；当时由不得感到自己命运的悲惨，并有了一种送亡的心绪！所以到后来桔瓣落地，我利其一双成对，故用手杖掘了一个小坑埋入地下，笑说："埋葬了我们吧！"

我当时实在是祷告埋葬了我那种悼亡的悲绪。我愿我不再那样易感，那种悲绪的确是已像桔瓣一样的埋葬了。

我从来信我是顶不成的，可是昨天发现有时你比我还不成。当我们过了葛母墓地往南走的时候，我发觉你有一种悲哀感触，或者因为我当时那些话说的令人太伤心了！唉！

想起了"我只合独葬荒丘"的话来，我不由的低着头叹了一口气。你似乎注意全移到我身上来笑着唤："回来吧！"我转眼看你，适才的悲绪已完全消失了。就是这些不知不觉的转移，好像天幕之一角，偶然为急风吹起，使我得以窥见我的宇宙的隐秘，我的心意显着有些醉了。后来吃饭时候，我不过轻微的咳嗽了两下，你就那么着急起来"珠！"

你知道这些成就得一个世界是怎样伟大么？你知道这些更使一个心贴伏在爱之渊底吗？

在南下洼我持着线球，你织着绳衣，我们一边走一边说话，太阳加倍放些温热送回我们；我们都感谢那样好的天气，是特为我们出游布置的。吃饭前有一个时候，你低下头织衣，我斜枕着手静静地望着你，那时候我脑际萦绕着一种绮思，我想和你说；但后来你抬起头来看了看我，我没有说什么，只拉着你的手腕紧紧握了一下。这些情形和苏伊士梦境归来一样，我永永远远不忘它们。

命运是我们手中的泥，我们将它团成什么样子，它就得成什么样子；别人不会给我们命运，更不要相信空牌位子前竹签洞中瞎碰出来的黄纸条儿。

我病现已算好哪能会死呢！你不要常那样想。

两个月后我的恐怖悲哀实现了他由活体变成僵尸！四个月后他的心愿达到了，我真的把他送到陶然亭畔，葛母墓旁那块他自己指给我的草地上埋葬。

我们一切都像预言，自己布下凄凉的景，自己去投入排演。如今天辛算完了这一生，只剩我这漂泊的生命，尚在扎挣颠沛之中，将来的结束，自然是连天辛都不如的悲惨。

车过了三门阁，便有一幅最冷静最幽美的图画展在面前，那坚冰寒雪的来侵令我的心更冷更僵连抖战都不能。下了车，在这白茫茫一片无人践踏，无人经过的雪地上伫立不前。假如我要走前一步，白云里便要留下污黑的足痕，并且要揭露许多已经遮掩了的缺陷和恶迹。

我低头沉思了半晌，才鼓着勇气踏雪过了小桥，望见挂着银花的芦苇，望见隐约一角红墙的陶然亭，望见高峰突起的黑窑台，望见天辛坟前的白玉碑。我回顾零乱的足印，我深深地忏悔，我是和一切残忍冷酷的人类一样。

我真不能描画这个世界的冷静，幽美，我更不能形容我踏入这个世界是如何的冷静，如何的幽美？这是一幅不能画的画，这是一首不能写的诗，我这样想。一切轻笼着白纱，浅浅的雪遮着一堆一堆凸起的孤坟，遮着多少当年红颜姣美的少女，和英姿豪爽的英雄，遮着往日富丽的欢荣，遮着千秋遗迹的情爱，遮着苍松白杨，遮着古庙芦塘，遮着断碣残碑，遮着人们悼亡时遗留在这里的悲哀。

洁白凄冷围绕着我，白坟，白碑，白树、白地，低头看我白围巾上却透露出黑的影来。寂静得真不像人间，我这样毫无知觉的走到天辛墓前。我抱着墓碑，低低唤着他的名字，热的泪融化了我身畔的雪，一滴一滴落在雪地，和着我的心音哀泣！天辛！你那能想到一年之后，你真的埋葬在这里，我真能在这寒风凛冽、雪花飞舞中，来到你坟头上吊你！天辛！我愿你无知，你应该怎样难受呢！怕这迷漫无际的白雪，都要化成潋滟生波的泪湖。

我睁眼四望，要寻觅我们一年前来到这里的遗痕，我真不知，现在是梦，还是过去是梦？天辛！自从你的生命如彗星一闪般陨坠之后，这片黄土便成了你的殡宫，从此后呵！永永远远再看不见你的顾影，再听不见你音乐般的语声！

雪下得更紧了，一片一片落到我的襟肩，一直融化到我心里；我愿雪把我深深地掩埋，深深地掩埋在这若干生命归宿的坟里。寒风吹着，雪花飞着，我像一座石膏人形一样矗立在这荒郊孤冢之前，我昂首向苍

119

白的天宇默祷；这时候我真觉空无所有，亦无所恋，生命的灵焰已渐渐地模糊，忘了母亲，忘了一切爱我怜我同情我的朋友们。

正是我心神宁静的如死去一样的时候，芦塘里忽然飞出一对白鸽，落到一棵松树上；我用哀怜的声音告诉它，告诉它不要轻易泄漏了我这悲哀，给我的母亲，和一切爱我怜我同情我的朋友们。

我遍体感到寒冷僵硬，有点抖战了！那边道上走过了一个银须飘拂，道貌巍然的老和尚，一手执着伞，一手执着念珠，慢慢地到这边来。我心里忽然一酸，因为这和尚有几分像我故乡七十岁的老父。他已惊破我的沉寂，我知此地不可再久留，我用手指在雪罩了的石桌上写了"我来了"三个字，我向墓再凝视一度，遂决然地离开这里。

归途上，我来时的足痕已被雪遮住。我空虚的心里，忽然想起天辛在病榻上念茵梦湖：

"死时候呵！死时候，我只合独葬荒丘！"

十五年十二月六日

肠断心碎泪成冰

如今已是午夜人静,望望窗外,天上只有孤清一弯新月,地上白茫茫满铺的都是雪,炉中残火已熄只剩了灰烬,屋里又冷静又阴森。这世界呵!

是我肠断心碎的世界;这时候呵!是我低泣哀号的时候。禁不住的我想到天辛,我又想把它移到了纸上。墨冻了我用热泪融化,笔干了我用热泪温润,然而天呵!我的热泪为什么不能救活冢中的枯骨,不能唤回逝去的英魂呢?

这懦弱无情的泪有什么用处?我真痛恨我自己,我真诅咒我自己。

这是两年前的事了。

出了德国医院的天辛,忽然又病了,这次不是吐血,是急性盲肠炎。

病状很厉害,三天工夫他瘦得成了一把枯骨,只是眼珠转动,嘴唇开合,表明他还是一架有灵魂的躯壳。我不忍再见他,我见了他我只有落泪，他也不愿再见我，他见了我他也是只有咽泪；命运既已这样安排了，我们还能再说什么，只静待这黑的幕垂到地上时，他把灵魂交给了我，把躯壳交给了死！

　　星期三下午我去东交民巷看了他，便走了。那天下午兰辛和静弟送他到协和医院，院中人说要用手术割治，不然一两天一定会死！那时静弟也不在，他自己签了字要医院给他开刀，兰辛当时曾阻止他，恐怕他这久病的身躯禁受不住，但是他还笑兰辛胆小，决定后，他便被抬到解剖室去开肚。开刀后据兰辛告我，他精神很好，兰辛问他："要不要波微来看你？"他笑了笑说："她愿意来，来看看也好，不来也好，省得她又要难过！"兰辛当天打电话告我，起始他愿我去看他，后来他又说："你暂时不去也好，这时候他太疲倦虚弱了，禁不住再受刺激，过一两天等天辛好些再去吧！省得见了面都难过，于病人不大好。"我自然知道他现在见了我是要难过的，我遂决定不去了。但是我心里总不平静，像遗失了什么东西一样，从家里又跑到红楼去找晶清，她也伴着我在自修室里转，我们谁都未曾想到他是已经快死了，应该再在他未死前去看看他。到七点钟我回了家，心更慌了，连晚饭都没有吃便睡了。睡也睡不着，这时候我忽然热烈的想去看他，见了他我告诉他我知道忏悔了，只要他能不死，我什么都可以牺牲。心焦烦得像一个狂马，我似乎无力控羁它了。朦胧中我看见天辛穿着一套玄色西装，系着大红领结，右手拿着一枝梅花，含笑立在我面前，我叫了一声他的名字便醒了，原来是一梦。这时候夜已深了，揭开帐帷，看见月亮正照射在壁上一张祈祷的图上，现得阴森可怕极了，拧亮了电灯看看表正是两点钟，我不能睡了，我真想跑到医院去看看他到底怎么样？但是这三更半夜，在人们都睡熟的时候，我黑夜里怎能去看他呢！勉强想平静下自己汹涌的心情，然而不可能，在屋里走来走去，也不知想什么？最后跪在床边哭了，我把两臂向床里伸开，头埋在床上，我哽咽着低低地唤着母亲！

我一点都未想到这时候，是天辛的灵魂最后来向我告别的时候，也是他二十九年的生命之火最后闪烁的时候，也是他四五年中刻骨的相思最后完结的时候，也是他一生苦痛烦恼最后撒手的时候。我们这四五年来被玩弄、被宰割、被蹂躏的命运醒来原来是一梦，只是这拈花微笑的一梦呵！

自从这一夜后，我另辟了一个天地，这个天地中是充满了极美丽、极悲凄、极幽静、极哀惋的空虚。

翌晨八时，到学校给兰辛打电话未通，我在白屋的静寂中焦急着，似乎等着一个消息的来临。

十二点半钟，白屋的门砰的一声开了！进来的是谁呢？是从未曾来过我学校的晶清。

她惨白的脸色，紧嚼着下唇，抖颤的声音都令我惊奇！半天才说出一句话是："菊姐有要事，请你去她那里。"我问她什么事，她又不痛快的告诉我，她只说："你去好了，去了自然知道。"午饭已开到桌上，我让她吃饭，她恨极了，催促我马上就走；那时我也奇怪为什么那样从容？昏乱中上了车，心跳得厉害，头似乎要炸裂！到了西河沿我回过头来问晶清："你告我实话，是不是天辛死了？"我是如何的希望她对我这话加以校正，哪知我一点回应都未得到，再看她时，她弱小的身躯蜷伏在车上，头埋在围巾里。

一阵一阵风沙吹到我脸上，我晕了！到了骑河楼，晶清扶我下了车，走到菊姐门前，菊姐已迎出来，菊姐后面是云弟，菊姐见了我马上跑过来抱住我叫了一声"珠妹！"这时我已经证明天辛真的是死了，我扑到菊姐怀里叫了声"姊姊"便晕厥过去了。经她们再三的喊叫和救治，才慢慢醒来，睁开眼看见屋里的人和东西时，我想起来天辛是真死了！

这时我才放声大哭。他们自然也是一样咽着泪，流着泪！窗外的风虎虎地吹着，我们都肠断心碎的哀泣着。

这时候又来了几位天辛的朋友，他们说五点钟入殓，黄昏时须要把棺材送到庙里去；时候已快到，要去医院要早点去。我到了协和医院，一进接待室，便看见静弟，他看见我进来时，他跑到我身边站着哽咽的哭了！我不知说什么好，也不知该怎么样哭。号啕呢还是低泣，我只侧身望着豫王府富丽的建筑而发呆！坐在这里很久，他们总不让我进去看；后来云弟来告我，说医院想留天辛的尸体解剖，他们已回绝了，过一会便可进去看。

在这时候，我便请晶清同我到天辛住的地方，收拾我们的信件。踏进他的房子，我急跑了几步倒在他床上，回顾一周什物依然。三天前我来时他还睡在床上，谁能想到三天后我来这里收检他的遗物。记得那天黄昏我在床前喂他桔汁，他还能微笑的说声："谢谢你！"如今一切依然，微笑尚似恍如目前，然而他们都说他已经是死了，我只盼他也许是睡吧！我真不能睁眼，这房里处处都似乎现着他的影子，我在零乱的什物中，一片一片撕碎这颗心！

晶清再三催我，我从床上扎挣起来，开了他的抽屉，里面已经清理好了，一束一束都是我寄给他的信，另外有一封是他得病那晚写给我的，内容口吻都是遗书的语调，这封信的力量，才造成了我的这一生，这永久在忏悔哀痛中的一生。这封信我看完后，除了悲痛外，我更下了一个毁灭过去的决心，从此我才能将碎心捧献给忧伤而死的天辛。

还有一封是寄给兰辛菊姐云弟的，寥寥数语，大意是说他又病了，怕这几日不能再见他们的话。读完后，我遍体如浸入冰湖，从指尖一直冷到心里：扶着桌子抚弄着这些信件而流泪！晶清在旁边再三让我镇静，要我勉强按压着悲哀，还要扎挣着去看他的尸体。

临走，晶清扶着我，走出了房门，我回头又仔细望望，我愿我的泪落在这门前留一个很深的痕迹。这块地是他碎心埋情的地方。这里深深陷进去的，便是这宇宙中，天长地久永深的缺陷。

回到豫王府，殓衣已预备好，他们领我到冰室去看他。转了几个弯便到了，一推门一股冷气迎面扑来，我打了一个寒战！一块白色的木板上，放着他已僵冷的尸体，遍身都用白布裹着，鼻耳口都塞着棉花。我急走了几步到他的尸前，菊姐在后面拉住我，还是云弟说："不要紧，你让她看好了。"

他面目无大变，只是如蜡一样惨白，右眼闭了，左眼还微睁着看我。我抚着他的尸体默祷，求他瞑目而终，世界上我知道他再没有什么要求和愿望了。

我仔细的看他的尸体，看他惨白的嘴唇，看他无光而开展的左眼，最后我又注视他左手食指上的象牙戒指。这时候，我的心似乎和沙乐美得到了先知约翰的头颅一样。我一直极庄严神肃的站着，其他的人也是都静悄悄的低头站在后面，宇宙这时是极寂静，极美丽，极惨淡，极悲哀！

梦回寂寂残灯后

我真愿在天辛尸前多逗留一会,细细的默志他最后的容颜。我看看他,我又低头想想,想在他憔悴苍白的脸上,寻觅他二十余年在人间刻划下的残痕。谁也不知他深夜怎样辗转哀号的死去,死时是清醒,还是昏迷?谁也不知他最后怎样咽下那不忍不愿停息的呼吸?谁也不知他临死还有什么嘱托和言语?他悄悄地死在这冷森黯淡的病室中,只有浅绿的灯光,苍白的粉壁,听见他最后的呻吟,看见他和死神最后战斗的扎挣。

当我凝视他时,我想起前一星期在夜的深林中,他抖颤的说:"我是生于孤零,死于孤零。"如今他的尸骸周围虽然围了不少哀悼涕泣的人,但是他何尝需要这些呢!即是我这颗心的祭献,在此时只是我自己忏悔的表示,对于魂去渺茫的他又有何补益?记得一九二四年九月二十二日他由沪去广州的船上,有一封信说到我的矛盾,是:

你中秋前一日的信，我于上船前一日接到。此信你说可以做我惟一知已的朋友。前于此的一信又说我们可以作以事业度过这一生的同志。你只会答复人家不需要的答复，你只会与人家订不需要的约束。

你明白的告诉我之后，我并不感到这消息的突兀，我只觉心中万分凄怆！我一边难过的是：世上只有吮血的人们是反对我们的，何以我惟一敬爱的人也不能同情于我们？我一边又替我自己难过，我已将一个心整个交给伊，何以事业上又不能使伊顺意？我是有两个世界的：一个世界一切都是属于你的，我是连灵魂都永禁的俘虏；在另一个世界里，我是不属于你，更不属于我自己，我只是历史使命的走卒。假使我要为自己打算，我可以去做禄蠹了，你不是也不希望我这样做吗？你不满意于我的事业，但却万分恳切的劝勉我努力此种事业；让我再不忆起你让步于吮血世界的结论，只悠久的钦佩你牺牲自己而鼓舞别人的义侠精神！

我何尝不知道：我是南北漂零，生活日在风波之中，我何忍使你同入此不安之状态；所以我决定：你的所愿，我将赴汤蹈火以求之，你的所不愿，我将赴汤蹈火以阻之。不能这样，我怎能说是爱你！从此我决心为我的事业奋斗，就这样飘零孤独度此一生，人生数十寒暑，死期忽忽即至，奚必坚执情感以为是。你不要以为对不起我，更不要为我伤心。

这些你都不要奇怪，我们是希望海上没有浪的，它应当平静如镜；可是我们又怎能使海上无浪？从此我已是傀儡生命了，为了你死，亦可以为了你生，你不能为了这样可傲慢一切的情形而愉快吗？我希望你从此愉快，但凡你能愉快，这世上是没有什么可使我悲哀了！

　　写到这里，我望望海水，海水是那样平静。好吧，我们互相遵守这些，去建筑一个富丽辉煌的生命，不管他生也好，死也好。

　　这虽然是六个月前的信，但是他的环境和他的意念是不允许他自由的，结果他在六个月后走上他最后的路，他真的在一个深夜悄悄地死去了。

　　唉！辛！到如今我才认识你这颗迂回宛转的心，然而你为什么不扎挣着去殉你的事业，做一个轰轰烈烈的英雄，你却柔情千缕，吐丝自缚，遗我以余憾长恨在这漠漠荒沙的人间呢？这岂是你所愿？这岂是我所愿吗？当我伫立在你的面前千唤不应时候，你不懊悔吗？在这一刹那，我感到宇宙的空寂，这空寂永远包裹了我的生命；也许这在我以后的生命中，是一种平静空虚的愉快。辛！你是为了完成我这种愉快才毅然的离开我，离开这人间吗？

　　我细细默记他的遗容，我想解答这些疑问，因之，我反而不怎样悲痛了。

　　终于我要离开他，一步一回首我望着陈列的尸体，咽下许多不能叙说的忧愁。装殓好后，我本想再到棺前看看他，不知谁不赞成的阻止了，我也莫有十分固执的去。

　　我们从医院前门绕到后门，看见门口停着一副白木棺，旁边站满了北京那些穿团花绿衫的杠夫；我这时的难过真不能形容了，这几步远的一副棺材内，装着的是人天隔绝的我的朋友，从此后连那可以细认的尸体都不能再见了；只有从记忆中心衣底浮出梦里拈花含笑的他，醒后尸体横陈的他。

许多朋友亲戚都立在他棺前，我和菊姐远远的倚着墙，一直望着他白木棺材上，罩了一块红花绿底的绣幕，八个穿团花绿衫的杠夫抬起来，我才和菊姐雇好车送他到法华寺。这已是黄昏时候，他的棺材一步一步经过了许多闹市，出了哈德门向法华寺去。几天前这条道上，我曾伴着他在夕阳时候来此散步，谁也想不到几天后，我伴着他的棺材，又走这一条路。我望着那抬着的棺材，我一点也不相信这里面装着的便是我心中最畏避而终不能逃脱的"死"！到了法华寺，云弟伴我们走进了佛堂，稍待又让我们到了一间黯淡的僧房里休息。

菊姐和晶清两个人扶着我，我在这间幽暗的僧房里低低的啜泣，听见外面杠夫安置棺材的动作和声音时，我心一片一片碎了！辛！从此后你孤魂寂寞，飘游在这古庙深林，也还记得繁华的人间和一切系念你的人吗？

一阵阵风从纸窗缝里吹进，把佛龛前的神灯吹得摇晃不定，我的只影蜷伏在黑暗的墙角，战栗的身体包裹着战栗的心。晶清紧紧握着我冰冷的手，她悄悄地咽着泪。夕阳正照着淡黄的神幌。有十五分钟光景，静弟进来请我出去，我和晶清菊姐走到院里时，迎面看见天辛的两个朋友，他们都用哀怜的目光投射着我。走到一间小屋子的门口，他的棺材停放在里面，前面放着一张方桌，挂着一幅白布蓝花的桌裙，燃着两支红烛，一个铜炉中缭绕着香烟。我是走到他灵前了，我该怎样呢？我听见静弟哭着唤"哥哥"时，我也不自禁的随着他号啕痛哭！唉！这一座古庙里布满了愁云惨雾。

　　黑暗的幕渐渐低垂，菊姐向晶清说："天晚了我们该回去了。"我听见时更觉伤心，日落了，你的生命和我的生命都随着沉落在一个永久不醒的梦里；今夜月儿照临到这世界时，辛！你只剩了一棺横陈，今夜月儿照临在我身上时，我只觉十年前尘恍如一梦。

　　静弟送我们到门前，他含泪哽咽着向我们致谢！这时晶清和菊姐都低着头擦泪！我猛抬头看见门外一片松林，晚霞照的鲜红，松林里现露出几个凸堆的坟头。我呆呆地望着。上帝呵！谁也想不到我能以这一幅凄凉悲壮的境地，作了我此后生命的背景。我指着向晶清说："你看！"她自然知道我的意思，她抚着我肩说："现在你可以谢谢上帝！"

　　我听见她这句话，似乎得了一种暗示的惊觉，我的悲痛不能再忍了，我靠在一棵松树上望着这晚霞松林，放声痛哭！辛！你到这时该忏悔吧！太忍心了，也太残酷了，你最后赐给我这样悲惨的境象，这样悲惨的景象，深印在我柔弱嫩小的心上；数年来冰雪友谊，到如今只博得隐恨千古，抚棺哀哭！辛！你为什么不流血沙场而死，你为什么不瘐毙狱中而死？却偏要含笑陈尸在玫瑰丛中，任刺针透进了你的心，任鲜血淹埋了你的身，站在你尸前哀悼痛哭你的，不是全国的民众，却是一个别有怀抱，负你深爱的人。

　　辛！你不追悔吗？为了一个幻梦的追逐捕获，你遗弃不顾那另一世界的建设毁灭，轻轻地将生命迅速的结束，在你事业尚未成功的时候。到如今，只有诅咒我自己，我是应负重重罪戾对于你的家庭和社会。我抱恨怕我纵有千点泪，也抵不了你一滴血，我用什么才能学识来完成你未竟的事业呢！更何忍再说到我们自己心里的痕迹和环境一切的牵系！

我不解你那时柔情似水，为什么不能温暖了我心如铁？

在日落后暮云苍茫的归途上，我仿佛是上了车，以后一切知觉便昏迷了。思潮和悲情暂时得能休息，恍惚中是想在缥渺的路上去追唤逝去的前尘呢！这时候我魂去了，只留下一副苍白的面靥和未冷的躯壳卧在菊姐的床上，床前站满了我的和辛的朋友还有医生。

这时已午夜三点多钟，冷月正照着纸窗。我醒了，睁开眼看见我是在菊姐床上，一盏残灯黯然的对着我；床四周静悄悄站了许多人，他们见我睁开眼都一齐嚷道："醒了！醒了！"

我终于醒了！我遂在这醒了声中，投入到另一个幽静、冷寞、孤寂、悲哀的世界里。

无穷红艳烟尘里

　　一样在寒冻中欢迎了春来，抱着无限的抖颤惊悸欢迎了春来，然而阵阵风沙里夹着的不是馨香而是血腥。片片如云雾般的群花，也正在哀呼呻吟于狂飙尘沙之下，不是死的惨白，便是血的鲜红。试想想一个疲惫的旅客，她在天涯中奔波着这样惊风骇浪的途程，目睹耳闻着这些愁惨冷酷的形形色色，她怎能不心碎呢！既不能运用宝刀杀死那些扰乱和平的恶魔，又无烈火烧毁了这恐怖的黑暗和荆棘，她怎能不垂涕而愤恨呢！

　　已是暮春天气，却为何这般秋风秋雨？假如我们记忆着这个春天，这个春天是埋葬过一切的光荣的。他像深夜中森林里的野火，是那样寂寂无言的燃烧着！他像英雄胸中刺出的鲜血，直喷洒在枯萎的花瓣上，是那样默默的射放着醉人心魂的娇艳。春快去了，和着一切的光荣逝去了，但是我们心头愿意永埋这个春天，把她那永远吹拂人类生意而殉身的精神记忆着。

在现在真不知怎样安放这颗百创的心,而我们自己的头颅何时从颈上飞去呢!这只有交付给渺茫的上帝了。春天我是百感交集的日子,但是今年我无感了。除了睁视默默外,既不会笑也不会哭,我更觉着生的不幸和绝望;愿天爽性把这地球捣成碎粉,或者把我这脆弱有病态的心掉换成那些人的心,我也一手一支手枪飞骑驰骋于人海之中,看着倒践在我铁蹄下的血尸,微笑快意!然而我终于都不能如愿,世界不归我统治,人类不听我支配,只好叹息着颤悸着,看他们无穷的肉搏和冲杀吧!

有时我是会忘记的。当我在一群天真烂漫的小姑娘中间,悄悄地看她们的舞态,听她们的笑声,对我像一个不知道人情世故的人,更不知道世界上还有许多不幸和罪恶。

当我在杨柳岸,伫立着听足下的泉声,残月孤星照着我的眉目,晚风吹拂着我的衣裙,把一颗平静的心,放在水面月光上时,我也许可以忘掉我的愁苦,和这世界的愁苦。

常想钻在象牙塔里,不要伸出头来,安稳甘甜的做那痴迷恍惚的梦;但是有时象牙塔也会爆裂的,终于负了满身创伤掷我于十字街头,令我目睹着一切而惊心落魄!这时花也许开的正鲜艳,草也许生的很青翠,潮水碧油油的,山色绿葱葱的;但是灰尘烟火中,埋葬着无穷娇艳青春的生命。我疲惫的旅客呵!不忍睁眼再看那密布的墨云,风雨欲来时的光景了。

我祷告着,愿意我是个又聋又瞎的哑小孩。

十六年国耻日

梦　回

　　这已是午夜人静,我被隔房一阵痛楚的呻吟惊醒!睁开眼时,一盏罩着绿绸的电灯,低低的垂到我床前,闪映着白漆的几椅和镜台。绿绒的窗帏长长的拖到地上;窗台上摆着美人蕉。摆着梅花,摆着水仙,投进我鼻端的也辨不出是哪一种花香。墙壁的颜色我写不出,不是深绿,不是浅碧,像春水又像青天,表现出极深的沉静与幽暗。我环顾一周后,不禁哀哀的长叹一声!谁能想到呢!我今夜来到这陌生的室中,睡在这许多僵尸停息过的床上做这惊心的碎梦?谁能想到呢!

　　除了在暗中捉弄我的命运,和能执掌着生机之轮的神。

　　这时候门轻轻地推开了。进来一个黑衣罩着白坎肩戴着白高冠的女郎,在绿的灯光下照映出她娇嫩的面靥,尤其可爱的是一双黑而且深的眼,她轻盈婀娜的走到我床前。

　　微笑着说:"你醒了!"声音也和她的美丽一样好听!走近了,细看似乎像一个认识的朋友,后来才想到原来像去秋死了的姊。不知为什么我很喜欢她；当她把测验口温的表放在我嘴里时，我凝视着她，我是愿意在她依稀仿佛的面容上，认识我不能再见的婧姊呢！

"你还需静养不能多费思想的，今夜要好好的睡一夜：明天也许会好的，你不要焦急！"她的纤纤玉手按着我的右腕，斜着头说这几句话。我不知该怎样回答她，我只微笑的点点头。她将温度写在我床头的一个表上后，她把我的被又向上拉了拉，把汽炉上的水壶拿过来。她和来时一样又那么轻盈婀娜的去了。电灯依然低低的垂到我床前，窗帏依然长长的拖到地上，室中依然充满了沉静和幽暗。

她是谁呢？她不是我的母亲，不是我的姊妹，也不是我的亲戚和朋友，她是陌生的不相识的一个女人；然而她能温慰我服侍我一样她不相识的一个病人。当她走后我似乎惊醒的回忆时，我不知为何又感到一种过后的惆怅，我不幸做了她的伤羊。我合掌谢谢她的来临，我像个小白羊，离群倒卧在黄沙凄迷的荒场，她像月光下的牧羊女郎，抚慰着我的惊魂，吻照着我的创伤，使我由她洁白仁爱的光里，看见了我一切亲爱的人，忘记了我一切的创痛。

我哪能睡，我哪能睡，心海像狂飙吹拂一样的汹涌不宁；往事前尘，历历在我脑海中映演，我又跌落在过去的梦里沉思。心像焰焰迸射的火山，头上的冰囊也消融了。我按电铃，对面小床上的漱玉醒了，她下床来看我，我悄悄地拉她坐在我床边，我说："漱妹：你不要睡了，再有两夜你就离开我去了，好不好今夜我俩联床谈心？"漱玉半天也不说话，只不停的按电铃，我默默望着她娇小的背影咽泪！女仆给我换了冰囊后，漱玉又转到我床前去看我刚才的温度；在电灯下呆立了半晌，她才说："你病未脱险期，要好好静养，不能多费心思多说话，你忘记了刚才看护吩咐你的话吗?"她说话的声音已有点抖颤,而且她的头低低的垂下,我不能再求了。好吧!任我们同在这一室中,为了病把我们分隔的咫尺天涯;临别了,还不能和她联床共话消此长夜,人间真有许多想不到梦不到的缺憾。我们预想要在今夜给漱玉饯最后的别宴,也许这时候正在辉煌的电灯下各抱一壶酒,和泪痛饮,在这凄楚悲壮的别宴上,沉痛着未来而醺醉。哪知这一切终于是幻梦,幻梦非实,终于是变,变异非常;谁料到凄哀的别宴,到时候又变出惊人的惨剧!

这间病房中两张铁床上,卧着一个负伤的我,卧着一个临行的她,我们彼此心里都怀有异样的沉思和悲哀:她是山穷水尽无路可通,还要扎挣着去投奔远道,在这冰天雪地,寒风凄紧时候,要践踏出一条道路,她不管上帝付给的是什么命运?我呢,原只想在尘海奔波中消磨我的岁月和青春,哪料到如今又做了十字街头,电车轮下,幸逃残生的负伤者!生和死一刹那间,我真愿晕厥后,再不醒来,因为我是不计较到何种程度才值得死,希望得什么"泰山鸿毛"一类的虚衔。假如死一定要和我握手,我虽不愿也不能拒绝,我们终日在十字街头往来奔波,活着出门的人,也许死了才抬着回来。这类意外的惨变,我们且不愿它来临,然而也毫无力量可以拒绝它来临。

我今天去学校时,自然料不到今夜睡在医院,而且负了这样沉重的伤。

漱玉本是明晨便要离京赴津的,她哪能想到在她临行时候,我又遭遇了这样惊人心魂的惨劫?因之我卧在病床上深深地又感到了人生多变,多变之中固然悲惨凄哀,不过有时也能找到一种意想不及的收获。我似乎不怎样关怀我负伤的事,我只回想着自己烟云消散后的旧梦,沉

136

恋着这惊魂乍定，恍非身历的新梦。

漱玉喂我喝了点牛奶后，她无语的又走到她床前去，我望着沉重的双肩长叹！她似乎觉着了。回头向我苦笑着说："为什么？"我也笑了，我说："不知道。"她坐在床上，翻看一本书。我知她零乱的心绪，大概她也是不能睡；然而她知我也是不愿意睡，所以她又假睡在床上希望着我静寂中能睡。

她也许不知道我已厌弃睡，因为我已厌弃了梦，我不愿入梦，我是怕梦终于又要惊醒！

有时候我曾羡慕过病院生活，我常想有了病住几天医院，梦想着这一定是一个值得描写而别有兴感的环境；但是今夜听见了病人痛楚的呻吟，看见了白衣翩跹的看护、寂静阴惨的病室、凄哀暗淡的灯光时，我更觉的万分悲怆！深深地回忆到往日病院的遗痕，和我心上的残迹，添了些此后离梦更遥的惆怅！而且愿我永远不再踏进这肠断心碎的地方。

心绪万端时，又想到母亲。母亲今夜的梦中，不知我是怎样的入梦？

母亲！我对你只好骗你，我哪能忍把这些可怕可惊的消息告诉你。为了她我才感谢上苍，今天能在车轮下逃生，剩得这一副残骸安慰我白发皤皤的双亲。

为了母亲我才珍视我的身体，虽然这一副腐蚀的残骸，不值爱怜；但是被母亲的爱润泽着的灵魂，应该随着母亲的灵魂而安息，这似乎是暗中的声音常在诏示着我。然而假使我今天真的血迹模糊模卧在车轨上时，我虽不忍抛弃我的双亲也不能。想到此我眼中流下感谢的泪来！

路既未走完，我也只好背起行囊再往前去，不管前途是荆棘是崎岖，披星戴月的向前去。想到这里我心才平静下，漱玉蜷伏在床上也许

137

已经入了梦，我侧着身子也想睡去，但是脑部总是迸发出火星，令我不能冷静。

夜更静了，绿帏后似乎映着天空中一弯残月。我由病床上起来，轻轻地下了床，走到窗前把绿帏拉开，惨白的月光投射进来，我俯视月光照着的楼下，在一个圆形的小松环围的花圃里中央，立着一座大理石的雕像，似乎是一个俯着合掌的女神正在默祷着！

这刹那间我心海由汹涌而归于枯寂，我抬头望着天上残月和疏星，低头我又看在凄寒冷静的月夜里，那一个没有性灵的石像；我痴倚在窗前沉思，想到天明后即撒手南下的漱玉，又想到从死神羽翼下逃回的残躯，我心中觉着辛酸万分，眼泪一滴一滴流到炎热的腮上。

我回到床前，月光正投射到漱玉的身上，窗帏仍开着，睁眼可以看见一弯银月，和闪烁的繁星。

归　　来

　　四围山色中，一鞭残照里，我骑着驴儿归来了。

　　过了南天门的长山坡，远远望见翠绿丛中一带红墙，那就是孔子庙前我的家了，心中说不出是什么滋味，这又是一度浩劫后的重生呢；依稀在草香中我嗅着了血腥：在新冢里看见了战骨。我的家，真能如他们信中所说的那样平安吗？我有点儿不相信。

　　抬头已到了城门口，在驴背上忽然听见有人唤我的乳名。这声音和树上的蝉鸣夹杂着，我不知是谁？回过头来问跟着我的小童：

　　"珑珑！听谁叫我呢！你跑到前边看看。"

　　接着又是一声，这次听清楚了是父亲的声音；不过我还不曾看见他到底是在哪里喊我，驴儿过了城洞我望见一个新的炮垒，父亲穿着白的长袍，站在那土丘的高处，银须飘拂向我招手；我慌忙由驴背上下来，跑到父亲面前站定，心中觉着凄梗万分眼泪不知怎么那样快，我怕父亲看见难受，不敢抬起头来，也说不出什么话来。父亲用他的手抚摩着我的短发，心里感到异样的舒适与快愉。也许这是梦吧，上帝能给我们再见的机会。

沉默了一会，我才抬起头来，看父亲比别时老多了，面容还是那样慈祥，不过举动现得迟钝龙钟了。

我扶着他下了土坡，慢慢缘着柳林的大道，谈着路上的情形。我又问问家中长亲们的健康，有的死了，有的还健在，年年归来都是如此沧桑呢。

珑珑赶着驴儿向前去了，我和父亲缓步在黄昏山色中。

过了孔庙的红墙，望见我骑的驴儿挂在老槐树上，昆林正在帮着珑珑拿东西呢！她见我来了，把东西扔了就跑过来，喊了一声"梅姑！"似乎有点害羞，马上低了头，我握着她手一端详：这孩子出脱的更好看了，一头如墨云似的头发，衬着她如雪的脸儿，睫毛下一双大眼睛澄碧灵活，更显得她聪慧过人。这年龄，这环境，完全是十年前我的幻影，不知怎样联想起自己的前尘，悄悄在心底叹了一口气。

进了大门，母亲和一个不认识的女人坐在葡萄架下，嫂嫂正在洗手。

她们看见我都喜欢的很。母亲介绍我那个人，原来是新娶的八婶。吃完饭，随便谈谈奉军春天攻破娘儿关的恐慌虚惊，母亲就让我上楼去休息。这几间楼房完全是我特备的，回来时母亲就收拾清楚，真是窗明几净，让我这匹跋涉千里疲惫万分的征马，在此卸鞍。走了时就封锁起来，她日夜望着它祷祝我平安归来。

每年走进这楼房时，纵然它是如何的风景依然，我总感到年年归来时的心情异昔。

扶着石栏看紫光弥漫中的山城,天宁寺矗立的双塔,依稀望着我流浪的故人微笑!沐浴在这苍然暮色的天幕下时,一切扰攘奔波的梦都霍然醒了,忘掉我还是在这嚣杂的人寰。

尤其令我感谢的是故乡能逃出野蛮万恶的奉军蹂躏,今日归来不仅天伦团聚而且家园依旧。

我看见一片翠挺披拂的玉米田,玉米田后是一畦畦的瓜田,瓜田尽头处是望不断的青山,青山的西面是烟火,人家,楼台城廓,背着一带黑森森的树林,树梢头飘游着逍遥的流云。静悄悄不见一点儿嘈杂的声音,只觉一阵阵凉风吹摩着鬓角衣袂,几只小鸟在白云下飞来飞去。

我羡慕流云的逍遥,我忌恨飞鸟的自由,宇宙是森罗万象的,但我的世界却是狭的笼呢!

追逐着,追逐着,我不能如愿满足的希望。来到这里又想那里,在那里又念着回到这里,我痛苦的,就是这不能宁静不能安定的灵魂。

正凝想着,昆林抱着黑猫上来了。这是母亲派来今夜陪我的侣伴。

临睡时,天幕上只有几点半明半暗的小星星。我太疲倦了,这夜不曾失眠,也不曾做梦。

社　　戏

　　临离北平时，许多朋友送了我不少的新书。回来后，这寂寞的山城，除了自然界的风景外，真没有可以消遣玩耍的事情，只有拿上几本爱读的书，到葡萄架下，老槐树底，小河堤上，茅庵门前，或是花荫蝉声，楼窗晚风里去寻求好梦。书又何曾看了多少，只凝望着晚霞和流云而沉思默想；想倦了，书扔在地上，我的身体就躺在落英绿茵中了。

　　怎样醒来呢？快吃饭了，昆林抱着黄狸猫，用它的绒蹄来抚摸我的脸，惊醒后，我牵了昆林，黄狸猫跟在我们后边，一块儿走到母亲房里。桌上已放置了许多园中新鲜菜蔬烹调的佳肴，昆林坐在小椅子上，黄狸猫蹲在她旁边。那时一切的环境，都是温柔的和母亲的手一样。

　　读倦了书，母亲已派人送冰浸的鲜艳的瓜果给我吃。亲戚家也都把他们园地中的收获，大篮小筐的馈赠我，我真成了山城中幸福的娇客。黄昏后，晚风凉爽时，我披着罗衣陪了父亲到山腰水涧去散步。

　　想起来，这真是短短的一个美满的神仙的梦呢！

有一天姑母来接我去看社戏。这正是一个清新的早晨。微雨初晴旭日像一团火轮，我骑着小驴儿，嘚嘚嘚嘚走过了几个小村堡到了姑母家。姑母家，充满了欣喜的空气欢迎我。

早餐后，来了许多格子布、条儿布的村姑娘来看我，都梳着辫子，扎着鲜艳的头绳，粉白脸儿拢着玫瑰腮，更现得十分俏丽。姑母介绍时，我最喜欢梳双髻的兰篮，她既天真又活泼，而且很大方，不像别的女孩子那样怕生害羞。

今天村里的妇女们，衣饰都收拾的很新洁。一方面偷空和姑姑姨姨们畅叙衷怀，一方面还要张罗着招待客人看戏。比较城市中，那些辉煌华丽的舞台剧场中的阔佬富翁们，拥伴侍候着那些红粉骷髅，金钱美人，要幸福多了。这种可爱的纯真和朴素，使得她们灵魂是健康而且畅快呵！不过人生的欲望无穷，达不到的都是美满，获得的都是缺陷，彼此羡慕也彼此妒忌，这就是宛转复杂的苦痛人生吧！

戏台在一块旷野地。前面那红墙高宇的就是关帝庙。这台戏，有的人说是谢神的，因为神的力量能保佑地面不曾受奉军的蹂躏。有的人说是庆祝北伐成功的，特意来慰劳前敌归来的将士们。台前悬挂着两个煤气灯，交叉着国旗党旗，两旁还挂着"革命尚未成功，同志仍须努力"的对联。我和兰篮她们坐在姑家的席棚里，很清楚的看见这简陋剧场的周围，是青山碧水，瓜田菜畦，连绵不断翠色重重的高粱地。

集聚的观众，成个月牙形。小贩呼卖声，儿童哭闹声，妇女们的笑语声，刺耳的锣鼓声，种种嘈杂的声音喊成一片；望去呢，是闹哄哄一团人影，缓缓移动像云拥浪堆。

二点钟时候，戏开演了。咿咿呀呀，唔唔呵呵，红的进去，黑的出来，我简直莫明其妙是做什么？回头问女伴，她们一样摇头不知。我遂将视线移在台下，觉得舞台下的活动影戏，比台上的傀儡还许有趣呢！

正凝视沉思时，东北角上忽然人影散动，观众们都转头向那方看去，隐隐听见哭喊求饶的声音。这时几声尖锐的啸笛吹起。人群中又拥出许多着灰色军服的武装同志，奔向那边去了。妇女们胆小的都呼儿携女的逃遁了，大胆些的站在板凳上伸头了望，蓦然间起了极大的纷扰。

一会儿姑母家派人来接我们。我向来人打听的结果，才知道这纷乱的原因。此地驻扎的武装同志来看戏时，无意中乡下一个农民践踏了他一足泥，这本来小得和芝麻一样大的事，但是我们的同志愤怒之余就拿出打倒的精神来了。这时看台上正坐着个七十多岁的老太婆，她听见儿子哭喊求救的声音，不顾一切由椅子上连跌带跑奔向人群，和那着灰色军装的兵，加入战团。一声啸笛后又来了许多凶恶的军士助威，不一会那母子已被打得血迹淋漓，气息奄奄，这时还不知性命怎样呢！据说这类事情，一天大小总发生几项，在这里并不觉得奇怪。不过我是恍惚身临旧境一样的愤慨罢了！

挤出来时，逢见一个军官气冲冲的走过去。后面随着几个着中山服的青年，认识一位姓唐的，他是县党部的委员。

在山坡上，回头还能看见戏台上临风招展的青天白日满地红。我轻轻舒放了一口气。

才觉得我是生活在这样幸福的环境里。

恐　怖

　　父亲的生命是秋深了。如一片黄叶系在树梢。十年，五年，三年以后，明天或许就在今晚都说不定。因之，无论大家怎样欢欣团聚的时候，一种可怕的暗影，或悄悄飞到我们眼前。就是父亲在喜欢时，也会忽然的感叹起来！

　　尤其是我，脆弱的神经，有时想的很久远很恐怖。父亲在我家里是和平之神。

　　假如他有一天离开人间，那我和母亲就沉沦在更深的苦痛中了。维持我今日家庭的绳索是父亲，绳索断了，那自然是一个莫测高深的陨坠了。

　　逆料多少年大家庭中压伏的积怨，总会爆发的。这爆发后毁灭一切的火星落下时，怕懦弱的母亲是不能逃免！我爱护她，自然受同样的创缚，处同样的命运是无庸疑议了。

　　那时人们一切的矫饰虚伪，都会褪落的；心底的刺也许就变成弦上的箭了。多少隐恨说不出在心头。每年归来,深夜人静后,母亲在我枕畔偷偷流泪!我无力挽回她过去铸错的命运,只有精神上同受这无期的刑罚。有时我虽离开母亲,凄冷风雨之夜,灯残梦醒之时,耳中犹仿佛听见枕畔有母亲滴泪的声音。不过我还很欣慰父亲的健在,一切都能给她作防御的盾牌。

谈到父亲,七十多年的岁月,也是和我一样颠沛流离,忧患丛生,痛苦过于幸福。

每次和我们谈到他少年事,总是残泪沾襟不忍重提。这是我的罪戾呵!

不能用自己柔软的双手,替父亲抚摸去这苦痛的瘢痕。

我自然是萍踪浪迹,不易归来;但有时交通阻碍也从中作梗。这次回来后,父亲很想乘我在面前,预嘱他死后的诸事,不过每次都是泪眼模糊,断续不能尽其辞。有一次提到他墓穴的建修,愿意让我陪他去看看工程,我低头咽着泪答应了。

那天夜里,母亲派人将父亲的轿子预备好,我和曾任监工的族叔蔚文同着去,打算骑了姑母家的驴子。

翌晨十点钟出发:母亲和芬嫂都嘱咐我好好招呼着父亲,怕他见了自己的坟穴难过;我也不知该怎样安慰防备着,只觉心中感到万分惨痛。一路很艰险,经过都是些崎岖山径;同样是青青山色,**潺潺流水**,但每人心中都抑压着一种凄怆,虽然是旭日如烘,万象鲜明,而我只觉前途是笼罩一层神秘恐怖黑幕,这黑幕便是旅途的终点,父亲是一步一步走近这伟大无涯的黑幕了。

在一个高垫如削的山峰前停住,父亲的轿子落在平地。我慌忙下了驴子向前扶着，觉他身体有点颤抖，步履也很软弱，我让他坐在崖石上休息一会。这真是一个风景幽美的地方，后面是连亘不断的峰峦，前面是青翠一片麦田；山峰下隐约林中有炊烟，有鸡唱犬吠的声音。父亲指着说：

"那一带村庄是红叶沟，我的祖父隐居在这高塔的庙里，那庙叫华严寺，有一股温泉，流汇到这庙后的崖下。土人传说这泉水可以治眼病呢！我小时候随着祖父，在这里读书；已经有三十多年不来了，人事过的真快呵！不觉得我也这样老了。"父亲仰头叹息着。

蔚叔领导着进了那摩云参天的松林，苍绿阴森的荫影下，现出无数冢墓，矗立着倒斜着风雨剥蚀的断碣残碑。地上丛生了许多草花，红的黄的紫的夹杂着十分好看。蔚叔回转进一带白杨，我和父亲慢步徐行，阵阵风吹，声声蝉鸣，都现得惨淡空寂，静默如死。

蔚叔站住了，面前堆满了磨新的青石和沙屑，那旁边就是一个深的洞穴，这就是将来掩埋父亲尸体的坟墓。我小心看着父亲，他神色现得异样惨淡，银须白发中，包掩着无限的伤痛。

一阵风吹起父亲的袍角，银须也缓缓飘拂到左襟；白杨树上叶子磨擦的声音，如幽咽泣诉，令人酸梗，这时他颤巍巍扶着我来到墓穴前站定。

父亲很仔细周详的在墓穴四周看了一遍，觉得很如意。蔚叔又和他筹画墓头的式样，他还能掩饰住悲痛说：

"外面的式样坚固些就成啦，不要太讲究了，靡费金钱。只要里面干燥光滑一点，棺木不受伤就可以了。"

回头又向我说：

"这些事情原不必要我自己做,不过你和璜哥,整年都在外面;我老了,无可讳言是快到坟墓去了。在家也无事,不愁穿,不愁吃,有时就愁到我最后的安置。棺木已扎好了,里子也裱漆完了。衣服呢我不愿意穿前清的遗服或现在的袍褂。我想走的时候穿一身道袍。璜哥已由汉口给我寄来了一套,鞋帽都有,哪天请母亲找出来你看看。我一生廉洁寒苦,不愿浪费,只求我心身安适就成了。都预备好后,省临时麻烦;不然你们如果因事忙因道阻不能回来时,不是要焦急吗?我愿能悄悄地走了,不要给你们灵魂上感到悲伤。生如寄,死如归,本不必认真呵!"

我低头不语,怕他难过,偷偷把泪咽下去。等蔚叔扶父亲上了轿后,我才取出手绢揩泪。

临去时我向松林群冢望了一眼,再来时怕已是一个梦醒后。

跪在洞穴前祷告上帝:愿以我青春火焰,燃烧父亲残弱的光辉!千万不要接引我的慈爱父亲来到这里呵!

这是我第二次感到坟墓的残忍可怕,死是这样伟大的无情。

寄到狱里去

——给萍弟

这正是伟大的死城里,秋风秋雨之夜。

什么都沉寂,什么都闭幕了,只有雨声和风声绞着,人们正在做恐怖的梦吧!一切都冷静,一切都阴森,只有我这小屋里露着一盏暗淡的灯光,照着我这不知是幽灵还是鬼魂的影子在摇曳着,天上没有月,也没有星。

我不敢想到你,想到你时,我便依稀看见你蓬首垢面,憔悴,枯瘠,被黑暗的罗网,惨苦的囚院,捉攫去你的幸福自由的可怜情形。这时你是在啮着牙关,握着双拳,向黑暗的、坚固的铁栏冲击呢?还是低着头,扶着肩,向铁栏畔滴洒你英雄失意的眼泪?我想你也许在抬起你的光亮双睛,向天涯,天涯,遥望着你遗留在这里的那颗心!也许你已经哭号无力,饥寒交逼,只蜷伏在黑暗污秽的墙角,喘着生之最后的声息！也许你已经到了荒郊高原，也许你已经……我不敢想到你，想到你，我便觉着战栗抖颤，人世如地狱般可怕可叹！然而萍弟呵！我又怎能那样毫不关心的不记念你？

关山阻隔，除了神驰焦急外，懦弱无力的我们，又哪能拯救你，安慰你。然而我而望你珍重，盼望你含忍；禁锢封锁了我们的身体的，万不能禁锢封锁我们的灵魂。为了准备将来伟大更坚固更有力的工作，你应该保重，你应该容忍。这是你生命火焰在黑暗中冲击出的星花，囚牢中便是你励志努力潜修默会的书房，这短期内的痛苦，正是造成一个改革精进的青年英雄的机会。望你勿灰心丧志，过分悲愤才好。

萍弟！你是聪明人，你虽然尽忠于你的事业，也应顾及到异乡外系怀你的清。你不是也和天辛一样，有两个生命：一个是革命，一个是爱情；你应该为了他们去努力求成全求圆满。这暂时的厄运，这身体的苦痛，千万不要令你心魂上受很大的创伤，目下先宜平静，冷寂你热血沸腾的心。

说到我们，大概更令你伤心，上帝给与了我们异地同样的命运。假如这信真能入你目，你也许以为我这些话都是梦境。你不要焦急，慢慢地我告诉你清的近况。你离开这庄严的、古旧的、伟大的、灰尘的北京之后，我曾寄过你三封信。一封是在上海，一封是在广东，一封便是你被捕的地方，不知你曾否收到？清从沪归之翌晨，我返山城。这一月中她是默咽离愁，乍尝别恨；我是返故乡见母亲，镇天在山水间领略自然，和母亲给与我的慈爱。一月之后我重返北京，清已不是我走时的清，她的命运日陷悲愁。更加你消息沉沉，一去无音信；几次都令我们感到了恐怖——这恐怖是心坎里久已料到惟恐实现的。但是我总是劝慰清，默默祷告给平安与萍。

这样一天一天过去了。

等到了夏尽秋来，秋去冬临，清镇日辗转寸心于焦急愁闷怨恨恐惧之中。这时外面又侵袭来多少意外的阴霾包裹了她，她忍受着一切的谣诼，接收着一切的诽谤。怪谁？只因为你们轻别离。只抱憾人心上永远有填不满的深沟，人心上永远有不穿的隔膜。

这样一天一天过去了。你的消息依然是石沉大海。

红楼再劫，我们的希望完全粉碎！研究科取消后，清又被驱逐，不仅无书可读，而且连一枝之栖都无处寻觅。谁也知道她是无父无母，以异乡作故乡的飘零游子；然而她被驱逐后，离开了四年如母亲怀抱，如婴儿摇篮的红楼，终于无处寄栖她弱小的身躯。

她孤零零万里一身，从此后遂彷徨踟蹰于长安道上，渡这飘泊流落的生涯。谁管？只她悄悄地扎挣着，领受着，看着这人情世事的转换幻变；一步一走，她已走到峭壁在前，深涧在后的悬崖上来了。如今，沉下去，沉下去，一直沉到深处去了。

我是她四年来唯一的友伴，又是曾负了萍弟的重托，这时才感到自己的浅薄，懦弱，庸愚无能。虽然我能将整个灵魂替她擘画，全部心思供她驱使，然而我无力阻挡这噩运的频频来临。

我们都是弱者，如今只是在屠夫的利刃下喘息着，陈列在案上的俘虏，还用什么抵抗扎挣的力量。所以我们目前的生活之苦痛，不是悲愁，却是怒愤！我们如今看那些盘踞者胜利的面孔，他们用心底的狭隘，封锁了我们欲进的门，并且将清关在大门以外刻不容留的驱逐出。后来才知道取消研究科是因为弥祸于未形，先事绸缪的办法；他们红

151

楼新主，错认我们作意图捣乱的先锋。一切都完了，公园松林里你的预祝，我们约好二年之后再见时，我们自己展览收获，陈列胜利，骄傲光荣，如今都归湮灭无存。

我和清这时正在崎岖的、凄寒的、寂寞的道途中，摸索着践踏我们要走的一条路径。

几次我们遇到危险，几次我们受了创伤，我们依然毫不畏缩毫不却步的走向前去，如今，直到如今，我们还是这样进行；我想此后，从此以后，人生的道路也是这样罢！只有辛苦血汗的扎挣着奔波，没有顺适，困散的幸福来袭。深一层看见了社会的真象，才知道建设既不易，毁灭也很难。我们的生命力是无限，他们的阻障力也是无限；世界永久是搏战，是难分胜负的苦战！

接到琼妹传来你被捕的消息时，正是我去红楼替清搬出东西的那天。

你想清如何承受这再三的刺激，她未读完，信落在地上，她望天微微的冷笑！

这可怕的微笑，至如今犹深印在我脑海中。记得那是个阴森黯淡的黄昏，在北馆凄凉冷寒的客厅下我和清作长时间的沉默！

我真不能再写下去了，为什么四个月的离别，会有这么多的事变丛生。清告诉我，在上海时你们都去看《难为了妹妹》的电影，你特别多去几次，而且每次看过后都很兴奋！这次琼妹来信便是打这谜语，她写着是："三哥回来了三礼拜，便作《难为了妹妹》中的何大虎。"我们知道她所指是象征着你的被捕，坐监。萍弟！你知道吗？《难为了妹妹》如今正在北京明星映演，然而我莫有勇气去看，每次在街上电车上看见了广告，都好像特别刺心。

真想不到，我能看《难为了妹妹》时，你已不幸罹了何大虎一样的命运。

我们都盼望你归去后的消息，不幸第一个消息便是这惊人的噩耗。前几天接到美弟信知你生命可无虞，不久即可保释出狱。我希望美弟这信不是为了安慰他万里外的姊姊而写的。真能这样才是我们遥远处记念你的朋友们所盼祷。

清现住北馆，我是天天伴着她，竭尽我的可能去安慰她。冷落凄寒的深秋，我们都是咽着悲愁强作欢颜的人。愿萍弟释念。闲谈中，清曾告我萍弟为了谣诼，曾移罪到我，我只一笑置之。将来清白的光彩冲散了阴霾，那时你或者可以知道我是怎样爱护清，同时也不曾辜负了萍弟给我的使命和重托。我希望你用上帝的心相信清，也相信你一切的朋友们！

夜已将尽，远处已闻见鸡鸣！雨停风止，晨曦已快到临，黑暗只留了最后一瞬。萍弟！我们光明的世界已展开在眼前，一切你勿太悲观。

在朝霞未到之前，我把这信封寄远道给你。愿你开缄时，太阳已扫净了阴霾！

一九二六年，十一，十，北京，夜雨中

深夜絮语

一 凄怆的归途

　　一个阴黯惨淡的下午，我抱着一颗微颤的心，去叩正师的门。刚由寒冷的街道上忽然走到了室中，似乎觉得有点温意，但一到那里后这温意仍在寒冷中消逝了。我是去拿稿子的，不知为什么正师把那束稿交给我时，抬头我看见他阴影罩满的忧愁面容，我几乎把那束稿子坠在地上，几次想谈点别的话，但谁也说不出；我俯首看见了"和珍"两个字时，我头似乎有点晕眩，身上感到一阵比一阵的冷！

　　寒风中我离开骆驼书屋，一辆破的洋车载着我摇晃在扰攘的街市上，我闭着眼手里紧握着那束稿，这稿内是一个悲惨的追忆，而这追忆也正是往日历历的景象，仅是一年，但这景象已成了悲惨的追忆。不仅这些可追忆，就是去年那些轰动全城的大惨杀了后的大追悼会，在如今何尝不惊叹那时的狂热盛况呢！不知为什么这几天的天气，也似乎要增加人的忧愁，死城里的黯淡阴森，污秽恶浊，怕比追悼和珍还可哭！而风雪又似乎正在尽力的吹扫和遮蔽。

春雪还未消尽，墙根屋顶残雪犹存。我在车上想到去年"三一八"的翌晨去看医院负伤的朋友时，正是漫天漫地的白雪在遮掩鲜血的尸身。想到这里自然杨德群和刘和珍陈列在大礼堂上的尸体，枪弹洞穿的尸体，和那放在玻璃橱中的斑斑血衣，花圈挽联，含笑的遗像，围着尸体的恸哭！都涌现到脑海中，觉着那时兴奋的跃动的哀恸，比现在空寂冷淡的寂静是狂热多了。

假如曾参与过去年那种盛典的人，一定也和我一样感到寂寞吧！然而似乎冬眠未醒的朋友们，自己就没有令这生命变成活跃的力量吗？我自己责问自己。

这时候我才看见拉我的车夫，他是个白发苍苍的老头，腿一拐一拐，似乎足上腿上还有点毛病，虽然扎挣着在寒风里向前去，不过那种蹒跚的景象，我觉由他一步一步的足踪里仿佛溢着人世苦痛生活压迫的眼泪！我何忍令这样龙钟蹒跚的老人，拉我这正欲求活跃生命的青年呢？我下了车，加倍的给他车价后，他苦痛的皱纹上泛出一缕惨笑！

我望着他的背影龙钟蹒跚的去远了，我才进行我的路。当我在马路上独自徘徊时不知为什么，忽然想到我们中国来，我觉中国的现（实）像这老头子拉车，而多少公子小姐们偏不醒来睁眼看看这车夫能不能走路，只蜷伏在破车上闭着眼做那金迷纸醉的甜梦！

二　遗留在人间的哀恸

前些天，娜君由南昌来信说：她曾去看和珍的母亲，景象悲惨极了，她回来和瑛姊哭了一夜！听说和珍的母亲还是在病中，看见她们时只眼泪汪汪的呻吟着叫和珍！关乎这一幕访问，娜君本允许我写一篇东西赶"三一八"前寄来的，但如今还未寄来，因之我很怅惘！不过这也是可以意料到的，一个老年无依靠的寡母哭她惟一可爱而横遭惨杀的女儿，这是多么悲惨的事在这宇宙间。和珍有灵，她在异乡的古庙中，能瞑目吗？怕母亲的哭泣声呼唤声也许能令她尸体抖战呢！

她的未婚夫方君回南昌看了和珍的母亲后，他已投笔从戎去了。此后我想他也许不再惊悸。不过有一天他战罢归来，站在和珍灵前，把那一束滴上仇人之血的鲜花献上时，他也要觉着世界上的静默了！

我不敢想到"三一八"那天烈士们远留在人间的哀恸，所以前一天我已写信给娜君，让她们那天多约上些女孩儿们去伴慰和珍的母亲，直到这时我也是怀念着这桩事。在战场上的方君，或者他在炮火流弹冲锋杀敌声中已忘了这一个悲惨的日子。不过我想他一定会忆起的，他在荒场上骋驰时，也许暂羁辔头停骑向云霞落处而沉思，也许正在山坡下月光底做着刹那甜蜜的梦呢！

那能再想到我不知道的烈士们家人的哀恸，这一夜在枕上饮泣含恨的怕迷漫了中国全部都有这种哭声吧！在天津高楼上的段祺瑞还能继续他诗棋逸兴，而不为这种隐约的哭声振颤吗？

诸烈士！假如你们有灵最好给你亲爱的人一个如意的梦，令你们的老母弱弟，孀妻孤儿，在空寂中得到刹那的慰藉！离乡背井，惨死在异乡的孤魂呵！你们缘着那黑夜的松林，让寒风送你们归去吧！

三　笔端的惆怅

一堆稿子杂乱的放在桌上，仿佛你们的尸骸一样令我不敢迫视。如今已是午夜三点钟了。我笔尖上不知凝结着什么，写下去的也不知是什么？我懦弱怯小的灵魂，在这深夜，执笔写出脑海中那些可怖的旧影时，准觉着毛骨寒栗心情凄怆！窗外一阵阵风过处，仿佛又听见你们的泣诉，和衣裙拂动之声。

和珍！这一年中环境毁灭的可怕，建设的可笑，从前的偕行诸友，如今都星散在东南一带去耕种。她们有一天归来，也许能献给你她们收获的丰富花果。说到你，你是在我们这些朋友中永远存在的灵魂。许多人现在都仿效你生前的美德嘉行，用一种温柔坚忍耐劳吃苦的精神去做她们的事业去了。

你应该喜欢吧！你的不灭的精神是存在一切人们的心上。

在这样黯淡压迫的环境下，一切是充满了死静；许多人都从事着耕种的事，正是和风雨搏斗最猛烈的时候，所以今年此日还不能令你的灵魂和我们的精神暂时安息。自然有一日我们这般星散后的朋友又可聚拢到北京来，那时你的棺材可以正式的入葬，我们二万万觉醒解放的女子，都欢呼着追悼你们先导者的精神和热血，把鲜艳的花朵洒满你们的茔圹，把光荣胜利的旗帜插在你们的碑上。

我想那时我的笔端纠结的惆怅，和胸中抑压的忧愁，也许会让惠和的春风吹掉的！

如今我在寒冷枯寂的冷室中，祷告着春风的来临和吹拂！

在包裹了一切黑暗的深夜里，静待着晨曦的来临和曛照！

三·一二

祷 告

——婉婉的日记

九月三号　　今天是星期日，她们都出去了。这屋子往日多么热闹，如今只觉得空寂可怕。我无地方可去，也无亲友可看，结果只好送她们去了，我孤身回来。天天忙着，我是盼有一天闲，但是闲了又这样情绪不宁感到无聊。

晚饭后，魏大夫叫我送一束花给四十四号的吴小姐，她是个极美丽的姑娘，虽然因为病现得清癯点。和她谈了半天才知道她就是吴文芳的侄女。我问到文芳，她说她自从辞了医院事情后，不久就和一位牙医生结婚，如今在青岛。正谈着，她的母亲来了。我便把花插在瓶里，把魏大夫写的那个英文片子放在花瓶前，我和她们笑了笑就开门出来了。

路过大楼时，想进去看看赵牧师，我心忽然躁烦起来，不愿意去了。

回到寝室楼，依然那样空寂，我真有点害怕，静默得可怕！推开娟玉的房门，雪帐低垂着，一缕花香扑鼻而来。她未曾回来，风吹着帐帷正在飘动！站在这里呆了一会，我回到自己的床上来。我想睡，睡了可以把我安息在幸福的梦里；但心情总是不能平静，像黑暗中伸出无数的苍白手臂在接引我。睡不成，我揭被起来，披了一件斗篷，走到楼下回廊上看月亮。

夜静极了，只有风吹着落叶瑟瑟，像啜泣一样击动我的心弦。天空中一碧如洗，中间镶着繁星，一轮秋月又高又小，照得人清寒彻骨。我合掌跪在这晶莹皎洁的月光下，望见自己不知道来处的影子。

世界上最可怜最痛苦的大概是连自己都不知是谁的人罢！连自己的父母都不知道是谁，连自己的父母都不知在哪里的人罢？你照遍宇宙照尽千古的圆月，告诉我，我的父母是谁？他们在哪里？你照着的他们是银须霜鬓的双老，还是野草黄土中的荒冢呢？

落叶在阶前啜泣时，抬头或者还认得他的故枝。我是连树叶都不如，这滔滔人海，茫茫大地中，谁是亲昵我的，谁是爱怜我的？只有石桥西的福音堂，是可怜的婉婉的摇篮。这巍峨高楼的医院，是可怜的婉婉栖居的地方；天天穿上素白的长袍，戴上素白的高冠，咽着眼泪含着笑容，低声柔气，服侍许多呻吟愁苦的病人，这是可怜的婉婉的伴侣和职务罢！

主啊！只有你知道，夜静时候，世界上有一个可怜无父无母无兄弟姊妹的孤女，在月光下望着一堆落叶咽泪！

夜深了，我回来，斜倚在枕上，月光很温柔地由窗纱中射进来，她用纤白的玉臂抱吻着我。我希望做梦，或者梦中可以寻见认识了我的父母，或者我还能看见我的姊妹弟兄。我真不敢想下去了，今天看见吴小姐的母亲时，我才知道世界上还有那么亲爱自己的一个女人，她是自己的母亲。

婉婉！你自己的母亲呢？

九月五号　昨夜刮了整夜的风，今天忽然觉着冷，早晨三十号来了一位病人，患着脑膜（炎）。头疼得他一直喊叫着，我给他枕上冰囊似乎止住点痛。他是一个银行的办事员，送他进来的是几个同事，和他年纪仿佛的青年。魏大夫看过了，告诉我劝他平静些，不能让他受刺激，最好不要接见亲友。晚上再吃药，这时候最好先令他静静地安眠。

我拉过绿幕遮住射进来的阳光，将他的东西都安放在橱里。整理好后，拿了花瓶到后园折了几枝桂花。当我悄悄送花来时，他已醒了，睁着很大的眼望着我。我低头走进去，把花瓶放在病榻畔的小几上。

"要水吗？先生！"我问他。他摇了摇头。我就出来了。

十二点钟午餐来了，我请他少用一点，他不肯。再三请他，他才在我手里的杯子内喝了三口牛乳。这位病人真奇怪，进来到现在，他未曾说过一句话，时时都似乎在沉思着严重的问题。

给他试验温度时，我拿起他床前的那个纸牌，他的名字是杨怀琛，和我同姓。

夜里魏大夫把配好的药送来，我服侍着吃完了药，换上冰袋，临走时我告诉他：要东西时，只要把电铃一按便有人来。在楼梯上逢见娟玉，问她去那里，她说要去值夜，在大楼上。

到了寝室很远便听见她们的笑语声，我没有去惊动她们，一直走到我的房里。书桌上放着一本书，走过去一看是本精装的《圣经》。里边夹着个纸条。上边写着：

  婉婉：那天你送花来，母亲看见你，说你怪可爱的。我已告诉了她你待我的好处，她更觉喜欢，今天送东西时给你带来一本《圣经》。她叫我送给你，她说这本书能擦去你一切的眼泪！

——吴娴

  我捧着这本书，把这短笺回环地读了四五遍。因为别人的母亲偶然施与的爱，令我想到我自己的母亲。《圣经》，我并不需要它；我只求上帝揭示我谁是我的母亲，她在哪里？只有她能擦去我一切的眼泪。主啊！只要你告诉我她在哪里，我马上赴汤蹈火去寻找她。然而默默中命运涎着脸作弄我，谁知道何时何地才能实现我如意的梦。

  惨淡的灯光照在圣母玛丽亚的像上，我抬头默然望着她！

  九月九号　　昨夜我做了一个梦，梦见我走到一个似乎乡村的地方，一带小溪畔有几间茅屋，那里透露出灯光来。我走到茅屋前，听见里面有细碎的语声。窗外映着淡淡的月光。我轻轻推开门，月光投射进来。黑暗的屋角里看见床上坐着一个老妇人，她合掌念着佛。一盏半明半暗的油灯，照见她枯皱的脸上挂着两道泪痕！我走近一步，跪下去伏在她膝头上痛哭！

  不知何时醒来，枕衣上已湿了一大块。

  今晨梳洗时，在镜子里照见我自己，我自己孤苦伶仃的一个人在这世界上挣扎，转眼已十九年了。自从我进了福婴堂到现在没有一个亲人来看过我，也没有一个人认识我。我找不着我亲爱的父母和姊妹兄弟，他们也一样不曾找到我。记得我在福婴堂住了七年，七年后我服侍一个女牧师，她教我读《圣经》，做祷告。十四岁那年她回国去了，把我送到一个外国医院附设的看护学校学习看护，三年毕业后，魏大夫就要我在这医院里当看护，已经有两年了，我想假使这时候我的母亲看见我，她也许不认识我。

三十号那个病人已经来了四天了。他病还见好，魏大夫说只要止住痛就不会有什么危险。今天他已和我攀谈起来，问我哪里人？家里还有些谁？唉！让我怎么回答他呢？连我自己都不知道，怎样能告诉他？这是我一生的耻辱，我只有低下头咽泪！他大概也理会到我有不能说出的苦衷，所以不曾往下追问。

他的病不能移动，所以他只可静静地躺着。晚饭后我给他试验口温，我低头用笔在簿上记录时，他忽然向我说："姑娘，我请求你一件事，你可肯替我办？"

"什么事？"我问。

他又几次不肯说。后来他叫我从衣橱里拿出一本日记，里面夹着信纸信封。他告诉我了，原来是请我给他写一封信。他念着我写：

文蕙妹鉴：

你信我已收到，事已如斯，夫复何言。我现已移入病院，将来生死存亡，愿妹勿介意，人生皆假，爱又何必当真。寄语方君，善视妹，则我瞑目矣。

——怀琛

写好，他又令我在日记里找着通信地址，原来也是姓吴。我心里真疑惑是吴文芳的姊妹，什么时候去问问文芳侄女便知道究竟了。信封也写好后，我递给他看。看完他很难受，把眼睛紧紧闭上，牙齿嚼着下唇，脸一阵阵现得苍白。我把日记放在他枕头畔，给他喝了几勺开水，我轻轻问他："这信付邮吗？"他点点头。我轻轻闭门时，听到一声最哀惨的叹息！

晚风吹在身上，令我心境清爽一点，望着星月皎洁的天空深深地吐了一口气。

我凝视着手中这封信，假如这真是最后消息时，不知这位文蕙小姐看了该怎样难过？最可怜这生病的青年，进来医院这许久，未曾来过一个人，或者一封信一束花是慰问讯候他的。

今夜晚间本来不是轮我去。不过我看见他那种伤心样子真不放心。十二点了，我又从魏大夫那里拿了药亲自给他送去，一推门我便看见他正在流泪！我给他吃了药，他抬起那苍白的脸望着我，他说："姑娘，我真感谢你，然而我怕今生不能报答你了，但是我有个唐突的请求，我愿知道姑娘的芳名。"我完全被他那清澈的、多情的目光摄去了我的灵魂，当淡绿的灯光映在他脸上时，我真觉得这情况太惨了。我抖战着说："我叫婉婉，和先生同姓。"他不曾往下问，我也未曾多告诉他一点。

十二点半钟了，我的责任应该请他休息，我用极诚恳的态度和他说："先生，你宽怀养病，不要太愁苦，我求上帝赐福给你。"

"谢谢你，婉婉姑娘，祝你晚安！"他含着泪说。

九月十二号　　昨夜魏大夫告诉我今天陪他到城外出诊，我的职务已另请一位看护代理。我从衣橱里拿出我那件外衣和帽子围巾，这三件东西是那女牧师临回国时送我的，因为我不常出去，所以虽然它们的式样已经不时髦，不过还很新。

收拾好已九点钟，我想去大楼看看三十号的病人。走到他病室前，我忽然有点迟疑，因为自己的装束现在已不是个看护了，我来看他不是不便吗？我立在门口半天，终于推开门进去。他看见我忽然惊惶的坐起来，眼睛瞪视着问我："你是文蕙吗？我没有想到你会来看我呀！"他伸着双臂问我，他哭了！啊呀！这一吓把我直退到门口。

我定了定心神才告他说："先生！我是婉婉，你不要吃惊。"我说着走过去扶他睡下。

我等他休息了一会，我才告他我今天要出城去，职务已有人代理。我问他要不要什么东西给他带来，他这才和我说："你今天的装束真像她。原谅我对姑娘的失礼，因为我是在病中。"他说着流下泪来。我真不忍看了，也不知该怎样安慰他好，只呆呆地立在他床前。

"姑娘，你去吧！我不要什么，我在这世界上没有需要的东西了。"

"你好生静养，晚间我回来给你读《圣经》。"我把他的被掩好，慢慢走出来。

汽车已在医院门前，魏大夫站在车口等着我。

在车上饱看着野外的秋色，柳条有点黄了，但丝丝条条犹想牵系行人。满道上都是落叶，汽车过去了，他们又和尘土落下来。平原走尽，已隐隐看见远处的青山。魏大夫告诉我，我们要去的地方便在那青山背后，渐渐到了山根，半山腰的枫树，红的像晚霞一样，远看又像罩了一层轻烟软雾。

走进了村庄，在一个别墅门前车停了，这时已十点多钟。我们进到病房里，是一位小姐患着淋巴腺结核，须用手术医治。我帮着魏大夫，割完已经一点半钟了。主人是个五十多岁的老人，很诚恳地招待我们。用完午餐我们就回城来，一路上我不看景致了，只想着三十号那个病人，真懊悔今早不应这样装束去看他，令他又受一个大刺激。

到了城里又去看了一个患肺病的人，七点钟才回到医院。我在花店买了两个精巧玲珑的小花篮，里面插满了各色的菊花和天冬草。

今天一天真疲倦，回到医院我就到自己房里来。叫人送一个花篮给吴小姐，另一个花篮我想送给三十号的病人。

本想今夜亲自送去，不过不是我轮值，因为早晨又惊扰了他，现在也不愿再去了。连我自己也奇怪呢，为什么我这样可怜他，同情他？我总想我应该特别注意关照他，好像他是我的哥哥，或者是弟弟一样。

夜里我替他祷告，我想到他心中一定埋藏着一件伤心的历史，那天我给他写信的那个女子，一定就是使他今日愁病的主人。不知他有父母没有？也许他和我一样孤苦呢！今天我忽然想也许他是我的哥哥，因为他也姓杨。最奇怪的是我心里感到一切令我承认他是我的哥哥。

我想明天去大胆问问他，他有莫有妹妹送到福婴堂，在十九年前。

弃　妇

一个清晨，我刚梳头的时候，琨妹跑进来递给我一封信，她喘气着说：

"瑜姐，你的信！"

我抬头看她时，她跑到我背后藏着去了。我转过身不再看她，原来打扮的非常漂亮：穿着一件水绿绸衫，短发披在肩上，一个红绫结在头顶飞舞着，一双黑眼睛藏在黑眉毛底，像一池深苍的湖水那样明澈。

"呵！这样美，你要上哪里去。收拾的这样漂亮？"我手里握着头发问她。

"母亲要去舅妈家，我要她带我去玩。上次表哥给我说的那个水莲公主的故事还未完呢，我想着让他说完。再讲几个给我听，瑜姐，你看罢，回来时带海棠果给你吃，拿一大篮子回来。"说到这里她小臂环着形容那个大篮子。

"我不信，母亲昨天并莫说要去舅妈家。怎么会忽然去呢？"我惊疑地问她。

"真的，真的。你不信去问母亲去，谁爱骗你。母亲说，昨夜接着电报，姥姥让母亲快去呢。"她说着转身跑了，我从窗纱里一直望着她的后影过了竹篱。

我默想着，一定舅妈家有事，不然不会这样急促的打电报叫母亲去。什么事呢？外祖母病吗？舅父回来了吗？许多问题环绕着我的脑海。

梳好头，由桌上拿起那封信来，是由外埠寄来的，贴着三分邮票，因为用钢笔写的，我不能分别出是谁寄来的。拆开看里面是：

瑜妹：

　　我听说你已由北京回来，早想着去姑母家看望你，都因我自己的事纠缠着不得空，然而假使你知道我所处环境时，或许可以原谅我！

　　你接到这信时，我已离开故乡了，这一次离开，或者永远莫有回来的机会。我对这样家庭，本莫有什么留恋；所不放心的便是茹苦含辛，三十年在我家当奴隶的母亲。

　　我是踢开牢狱逃逸了的囚犯，母亲呢，终身被铁链系着，不能脱身。她纵然爱我，而恶环境造成的恶果，人们都归咎到我的身上；当我和这些恶势宣战后，母亲为她不肖的儿子流了不少的泪，同时也受了人们不少的笑骂！

　　我更决心，觉着母亲今日所受的痛苦，便是她将来所受的痛苦；我无力拯救母亲现实的痛苦，我确有力解除她将来的痛苦；

因之我才万里外归来,想着解放她同时也解放我,拯救自己同时也拯救她。

如今我失败了,我一切的梦想都粉碎了!我将永远得不到幸福,我将永远得不到愉快,我将永远做个过渡时代的牺牲者,我命运定了之后,我还踌躇什么呢?我只有走向那不知到何处是归宿的地方去。

我从前确有一个梦想,这个梦想像一个毒蟒缠绕着我,已经有六年了。我孕育了六年的梦想,都未曾在任何人面前泄露,我只隐藏着,像隐藏一件珍贵的东西一样的,我常愿这宝物永远埋葬着,一直到黄土掩覆了我时,这宝物也不要遗失,也不要现露。这梦想,我不希望她实现,我只希望她永久作我的梦想。我愿将我的灵魂整个献给她,我愿将我的心血永远为她滴,然而,我不愿她知道我是谁?

我园里有一株蔷薇,深夜里我用我的血我的泪去灌溉她,培植她;她含苞发蕾以至于开花,人们都归功于园丁,有谁知是我的痴心呢!然而我不愿人知,同时也不愿蔷薇知。深夜,人们都在安息,花儿呢也正在睡眠;因之我便成了梦想中的园丁;我已清楚的认识了自己的命运,我也很安于自己命运而不觉苦痛;但是,这时确有一个人为了我为了她自己,受着极沉长的痛苦,是谁呢?便是我名义上的妻。

我的家庭你深知。母亲都是整天被人压制驱使着作奴隶,卅年到我家,未敢抬起头来说句高声话。祖母脾气又那样暴烈,一有差错,跪在祖宗像前一天不准起来。母亲这样,我的妻更比不上母亲了,她所受的苦痛,更不堪令人怀想她。可怜她性情迟钝,忠厚过人;在别人家她可做一个好媳妇,在我家里,她便成了一个仅能转动的活尸。

我早想着解放了她,让她逃出这个毒恶凌人的囚狱;无论到什么地方去,都比我的家自由幸福多了,我呢,也可随身漂泊,永无牵挂;努力社会事业,以毁灭这万恶的家庭为志愿;不然将我这残余生命浮荡在深涧高山之上,和飞鸟游云同样极止无定的飘浮着。

决志后,我才归来同家庭提出和我的妻子正式离婚。到知道他们不明白我是为——她。反而责备我不应半途弃她;更捉风捕影的,猜疑我别有怀抱。他们说我妻十年在家,并未曾犯七出例条,他们不能向她家提出。更加父亲和她祖父是师生关系,更不敢起这个意。他们已经决定要她受这痛苦,我所想的计划完全失败了。不幸的可怜的她,永远的在我名下系缚着,一直到她进了坟墓。这是多么残酷的事情,我懊丧着,我烦恼着,也一直到我进了坟墓,一切都完了,我还说什么呢?

瑜妹!我给你写这封信的动机,便是为了母亲。母亲!我不能不留恋的便是母亲!我同家庭决裂,母亲的伤痛可想而知,我不肖,不能安慰母亲。瑜妹!我此后极止何处,我尚不知。何日归来,更无期日;望你常去我家看看我的母亲,你告诉她,我永远是她的儿子,我永远在天之涯海之角的世界上,默祝她的健康!

瑜妹,我家庭此后的情形真不敢想,我希望他们能为了我的走，日后知道懊悔。我一步一步离故乡远了，我的愁一丝一丝的也长了。

再见吧！祝你健福！

徽之

我读完表哥的信，母亲去舅舅家的原因我已猜着了，表哥这样一走，舅母家一定又闹得不得了，不然不会这样焦急地催母亲去。我同情母亲的苦衷，然而我更悲伤表嫂的命运。结婚后十年，表哥未曾回来过，好容易他大学毕业回来了，哪知他又提起离婚。外祖母家是大家庭，表嫂是他们认为极贤德的媳妇，哪里让他轻易说道离婚呢？舅父如今不在家，外祖母的脾气暴躁极了，表哥的失败是当然的，不过这么一闹，将来结果怎样真不敢想；表哥他是男人，不顺意可以丢下家庭跑出去；表嫂呢，她是女人，她是嫁给表哥的人，如今他不要她了，她怎样生活下去呢？想到这里我真为这可怜的女子伤心！我正拿着这封信发愣的时候，王妈走进来说：

"太太请小姐出去。"

我把表哥的信收起后，随跟着王妈来到母亲房里。母亲正在房里装小皮箱里的零碎东西，琨妹手里提着一小篮花，嫂嫂在台阶上看着人往外拿带去的东西。

"瑜！昨夜你姥姥家来电，让我去；我不知道为的什么事，因此我想着就去看。本来我想带你去。因为我不知他们家到底有什么事，我想还是你不去好。过几天赶你回京前去一次就成了，你到了他们家又不惯拘束。琨她闹着要去，我想带她去也好，省的她留在家里闹。"母亲这样对我说的时候,我本想把表哥的事告诉她。后来我想还是不说好了,免得给人们心上再印一个渺茫的影子。

我和嫂嫂送母亲上了火车,回来时嫂嫂便向我说:"瑜妹,你知道表哥的事吗?听说他在上海念书时,和一个女学生很要好,今年回来特为的向家庭提出离婚。外祖母家那么大规矩,外祖母又那么严厉,表嫂这下可真倒霉极了。一个女子——像表嫂那样女子,她的本事只有俯仰随人,博得男子的欢心时,她低首下心一辈子还值得。如今表哥不要她了,你想她多么难受呢!表哥也太不对,他并不会为这可怜旧式环境里的女子思想;他只觉着自己的妻不如外边的时髦女学生,又会跳舞,又会弹琴,又会应酬,又有名誉,又有学问的好。"她很牢骚地说着。我不愿批评,只微微地笑了笑。到了家我们也莫再提起表哥的事。

但是我心里常想到可怜的表嫂,环境礼教已承认她是表哥的妻子了——什么妻。便是属于表哥的一样东西了。表哥弃了她让她怎样做人呢?她此后的心将依靠谁?十年嫁给表哥,虽然行了结婚礼表哥就跑到上海。不过名义上她总是表哥的妻。旧式婚姻的遗毒,几乎我们都是身受的。多少男人都是弃了自己家里的妻子,向外边饿鸦似的,猎捉女性。自由恋爱的招牌底,有多少可怜的怨女弃妇践踏着!同时受骗当妾的女士们也因之增加了不少,我想着怎样才能拯救表嫂呢?像她们那样家庭,幽怨阴森简直是一座坟墓,表嫂的生命也不过如烛在风前那样悠忽!

过了三天,母亲来信了。写得很简,她报告的消息真惊人!她说表哥走后,表嫂就回了娘家,回去第二天的早晨,表嫂便服毒死了!如今她的祖父,和外祖母闹得很厉害,舅父呢不在家,表哥呢,他杀了一个人却鸿飞渺渺地不知哪里去了。因此舅母才请母亲去商量怎样对付。现在还毫无头绪，表嫂的尸骸已经送到外祖母家了，正计划着怎样讲究的埋葬她！母亲又说琨妹也不愿意在了，最好叫人去接她回来，因为母亲一时不能回来，叮咛我们在家用心的服侍父亲。

嫂嫂看完母亲的信哭了！她自然是可怜表嫂的未遇，我不能哭，也不说话，跑到院子里的葡萄架下站着，望着晴空白云枝头小鸟，想到表哥走了，或者还有回来的一天。表嫂呢，她永远不能归来了！为了她的环境，为了她的命运，我低首默祷她永久地安眠！

梦 呓

一

我在扰攘的人海中感到寂寞了。

今天在街上遇见一个老乞婆,我走过她身边时,她流泪哀告着她的苦状,我施舍了一点。走前未几步,忽然听见后面有笑声,那笑声刺耳的可怕!

回头看,原来是刚才那个哭的很哀痛的老乞婆,和另一个乞婆指点我的背影笑!她是胜利了,也许笑我的愚傻吧!我心颤栗着,比逢见疯狗还怕!

其实我自己也和老乞婆一样呢!

初次见了我的学生,我比见了我的先生怕百倍,因为我要在她们面前装一个理想的先生,宏博的学者,经验丰富的老人……笑一天时,回来到夜里总是哭!因为我心里难受,难受我的笑!

对同事我比对学生又怕百倍。因为她们看是轻蔑的看，笑是讥讽的笑；我只有红着脸低了头，咽着泪笑出来！不然将要骂你骄傲自大……

后来慢慢练习成了，应世接物时，自己口袋里有不少的假面具，随时随地可以掉换，结果，有时连自己都不认识自己是谁。

所以少年人热情努力的事，专心致志的工作，在老年人是笑为傻傻的！

青年牺牲了生命去和一种相对的人宣战时，胜利了老年人默然！失败了老年人慨着说："小孩子，血气用事，傻极了。"无论怎样正直不阿的人，他经历和年月增多后，你让和一个小孩子比，他自然是不老实不纯真。

冲突和隔膜在青年和老年人中间，成了永久的鸿沟。

世界自然是聪明人多，非常人几乎都是精神病者，和天分有点愚傻的。在现在又时髦又愚傻的自然是革命了，但革命这又是如何傻的事呵！不安分的读书，不安分的做事，偏偏牺牲了时间幸福生命富贵去做那种为了别人将来而抛掷自己眼前的傻事，况且也许会捕捉住坐监牢，白送死呢！因为聪明人多，愚傻人少，所以世界充塞满庸众，凡是一个建设毁灭特别事业的人，在未成功前，聪明人一定以为他是醉汉疯子呢？假使他是狂热燃烧着，把一切思索力都消失了的时候，他的力量是可以惊倒多少人的，也许就杀死人，自然也许被人杀。也许这是愚傻的代价吧！历史上值得令人同情敬慕的几乎都是这类人，而他们的足踪是庸众践踏不着的，这光荣是在血泊中坟墓上建筑着！

唉！我终于和老乞婆一样。我终于是安居在庸众中，我终于是践踏着聪明人的足踪。

我笑的很得意，但哭的也哀痛！

二

世界上懦弱的人，我算一个。

大概是一种病症，没有检查过，据我自己不用科学来判定，也许是神经布的太周密了，心弦太纤细了的缘故。这是值得卑视哂笑的，假如忠实的说出来。

小时候家里宰鸡，有一天被我看见了，鸡头倒下来把血流在碗里。那只鸡是生前我见惯的，这次我眼泪汪汪哭了一天，哭的母亲心软了，由着我的意思埋了。这笑谈以后长大了，总是个话柄，人要逗我时，我害羞极了！

其实这真值得人讪笑呢！

无论大小事只要触着我，常使我全身震撼！人生本是残杀搏斗之场，死了又生，生了再死，值不得兴什么感慨。假如和自己没有关系。电车轧死人，血肉模糊成了三断，其实也和杀只羊一样，战场上堆尸流血的人们，和些蝼蚁也无差别，值不得动念的。围起来看看热闹，战事停止了去凭吊沙场，都是闲散中的消遣。谁会真的挥泪心碎呢！除了有些傻气的人。

国务院门前打死四十余人，除了些年青学生外，大概老年人和聪明人都未动念，不说些"活该"的话已是表示无言的哀痛了。但是我流在和珍和不相识尸骸棺材前的泪真不少，写到这里自然又惹人笑了！傻的可怜吧？

蔡邕哭董卓，这本是自招其殃！但是我的病症之不堪救药，似乎诸医已束手了。我悒郁的心境，惨愁的像一个晒干的桔子，我又为了悸惊的噩耗心碎了！

我愿世界是永远和爱，人和人，物和物都不要相残杀相践踏，众欺寡，强凌弱；但这些话说出来简直是无知识，有点常识的人是能了悟，人生之所进化和维持都是缘乎此。

长江是血水，黄浦江是血水，战云迷漫的中国，人的生命不如蝼蚁，活如寄，死如归，本无什么可兴感的。但是懦弱的我，终于瞻望云天，颤荡着我的心祷告！

我忽然想到世界上，自然也有不少傻和懦弱如我的人，假如果真也有些眼泪是这样流，伤感是这样深时，世界也许会有万分之一的平和之梦的曙光照临吧！

这些话是写给小孩子和少年人的，聪明的老人们自然不必看，因为浅薄的太可笑了。

墓畔哀歌

一

  我由冬的残梦里惊醒，春正吻着我的睡靥低吟！晨曦照上了窗纱，望见往日令我醺醉的朝霞，我想让丹彩的云流，再认认我当年的颜色。

  披上那件绣着蛱蝶的衣裳，姗姗地走到尘网封锁的妆台旁。呵！明镜里照见我憔悴的枯颜，像一朵颤动在风雨中苍白凋零的梨花。

  我爱，我原想追回那美丽的皎容，祭献在你碧草如茵的墓旁，谁知道青春的残蕾已和你一同殉葬。

二

  假如我的眼泪真凝成一粒一粒珍珠，到如今我已替你缀织成绕你玉颈的围巾。

假如我的相思真化作一颗一颗的红豆，到如今我已替你堆集永久勿忘的爱心。

哀愁深埋在我心头。

我愿燃烧我的肉身化成灰烬，我愿放浪我的热情怒涛汹涌，天呵！这蛇似的蜿蜒，蚕似的缠绵，就这样悄悄地偷去了我生命的青焰。

我爱，我吻遍了你墓头青草在日落黄昏；我祷告，就是空幻的梦吧，也让我再见见你的英魂。

三

明知道人生的尽头便是死的故乡，我将来也是一座孤冢，衰草斜阳。

有一天呵！我离开繁华的人寰，悄悄入葬，这悲艳的爱情一样是烟消云散，昙花一现，梦醒后飞落在心头的都是些残泪点点。

然而我不能把记忆毁灭，把埋我心垆上的残骸抛却，只求我能永久徘徊在这垒垒荒冢之间，为了看守你的墓茔，祭献那茉莉花环。

我爱，你知否我无言的忧衷，怀想着往日轻盈之梦。梦中我低低唤着你小名，醒来只是深夜长空有孤雁哀鸣！

四

黯淡的天幕下，没有明月也无星光这宇宙像数千年的古墓；皑皑白骨上，飞动闪映着惨绿的磷花。我匍匐哀泣于此残锈的铁栏之旁，愿烘我愤怒的心火，烧毁这黑暗丑恶的地狱之网。

命运的魔鬼有意捉弄我弱小的灵魂，罚我在冰雪寒天中，寻觅那凋零了的碎梦。求上帝饶恕我，不要再惨害我这仅有的生命，剩得此残躯在，容我杀死那狞恶的敌人！

我爱，纵然宇宙变成烬余的战场，野烟都腥：在你给我的甜梦里，我心长系驻于虹桥之中，赞美永生！

五

我镇天踟蹰于垒垒荒冢，看遍了春花秋月不同的风景，抛弃了一切名利虚荣，来到此无人烟的旷野，哀吟缓行。我登了高岭，向云天苍茫的西方招魂，在绚烂的彩霞里，望见了我沉落的希望之陨星。

远处是烟雾冲天的古城，火星似金箭向四方飞游！隐约的听见刀枪搏击之声，那狂热的欢呼令人震惊！在碧草萋萋的墓头，我举起了胜利的金觥，饮吧我爱，我奠祭你静寂无言的孤冢！

星月满天时，我把你遗我的宝剑纤手轻擎，宣誓向长空：

愿此生永埋了英雄儿女的热情。

六

假如人生只是虚幻的梦影，那我这些可爱的映影，便是你赠与我的全生命。我常觉你在我身后的树林里，骑着马轻轻地走过去。常觉你停息在我的窗前，徘徊着等我的影消灯熄。常觉你随着我唤你的声音悄悄走近了我，又含泪退到了墙角。常觉你站在我低垂的雪帐外，哀哀地对月光而叹息！

在人海尘途中，偶然逢见个像你的人，我停步凝视后，这颗心呵！便如秋风横扫落叶般冷森凄零！我默思我已经得到爱的心，如今只是荒草夕阳下，一座静寂无语的孤冢。

我的心是深夜梦里，寒光闪灼的残月，我的情是青碧冷静，永不再流的湖水。残月照着你的墓碑，湖水环绕着你的坟，我爱，这是我的梦，也是你的梦，安息吧，敬爱的灵魂！

七

我自从混迹到尘世间，便忘却了我自己，在你的灵魂我才知是谁。

记得也是这样夜里。我们在河堤的柳丝中走过来，走过去。我们无语，心海的波浪也只有月儿能领会。你倚在树上望明月沉思，我枕在你胸前听你的呼吸。抬头看见黑翼飞来掩遮住月儿的清光，你抖颤着问我：假如这苍黑的翼是我们的命运时，应该怎样？

我认识了欢乐，也随来了悲哀，接受了你的热情，同时也随来了冷酷的秋风。往日，我怕恶魔的眼睛凶，白牙如利刃；我总是藏伏在你的腋下趑趄不敢进，你一手执宝剑，一手扶着我践踏着荆棘的途径，投奔那如花的前程！

如今，这道上还留着你斑斑血痕，恶魔的眼睛和牙齿再是那样凶狠。但是我爱，你不要怕我孤零，我愿用这一纤细的弱玉腕，建设那如意的梦境。

181

八

春来了，催开桃蕾又飘到柳梢，这般温柔慵懒的天气真使人恼！她似乎躲在我眼底有意缭绕，一阵阵风翼，吹起了我灵海深处的波涛。

这世界已换上了装束，如少女般那样娇娆，她披拖着浅绿的轻纱，蹁跹在她那（姹）紫嫣红中舞蹈。伫立于白杨下，我心如捣，强睁开模糊的泪眼，细认你墓头，萋萋芳草。

满腔辛酸与谁道？愿此恨吐向青空将天地包。它纠结围绕着我的心，像一堆枯黄的蔓草，我爱，我待你用宝剑来挥扫，我待你用火花来焚烧。

九

垒垒荒冢上，火光熊熊，纸灰缭绕，清明到了。这是碧草绿水的春郊。

墓畔有白发老翁，有红颜年少，向这一抔黄土致不尽的怀忆和哀悼，云天苍茫处我将魂招；白杨萧条，暮鸦声声，怕孤魂归路迢迢。

逝去了，欢乐的好梦，不能随墓草而复生，明朝此日，谁知天涯何处寄此身？叹漂泊我已如落花浮萍，且高歌，且痛饮，拼一醉烧熄此心头余情。

我爱，这一杯苦酒细细斟，邀残月与孤星和泪共饮，不管黄昏，不论夜深，醉卧在你墓碑傍，任霜露侵凌吧！我再不醒。

十六年清明陶然亭畔

偶 然 草

算是懒，也可美其名曰忙。近来不仅连四年未曾间断的日记不写，便是最珍贵的天辛的遗照，置在案头已经灰尘迷漫，模糊的看不清楚是谁。朋友们的信堆在抽屉里有许多连看都不曾看，至于我的笔成了毛锥，墨盒变成干绵自然是不必说了，屋中零乱的杂琐的状态，更是和我的心情一样，不能收拾，也不能整理。连自己也莫明其妙为什么这样颓废？而我最奇怪的是心灵的失落，常觉和遗弃了什么重要的东西一般，总是神思恍惚，少魂失魄。

不会哭！也不能笑！一切都无感。这样凄风冷月的秋景，这样艰难苦痛的生涯，我应该多愁善感，但是我并不曾为了这些介意。几个知己从远方写多少安慰我同情我的话，我只呆呆的读，读完也不觉什么悲哀，更说不到喜欢了。我很恐惧自己，这样的生活，毁灭了灵感的生活，不是一种太惨忍的酷刑吗？对于一切都漠然的人生，这岂是我所希望的人生。我常想做悲剧中的主人翁，但悲剧中的风云惨变，又哪能任我这样平淡冷寂的过去呢!

我想让自己身上燃着火,烧死我。我想自己手里握着剑,杀死人。无论怎样最好痛快一点去生,或者痛快点求死。这样平淡冷寂,漠然一切的生活,令我愤怒,令我颓废。

心情过分冷静的人,也许就是很热烈的人,然而我的力在哪里呢?终于在人群灰尘中遗失了。车轨中旋转多少百结不宁的心绪,来来去去,百年如一日的过去了。就这样把我的名字埋没在十字街头的尘土中吗?我常在奔波的途中这样问自己。

多少花蕾似的希望都揉碎了。落叶般的命运只好让秋风任意的飘泊吹散吧!繁华的梦远了,春还不曾来,暂时的殡埋也许就是将来的滋荣。

远方的朋友们!我在这长期沉默中,所能告诉你们的只有这几句话。

我不能不为了你们的关怀而感动,我终于是不能漠然一切的人。如今我不希求于人给我什么,所以也不曾得到烦恼和爱怨。不过我蔑视人类的虚伪和扰攘,然而我又不幸日在虚伪扰攘中辗转因人,这就是使我痛恨于无穷的苦恼!

离别和聚合我倒是不介意,心灵的交流是任天下什么东西都阻碍不了的;反之,虽日相晤对,咫尺何非天涯。远方的朋友愿我们的手在梦里互握着,虽然寂处古都,触景每多忆念,但你们这一点好意远道缄来时,也了解我万种愁怀呢!

十六年十月二十八日夜深时

灰　烬

　　我愿建我的希望在灰烬之上,然而我的希望依然要变成灰烬:灰烬是时时刻刻的寓在建设里面,但建设也时时刻刻化作灰烬。

　　我常对着一堆灰烬微笑,是庆祝我建设的成功,然而我也对着灰烬痛哭,是抱恨我的建设的成功终不免仍是灰烬。

　　一星火焰起了,围着多少惊怕颤战的人们,惟恐自己的建设化成灰烬;火焰熄了,人们都垂头丧气离开灰烬或者在灰烬上又用血去建筑起伟大的工程来!在他们欣欣然色喜的时候,灰烬已走进来,偷偷的走进来了!

　　这本来是平常的一件事,然而众人都拿它当作神妙的谜。

　　我为了这真不能不对聪明的人们怀疑了!

　　谁都忍心自己骗自己,谁都是看不见自己的脸,而能很清楚的看别人的脸,不觉自己的面目可憎,常常觉着别人的面目是可憎。上帝虽然曾告诉人们有一面镜子,然而人们都藏起来,久之久之忘了用处,常常拿来照别人。

这是上帝的政策，羁系世界的绳索；谁都愿意骗自己，毫不觉的诚心诚意供献一切给骗自己的神。

我们只看见装潢美丽、幻变无常的舞台，然而我们都不愿去知道，复杂凌乱，真形毕露的后台；我们都看着喜怒聚合，乔装假扮的戏剧，然而我们都不过问下装闭幕后的是谁？不愿去知道，不愿去过问明知道是怕把谜猜穿。可笑人们都愿蒙上这一层自己骗自己的薄纱，永远不要猜透，直到死神接引的时候。

锦绣似的花园，是荒冢，是灰烬！美丽的姑娘，是腐尸，是枯骨！然而人们都徘徊在锦绣似的花园，包围着美丽的姑娘。荒冢和枯骨都化成灰烬了，沉恋灰烬的是谁呢？我在深夜点着萤火灯找了许久了，然而莫有逢到一个人？

谁都认荒冢枯骨是死了的表象，然而我觉着是生的开始，因此我将我最后的希望建在灰烬之上。

在这深夜里，人们都睡了，我一个人走到街上去游逛，这是专预备给我的世界吧！

一个人影都莫有，一点声音都莫有，这时候统治宇宙的是我，静悄悄家家的门儿都关闭着，人们都在梦乡里呓语，睁着眼看这宇宙的只有我！我是拒绝在门外和梦乡的人，纵然我现在投到母亲的怀里，母亲肯解怀留我，不过母亲也要惊奇的，她的女儿为什么和一切的环境反抗，众人蠢动的时候，他却睡着，众人睡梦的时候，她却在街上观察宇宙，观察一切已经沉寂的东西呢？

其实这有什么惊奇呵：一样度人生，谁也是消磨这有尽的岁月，由

186

建设直到灰烬；我何尝敢和环境反抗，为什么我要和它们颠倒呢？为了我的希望建在灰烬之上，而他们的希望却是建在坚固伟大的工程里。

我终日和人们笑，但有时我在人们面前流下泪来！这不过只是我的一种行为，环境逼我出此的一种行为。我的心绝对不跑到人间，尤其不会揭露在人们的面前。我的心是闪烁在烨光萤火之上，荒墟废墓之间；在那里你去低唤着我的心时，她总会答应你！而且她会告诉你不知道的那个世界里的世界。萤火便在我手里，然而追了她光华来找我的却莫有人。

我想杀人，然而人也想杀我；我想占住我的地盘，然而人也想占住我的地盘；我想推倒你，谁知你也正在要推倒我！翻开很厚的历史，展阅很广的地图，都是为了这些把戏。我站在睡了的地球上，看着地上的血迹和尸骸这样想。

一把火烧成了灰烬，灰烬上又建造起很伟大庄严美丽的工程来。火是烧不尽的，人也是杀不尽的，假如这就是物质不灭的时候。

人生便是互相仇杀残害，然而多半是为了扩大自己的爱，爱包括了一切，统治了一切。因之产生了活动的进行的战线，在每个人离开母怀的时候。

这是经验告诉我的。

烦恼用铁锈压着我，同时又有欲望的花香引诱我，设下一道深阔的河，然而却造下航渡的船筏；朋友们，谁能逃逸出这安排好的网儿？蠢材！低着头负上你肩荷的东西，走这万里途程吧，一点一点走着，当你息肩叹气时，隐隐的深林里有美妙的歌声唤你；背后却有失望惆怅骑着快马追你！

187

朝霞照着你！晚虹也照着你！然而你一天一天走进墓门了。不是墓门，是你希望的万里途程，边缘途有高官厚禄娇妻美妾，名誉金钱幸福爱人。那里是个深远的幽谷，这端是生，那端便是死！这边是摇篮，那边便是棺材。

我看见许多人对我骄傲的笑，同时也看见许多人向我凄哀的哭；我分辨不出他们的脸来，然而我只知道他们是同我走着一条道的朋友。我曾命令他们说：

"俘虏！你跪在我裙下！"

然而有时他们也用同样的命令说：

"进来吧！女人，这是你自己的家。"

这样互相骗着，有时弄态作腔的，时哭时笑，其实都是这套把戏，得意的笑，和失望的哭，本来是一个心的两面，距离并不遥远。

誓不两立的仇敌，戴上一个假面具时，马上可以握手言欢，作爱的朋友；爱的朋友，有时心里用箭用刀害你时，你却笑着忍受。看着别人杀头似乎是宰羊般有趣，当自己割破了指头流血时，心痛到全部的神经都颤战了！我不知道为了犯人才有监狱，还是有了监狱才有犯人。但是聪明的人们，都愿意自己造了圈套自己环绕；有宁死也愿意坐在监狱里，而不愿焚毁了监狱逃跑的。

我良心常常在打骂我，因为我在小朋友面前曾骄傲我的宝藏，她们将小袋检开给我看时，我却将我的大袋挂在高枝上。我欺骗了自己，我不管她，人生本来是自骗；然而几次欺骗了人，觉得隐隐有鬼神在嘲笑我！而且深夜里常觉有重锤压在我心上。其实这是我太聪明了，一样的有许多人正在那里骗我，一样有许多人也挂着大袋骄傲我？

我在睡了的地球上，徘徊着，黑暗的夜静悄悄包围了我。在这时候，我的思想落在纸上。鸡鸣了！人都醒了，我面前有一堆灰烬。

　　母亲！寄给你，我一夜燃成的灰烬！

　　然而这灰烬上却建着我最后的希望！

惆　　怅

先在上帝面前，忏悔这如焚的惆怅！

朋友！我就这样称呼你吧。当我第一次在酒楼上逢见你时，我便埋怨命运的欺弄我了。我虽不认识你是谁，我也不要知道你是谁，但我们偶然的遇合，使我在你清澈聪慧的眼里，发现了我久隐胸头的幻影，在你炯炯目光中重新看见了那个捣碎我一切的故人。

自从那天你由我身畔经过，自从你一度惊异的注视我之后，我平静冷寂的心波为你汹涌了。朋友！愿你慈悲点远离开我，愿你允许我不再见你，为了你的丰韵，你的眼辉，处处都能撼得我动魄惊心！

这样凄零如焚的心境里，我在这酒店内成了个奇异的来客，这也许就是你怀疑我追究我的缘故吧？为了躲避过去梦影之纠缠，我想不再看见你，但是每次独自踽踽林中归来后，望着故人的遗像，又愿马上看见你，如观黄泉下久矣沉寂消游的音容。因此我才强咽着泪，来到这酒店内狂饮，来到这跳舞厅上跶跰。明知道这是更深更深的痛苦，不过我不能自禁的沉没了。

你也感到惊奇吗？每天屋角的桌子上，我执着玛瑙杯狂饮，饮醉后我又踱到舞场上去歌舞，一直到灯暗人散，歌暗舞乱，才抱着惆怅和疲倦归来。

这自然不是安放心灵的静境，但我为了你，天天来到这里饮一瓶上等的白兰地，希望醉极了能毒死我呢！不过依然是清醒过来了。近来，你似乎感到我的行为奇特吧！你伴着别人跳舞时，目光时时在望着我，想仔细探索我是什么人？怀着什么样心情来到这里痛饮狂舞？唉！这终于是个谜，除了我这一套朴素衣裙苍白容颜外，怕你不能再多知道一点我的心情和行踪吧？

记得那一夜，我独自在游廊上望月沉思：你悄悄立在我身后，当我回到沙发上时，你低着头叹息了一声就走过去了。真值得我注意，这一声哀惨的叹息深入了我的心灵，在如此嘈杂喧嚷、金迷纸醉的地方，无意中会遇见心的创伤的同情。这时音乐正奏着最后的哀调，呜呜咽咽像夜莺悲啼，孤猿长啸，我振了振舞衣，想推门进去参加那欢乐的表演；但哀婉的音乐令我不能自持，后来泪已扑簌簌落满衣襟，我感到极度的痛苦，就是这样热闹的环境中愈衬出我心境的荒凉冷寂。这种回肠荡气的心情，你是注意到了，我走进了大厅时，偷眼看见你在呆呆地望着我，脸上的颜色也十分惨淡；难道说你也是天涯沦落的伤心人吗？不过你的天真烂漫、憨娇活泼的精神，谁信你是人间苦痛中扎挣着的人呢？朋友！我自然祝福你不是那样。更愿你不必注意到我，我只是一个散洒悲哀，布施痛苦的人，在这世界上我无力再承受任何人的同情和怜恤了。我虽希望改换我的环境，忘掉一切，舍弃一切，埋葬一切，但是新的境遇里有时也会回到旧的梦里。依然不能摆脱，件件分明的往事，照样映演着揉碎我的心灵。我已明白了，这是一直和我灵魂殉葬入墓的礼物！

写到这里我心烦乱极了，我走倒在床上休息一会再往下写吧！

这封信未写完我就病了。

朋友！这时我重提起笔来的心情已完全和上边不同了。是忏悔，也是觉悟，我心灵的怒马奔放到前段深潭的山崖时，也该收住了，再前去只有不堪形容的沉落，陷埋了我自己，同时也连累你，我哪能这样傻呢！

那天我太醉了，不知不觉晕倒在酒楼上，醒来后睁开眼我睡在软榻上，猛抬头便看你温柔含情的目光，你低低和我说：

"小姐！觉着好点吗？你先喝点解酒的汤。"

我不能拒绝你的好意，我在你手里喝了两口桔子汤，心头清醒了许多，忽然感到不安，便扎挣的坐起来想要走。你忧郁而诚恳的说：

"你能否允许我驾车送你回去么？请你告诉我住在哪里？"我拂然的拒绝了你。心中虽然是说不尽的感谢，但我的理智诏示我应该远避你的殷勤，所以我便勉强起身，默无一语的下楼来。店主人招呼我上车时，我还看见你远远站在楼台上望我。唉！朋友！

我悔不该来这地方，又留下一个凄惨的回忆；而且给你如此深沉的怀疑和痛苦，我知道忏悔了愿，你忘记我们的遇合并且原谅我难言的哀怀吧！

从前为了你来到这里，如今又为了你离开。我已决定不再住下去了，三天内即航海到南洋一带度漂流的生涯，那里的朋友曾特请去同他们合伙演电影，我自己也很有兴趣，如今又有一个希望在诱惑我做一个悲剧的明星呢！

这个事业也许能发挥我满腔凄酸，并给你一个再见我的机会。

今天又到酒店去看你，我独隐帏幕后，灯光辉煌，人影散乱中，看见你穿一件翡翠色的衣服，坐在音乐台畔的沙发上吸着雪茄沉思，朋友！我那时心中痛苦万分，很想揭开幕去向你告别，但是我不能。只有咽着泪默望你说了声：

"朋友！再见。一切命运的安排，原谅我这是偶然。"

蕙娟的一封信

你万想不到，我已决定了走这条路，信收到时我已在海天渺茫的路程中了，这未卜前途的摸索，自然充满了危险和艰苦，但是我不能不走这条路。

玲弟！我的境遇太惨苦了！你望着我这渐泥于黑暗的后影也觉得黯然吗？

请你转告姑母，我已走，就这样悄悄地走了。你们不必怀念，任我去吧！我希望你们都忘掉我和我死了一样，因为假如忆到我，这不祥多难的身世徒令人不欢——我愿我自己承受上躲到天之一角去，不愿让亲爱我的人介怀着这黯淡的一切而惆怅！

来到这里本是想排解我的忧愁，但孰料结果又是这样惨淡！无意中又演了一幕悲剧。

玲弟：我真不知世界为什么这样小，总捉弄着我，使我处处受窘。人间多少事太偶然了，偶然这样，偶然那样；结果又是这般同样的方式，为什么人的能力灵感不能挣脱斩断这密布的网罗呢！我这次虽然逃脱，但前途依然有的是陷阱网罗，何处不是弋人和埋伏呢！

玲弟！我该怎样解脱我才好？这世界太小了。

这次走，素君完全不知道。现在他一定正在悲苦中，希望你能替我安慰劝解他，他前程远大，不要留恋着我，耽误他的努力。他希望于我的，希望于这世界的，虽然很小，但是绝对的不可能，你知道我现在——一直到死的心，是永不能转移的。他也很清楚，但是他沉溺了又不能自由意志的振拔自己，这真令我抱歉悲苦到万分。我这玩弄人间的心太狠毒了，但是我不能不忍再去捉弄素君，我忏悔着罪恶的时候，我又哪能重履罪恶呢！天呵！让我隐没于山林中吧！让我独居于海滨吧！我不能再游于这扰攘的人寰了。

素君喜欢听我的诗歌，我愿从此搁笔不再做那些悲苦欲泣的哀调以引他的同情。素君喜欢读我过去记录，我愿从此不再提到往事前尘以动他的感慨。素君喜欢听我抚琴，我愿从此不再向他弹琴以乱他的心曲。素君喜欢我的行止丰韵，我愿此后不再见他以表示绝决。玲弟！我已走了，你们升天入地怕也觅不到我的踪迹，我是向远远地天之角地之涯独自漂流去了。不必虑到什么，也许不久就毁灭了这躯壳呢！那时我可以释去此生的罪戾，很清洁光明的去见上帝。

姑母的小套间内储存着一只大皮箱，上面有我的封条。我屋里中间桌上抽屉内有钥匙，请你开开，那里边就是我的一生，我一生的痕迹都在那里。

你像看戏或者读小说一样检收我那些遗物，你不必难受。有些东西也不要让姑母表妹她们知道，我希望你能知道我了解我，我不愿使不了解不知道我的人妄加品评。那些东西都是分别束缚着。你不是快放暑假了吗？你在闲暇时不妨解开看看，你可以完全了解我这苦悲的境界和一切偶然的捉弄，一直逼我到我离开这世界。这些都是刺伤我的毒箭，上边都沾着我淋漓的血痕，和粉碎的心瓣。

唉！让我追忆一下吧！小时候，姑父说蕙儿太聪慧了，怕没有什么福气，她的神韵也太清峭了。父亲笑道：我不喜欢一个女孩儿生得笨蠢如牛，一窍不通。那时大家都笑了，我也笑了！如今才知道自己的命运，已早由姑父鉴定了；我很希望黄泉下的姑父能知道如今流落无归到处荆棘的蕙儿，而一援手指示她一条光明超脱的路境以自救并以救人哩！

不说闲话吧！你如觉这些东西可以给素君看时，不妨让他看看。他如果看完我那些日记和书信，他一定了然他自己的命运，不是我过分的薄情，而是他自己的际遇使然了。这样可以减轻我许多罪恶，也可以表示我是怎样的一个女子，不然怕诅咒我的人连你们也要在内呢！如果素君对于我这次走不能谅解时，你还是不必让他再伤心看这些悲惨的遗物，最好你多寻点证据来证明我是怎样一个堕落无聊自努力的女子，叫他把我给他那点稀薄的印象完全毁灭掉才好，皮箱内有几件好玩具珍贵的东西，你最好替我分散给表姊妹们。但是素君，你千万不能把我的东西给他，你能原谅我这番心才对，我是完全想用一个消极的方法来毁灭了我在他的心境内的。

皮箱上边箧内有一个银行存款折子，我这里边的钱是留给母亲的一点礼物，你可以代收存着；过一两个月，你用我名义写一封信汇一些钱去给母亲，一直到款子完了再说，那时这世界也许已变过了。这件事比什么都重要，你一定要念我的可怜，念我的孤苦，念我母亲的遭遇，替我办到这很重要的事。另有一笔款子，那是特别给文哥修理坟墓用的。今年春天清明节我已重新给文哥种植了许多松树，我最后去时，已葱茏勃然大有生气，我是希望这一生的血泪来培植这几株树的，但是连这点微小的希望环境都不允许我呢！

我走后，他墓头将永永远远的寂寞了，永永远远再看不见缟素衣裳的女郎来挥泪来献花了，将永永远远不能再到那湖滨那土丘看晚霞和春霭了。秋林枫叶，冬郊寒雪。芦苇花开，稻香弥漫时，只剩了孤寂无人凭吊的墓了，这也许是永永远远的寂寞泯灭吧！

以后谁还知道这块黄土下埋着谁呢？更有谁想到我的下落，已和文哥隔离了千万里呢！

深山村居的老母，此后孤凄仃伶的生活，真不堪设想，暮年晚景伤心如此，这都是我重重不孝的女儿造成的，事已到此，夫复何言。黄泉深埋的文哥，此后异乡孤魂，谁来扫祭？这孤冢石碑，环墓朽树，谁来灌浇？也许没有几年就冢平碑倒，树枯骨暴呢！

我也只好尽我的力量来保存他，因此又要劳你照拂一下，这笔款子就是预备给他修饰用的。玲弟！我不敢说我怎样对你好，但是我知道你是这世界上能够了解我、可怜我、同情我的一个人。这些麻烦的未了之件也只有你可以托付了。我用全生命来感谢你的盛意，玲弟！你允许我这最后的请求吗？

这世界上，事业我是无望了，什么事业我都做过，但什么都归失败了。

这失败不是我的不努力而是环境的恶劣使然。名誉我也无望了。什么虚荣的名誉我都得到了，结果还是空虚的粉饰。而且牺牲了无数真诚的精神和宝贵的光阴去博那不值一晒的虚荣，如今，我还是依然故我，徒害得心身俱碎。

我悔，悔我为了一时虚名博得终身的怨愤。有一个时期我也曾做过英雄梦，想轰轰烈烈、掀天踏海的闹一幕悲壮武剧。结果，我还未入梦，而多少英雄都在梦中死了，也有侥幸逃出了梦而惊醒的，原来也是一出趣剧，和我自己心里理想的事迹绝不是一件事，相去有万万里，而这万万里又是黑暗崎岖的险途，光明还是在九霄云外。

有时自己骗自己说：不要分析，不要深究，不要清楚，昏昏沉沉糊涂混日子吧！因此奔波匆忙，微笑着，敷衍着，玩弄面具，掉换枪花，当时未尝不觉圆满光彩。但是你一沉思凝想，才会感觉到灵魂上的尘土封锁创痕斑驳的痛苦，能令你鄙弃自己，痛悔所为，而想跃入苍海一洗这重重的污痕和尘土呢！这时候，怎样富贵荣华的物质供奉，那都不能安慰这灵魂高洁纯真的需要。这痛苦，深夜梦醒，独自沉思忏悔着时：玲弟！我不知应该怎样毁灭这世界和自己？

社会——我也大略认识了。人类——我也依稀会晤了。不幸的很，我都觉那些一律无讳言吧，罪恶，虚伪的窝薮和趣剧表演的舞台而已。虽然不少真诚忠实的朋友，可以令我感到人世的安慰和乐趣，但这些同情好意，也许有时一样同为罪恶，揭开面具还是侵夺霸占，自利自私而已。这世界上什么是值得我留恋的事，可以说如今都在毁灭之列了。

这样在人间世上，没有一样东西能系连着继续着我生命的活跃，我觉这是一件最痛苦的事。不过我还希望上帝能给我一小点自由能让我灵魂静静地蜷伏着，不要外界的闲杂来扰乱我；有这点自由我也许可以混下去，混下去和人类自然生存着，自然死亡着一样。这三年中的生活，我就是秉此心志延长下来的。我自己又幻想任一个心灵上的信仰寄托我的情趣，那就是文哥的墓地和他在天的灵魂，我想就这样百年如一日过去。谁会想到，偶然中又有素君来破坏捣乱我这残余的自由和生活，使我躲避到不能不离开母亲，和文哥而奔我渺茫不知栖止的前程。

都是在人间不可避免的，我想避免只好另觅道路了。但是那样乱哄哄内争外患的中国，什么地方能让我避免呢！回去山里伴母亲度这残生，也是一个良策，但是我的家乡正在枪林弹雨下横扫着，我又怎能归去，绕道回去，这行路难一段，怕我就没有勇气再扎挣奋斗了，我只恨生在如此时代之中国，如此时代之社会，如此环境中之自我。除此外，我不能再说什么了。

珍弟！这是蕙姊最后的申诉，也是我最后向人间忏悔的记录，你能用文学家的眼光鉴明时，这也许是偶然心灵的组合，人生皆假，何须认真，心情阴晴不定，人事变化难测，也许这只是一封信而已。

姑母前替我问好，告诉她我去南洋群岛一个华侨合资集办的电影公司，去做悲剧明星去了。素君问到时，也可以告诉他说蕙姊到上海后已和一个富翁结婚，现在正在西湖度蜜月呢。

一九二八，五，二九，花神殿

花神殿的一夜

这时候：北京城正在沉默中隐伏着恐怖和危机，谁也料不到将来要发生怎样的悲剧，在这充满神秘黑暗的夜里。

寄宿的学生都纷纷向亲友家避难去了，剩下这寂寞空旷的院落，花草似乎也知人意，现露一种说不出来的冷静和战栗。夜深了。淡淡的月光照在屋檐上，树梢头，细碎的花影下掩映着异样的惨淡。仰头见灰暗的天空锈着三五小屋，模糊微耀的光辉，像一双双含涕的泪眼。

静悄悄没有一点儿人声，只听见中海连续不断的蛙声，和惊人的汽车笛鸣，远远依稀隐约有深巷野犬的吠声。平常不注意的声音，如今都分明呈于耳底。轻轻揭帘走到院里，月光下只看见静悄悄竹帘低垂，树影荫翳，清风徐来，花枝散乱。缘廊走到梦苏的窗下，隔着玻璃映着灯光，她正在案上写信。我偷眼看她，冷静庄严，凛然坦然，一点儿也不露惊惶疑虑；真帮助鼓舞我不少勇气，在这般恐怖空寂的深夜里。

顺着花畦，绕过了竹篱，由一个小月亮门来，到了花神殿前。巍然庄严的大殿，荫深如云的古松，屹立的大理石日规，和那风风雨雨剥蚀已久的铁香炉，都在淡淡月光下笼罩着，不禁脱口赞道：

"真美妙的夜景呵！"

倚着老槐树呆望了一会，走到井口旁边的木栏上坐下，仔细欣赏这古殿荒园，凄凉月色下，零乱阑珊的春景。如此佳境，美妙如画，恍惚若梦，偏是在这鼙鼓惊人、战氛弥漫、荒凉冷静的深夜里发现；我不知道该赞成美欣赏呢！还是诅恨这危殆的命运？

来到这里已经三月了。为了奔波促忙，早晨出去，傍晚回来，简直没有一个闲暇时候令我鉴赏这古殿花窖的风景。只在初搬来的一夜，风声中摇撼着陌生斗室，像瀚海烟艇时：依稀想到仿佛"梅寠"。

有时归来，不是事务羁身，就是精神疲倦；夜间自己不曾出来过一次。

白天呢！这不是我的世界。被一般青春活泼的少女占领着，花荫树底，莺声燕语，嫣然巧笑，翩跹如仙。

我常和慧泉说：

"这是现实世界中的花神呢！"

因此，似乎不愿去杂入问津，分她们的享受，身体虽在此停栖了三月之久，而认识花神殿，令我精神上感到快慰的，还是这沉默恐怖的今夜。

不过，我很悔，今夜的发现太晚了，明夜我将离开这里。

对着这神妙幽美的花神殿，我心觉着万分伤感。回想这几年漂泊生涯，懊恼心情，永远在我生命史上深映着。谁能料到呢！我依然奔走于长安道上，在这红尘人寰、金迷纸醉的繁华场所，扮演着我心认为最难

201

受最悲惨的滑稽趣剧。忘记了过去，毁灭了前尘，固无是件痛快的事；不过连自己的努力，生活的进程都漠然不顾问时，这也是生的颓废的苦痛呢！哪敢说是游嬉人间。

呵！让我低低喊一声母亲吧！我的足迹下浸着泪痕。

三月前我由荫护五年的穆宅搬出来，默咽了多少感激致谢的热泪。五年中待遇我的高义厚恩，想此生已不能图报万一，我常为这件事难受。假使我还是栖息在这高义厚恩之中时，恐怕我的不安，作愧，更是加增无已。因此才含涕拜别，像一个无家而不得不归去的小燕子，飞到这荒凉芜废的花神殿。我在不介意的忙碌中，看着葱茏的树枝发了芽，鲜艳的红花含着苞蕾。如今眼前这些姹紫嫣红，翠碧青森，都是一个冬梦后的觉醒，刹那间的繁华！

往日荒凉固堪悲，但此后零落又哪能设想呢！

我偶然来到这里的，我将偶然而去；可笑的是飘零身世，又遇着幻变难测的时局，倏忽转换的人事；行装甫卸，又须结束；伴我流浪半生的这几本破书残简，也许有怨意吧！对于这不安定的生活。

我常想到海角天涯去，寻访古刹松林，清泉幽岩，和些渔父牧童谈谈心；我不需要人间充塞满的这些物质供养我的心身。不过总是扎脱不出这尘网，辗转因人，颦笑皆难。

咳！

人生真是万劫的苦海呵！谁能拯我出此呢？

忽然一阵狂风飞沙走石，满天星月也被黑云遮翳；不能久留了，我心想明日此后茫茫前途，其黑暗惊怖也许就是此时象征吧！人生如果真是这样幻变不测的活动着，有时也觉有趣呢！我只好振作起来向前摸索，看着荆棘山石刺破了自己的皮肤，血淋淋下滴时虽然痛苦，不过也有一种新经验能令我兴奋。走吧！留恋的地方固多，然留恋又何能禁止人生活动的进展呢！

走到房里灯光下堆集着零乱的衣服和书籍，表现出多少颠顿狼狈的样子；我没奈何的去整理它们。在一本书内，忽然飘落下一片枫叶，上面写着：

"风中柳絮水中萍，飘泊两无情。"

一九二八，六，三〇

梅花小鹿

——寄晶清

我是很欣慰的正在歌舞：无意中找到几枝苍翠的松枝，和红艳如火的玫瑰；我在生命的花篮内，已替他们永久在神前赞祝且祈祷：

当云帷深处，悄悄地推出了皎洁的明月；汩汩地溪水，飘着落花东去的时候：我也很希望遥远的深林中，燃着光明的火把，引导我偷偷踱过了这芜荒枯寂的墓道。虽是很理想的实现，但在个朦胧梦里，我依稀坐着神女的皇辇，斑驳可爱的梅花小鹿驾驰在白云迷漫途中。愿永远作朋友们的疑问？

晶清！在你或须不诅咒我的狂妄吧？

绮丽的故事，又由我碎如落花般的心里，默默地浮动着。朋友，假如你能得件宝贵而可以骄傲的礼赠时；或者有兴迫你由陈旧的字笼里，重读这封神秘不惊奇而平淡的信。

我隔绝了那银采的障幕，已经两个月了：我的心火燃成了毒焰的火龙，在夜的舞宴上曾惊死了青春的少女！在浓绿的深林里，曾误伤了Cupid的翅膀！当我的心坠在荆棘丛生的山涧下时，我的血染成了极美丽的杜鹃花！但我在银幕的后面，常依稀听到遥远的旅客。由命运的铁链下，发出那惨切恐怖的悲调！虽然这不过仅是海面吹激的浪花，在人间的历程上，轻轻地只拨弹了几丝同情的反应的心弦！谁能想到痛苦的情感所趋，挂在颜上的泪珠，就是这充满了交流的结果呵！确是应该诅咒的，也是应该祝福的，在我将这颗血心掷在山涧下的时候：原未料到她肯揭起了隔幕，伸出她那洁白的玉臂，环抱着我这烦闷的苦痛的身躯呵！朋友，我太懦弱了！写到这里竟未免落泪……或须这是生命中的创伤？或须这是命运的末日？当这种同情颁赐我的时候，也同是苦恼缠绕的机会吧？

晶清：我很侥幸我能够在悲哀中，得到种比悲哀还要沉痛的安慰，我是欣喜的在漠漠的沙粒中，择出了血斑似的珍珠！这样梦境实现后，宇宙的一切，在我眼底蓦然间缩小，或须我能藏它在我生命的一页上。

生命虽然是倏忽的，但我已得到生命的一瞥灵光，人世纵然是虚幻的，但我已找到永存的不灭之花！

人间的事，每每是起因和结果，适得其反比，惟其我能盛气庄容的误会我的朋友，才可由薄幕下渗透那藏在深处，不易揭示的血心！以后命运决定了：历史上的残痕，和这颗破缺的碎心！

三年前的一个夏天，我和梅影同坐在葡萄架下，望那白云的飘浮，听着溪流的音韵：当时的风景是极令人爱慕的。他提出个问题，让我猜他隐伏在深心内的希望和志愿，我不幸一一都猜中之后，他不禁伏在案上啜泣了!

在这样同心感动之下,他曾说过几句耐人思索的话:

"敬爱的上帝!将神经的两端,一头给我,一头付你;纵然我们是被银幕隔绝了的朋友,永远是保持着这淡似水的友情,但我们在这宇宙中,你是金弦,我是玉琴,心波协和着波动,把人类都沉醉在这凄伤的音韵里。"

是的,我们是解脱了上帝所赐给一般庸众的圈套,我们只弹着这协和的音韵,在云头浮飘!但晶清:除了少数能了解的朋友外,谁能不为了银幕的制度命运而诅咒呢?

朋友:在这样人间,最能安慰人的,只有空泛的幻想,原知道浓雾中看花是极模糊的迹象;但比较连花影都莫有的沙漠,似乎已可少慰远途旅客的孤寂。人类原是估有性最发达的动物,假如把只心燕由温暖的心窠,捉入别个银丝的鸟笼,这也是很难实现的事。晶清!我一生的性情执拗处最多,所以我这志愿恐将笼罩了这遥远的生之途程;或者这是你极怀疑的事?

三点钟快到了:我只好抛弃了这神经的紫想,去那游戏场上,和一般天真可爱的少女,捉那生之谜去。好友!当你香云拖地,睡眼朦胧的时候;或能用欣喜而抖颤的手,接受这香艳似碧桃一般的心花!

致陆晶清的信（四帖）

致陆晶清信之一

晶清：

　　昨夜我要归寝的时候，忽然想推开房门，望望那辽阔的青天，闪烁的繁星：那时夜正在睡眠，静沉沉的院中，只看见卧在地上的杨柳，慢慢地摆动。唉！晶清，在这样清静神秘的夜幕下，不禁又想到一切的回忆，心中的疑闷又一波一波汹涌起来。人生之网是这样的迷恋，终久是像在无限的时间中，向那修长的途程奔驰！我站在松树下默默地想着，觉着万丝纷披，烦恼又轻轻弹动着心弦。后来何妈怕我受了风寒，劝我回到房里。

　　我蓦然间觉着一股辛酸，满怀凄伤，填满了我这破碎的心房！朋友！

　　我遂倒卧在床上，拼将这久蓄的热泪滴到枕畔。愁惨的空气，布满了梅菉，就连壁上的女神，也渐渐敛去了笑容。窗外一阵阵风声，渐渐大起来，卷着尘土射到窗纸上沙沙地响个不住！这时我觉得宇宙一切，都表现出异常的恐怖和空洞；茫茫无涯的海里，只有我撑着叶似的船儿，冒着波涛向前激进。

晶清，你或者要诅咒我，说我是神经质的弱者，但我总愿把葬在深心的秘密，在你的面前暴露出来！到后来我遂沉溺在半睡的状态中了。

杨柳的深处，映濡了半天的红霞，流水汩汩地穿过眼前的花畦，我和芎蘼坐在竹篱边。那时心情很恍惚，是和春光一样明媚，是如春花一样灿烂？

在这样迷惘中不久，倏忽又改变了一个境界：前边的绿柳红霞，已隐伏埋没，眼前断阻着一条崎岖不平的山路，森森可怕的深林，一望无底的山涧；我毫无意识的踟蹰在这样荒野寂寂的山谷。朋友！

我声嘶力竭，只追着那黑影奔驰，我也不知怎样飞山越涧的进行，"砰"的一声惊醒了我。原来是外边的房门被风刮开了！

晶清，我当时很怀疑，我不知人生是梦？抑梦是人生？

这时风仍刮的可怕，火炉中的火焰也几乎要熄灭，望着这悠悠长夜，不禁想到渺茫的将来而流涕！我遂披衣起床，拧起那惨淡的灯光，写这封含有鬼气的信给你。这时情感自然很激烈，但我相信明天清晨——或这信到你手中时，我的心境已平静像春水一样。

夜尚在神秘的梦里，我倦了，恕不多及。

评　梅
三月二十夜三时

致陆晶清信之二

晶清：

你走后我很惆怅，我常想到劝朋友的话，我也相信是应该这样做的，但我只觉着我生存在地球上，并不是为了名誉金钱！我很消极，我不希望别一个人能受到我半点物质的援助，更不希望在社会上报效什么义务……不积极的生，不消极的死，我只愿在我乐于生活的园内，觅些沙漠上不见的珍品，聊以安慰我这很倏忽的一现，其他在别人幸幸趋赴之途，或许即我惴惴走避之路。朋友！你所希望于我的令名盛业，可惜怕终久是昙花了，我又何必多事使她一现呢？

近来脾气愈变愈怪，不尽一点人情的虚伪的义务，如何能在社会里生存，只好为众人的诅咒所包围好了。朋友！我毫无所惧。并且我很满意我现在的地位和事业，是对我极合适的环境。

失望的利箭一支一支射进心胸时，我闭目倒在地上，觉着人间确是太残忍了。但当时我绝不希望任何人发现了我的怅惘，用不关痛痒的话来安慰我！我宁愿历史的锤儿，永远压着柔懦的灵魂，从痛苦的瓶儿，倒泻着悲酷的眼泪。在隔膜的人心里，在未曾身历其境的朋友们，他们丝毫不为旁人的忧怖与怨恨，激起他们少许的同情？谁都莫有这诚意呵，为一个可怜无告的朋友，灌注一些勇气，或者给他一星火光！

莫有同情的世界，于我们的心有何用处？在众人环祷的神幔下，谁愿把神灯扑灭，反去黑暗中捉摸光明呵？我硬把过去的历史，看作一场梦，或者是一段极凄悲的故事，但有时我又否定这些是真实。烦闷永久张着乱丝搅扰着我春水似的平静,一切的希望和美满,都同着夕阳的彩霞消灭了;如一个窃贼,摸着粉墙,一步一步的过去了。

晶清!我也明知道运命是怎样避免不了的,同时情感和理智又怎样武装的搏斗?心坎里狂驰怒骋的都是矛盾的思潮,不过确是倦了——现在的我。我不久想在杨柳结织的绿荫下,找点歇息去了!人和人能表同情,处的环境又差不多,这样才可谈一件事的始末,而不致有什么误会和不了解。所以我每次提笔,都愿将埋葬在心里的怨怀,向你面前一泄!朋友:

原谅你可怜的朋友的狂妄吧?

祝你　春园中的收获!

评　梅

致陆晶清信之三

晶清:

这封信你看了不只是不替我陪泪,或者还代我微笑?

这简直是灰色人生中的一枝蔷薇。昨天晚上我由女高师回到梅窠的时候,闪内的繁星,皎皎的明月,照着我这舒愉的笑靥;清馨的惠风,拂散了我鬓边的短发,我闭目宁神的坐在车上默想。

玉钗轻敲着心弦,警悟的曲儿也自然流露于音外,是应该疑而诅咒的,在我的心灯罩下,居然扑满了愉快的飞蛾。进了温暖的梅窠后,闹市的喧哗,已渐渐变成幽雅的清调了。我最相信在痛苦的人生里,所感到的满足和愉快是真实,只有这灵敏的空想,空想的机上织出各样的梦境,能诱惑人到奇异的环帷之下。这里有四季不断的花木,有温和如春的天气,有古碧清明的天河,有光霞灿烂的虹桥,有神女有天使。这梦境的沿途,铺满了极飘浮的白云,梦的幕后有很不可解的黑影,常常狞笑的伏着。人生的慰藉就是空想,一切的不如意不了解,都可以用一层薄幕去遮蔽,这层薄幕,我们可以说是梦,末一次,就是很觉悟的死!

死临到快枯腐的身体时,凡是一切都沉静寂寞,对于满意快乐是撒手而去,对于遗憾苦痛也归消灭,这时一无所有的静卧在冷冰的睡毡上,一切都含笑的拒绝了!

玄想吗?我将对于灰色的人生,一意去找我自心的快乐,因为在我们这狭小的范围,表现自己是最倏忽飘浮的一瞥;同时在空间的占领,更微小到不可形容:所以我相信祝福与诅咒都是庸人自扰的事。

晶清:你又要讪笑我是虚伪了!但我这时觉得这宇宙是很神秘,我想,世间最古的是最高而虚玄的天,最多情而能安慰万物的是那清莹的月,最光明而照耀一切的是那火球似的太阳!其余就是这生灭倏忽、苦乐无常的人类。

附带告你一件你爱听的故事,天辛昨天来封信,他这样说:"宇宙中我原知道并莫有与我预备下什么,我又有什么系恋呵——在这人间:海的波浪常荡着心的波浪,纵然我伏在神座前怎样祝祷,但上帝所赐给我的——仅仅是她能赐给我的。世间假若是空虚的,我也希望静沉沉常保持着空寂。

"朋友:人是不能克服自己的,至少是不能驾驭自我的情感:情感在花草中狂骋怒驰的时候,理智是镇囚在不可为力的铁链下,所以

211

我相信用了机械和暴力剥夺了的希望，是比利刃剥出心肺还残忍些！不过朋友！这残忍是你赐给我的，我情愿毁灭了宇宙，接受你所赐给我的！"

听听这迷惘的人们，辗转在生轮下，有多么可怜？同时又是多么可笑！？

我忍着笑，写了封很"幽默"的信复他：

"我唯恐怕我的苦衷，我的隐恨，不能像一朵蔷薇似的展在你的心里，或者像一支红烛照耀着这晦暗而恐怖的深夜，确是应当深虑的，我猛然间用生疏的笛子，吹出你不能相谅的哀调呵！

"沙漠的旅程中，植立着个白玉女神的美型，虽然她是默默地毫无知觉，但在倦旅的人们，在干燥枯寂的环境中，确能安慰许多惆怅而失望的旅客，使她的心中依稀似的充满了甘露般的玫瑰？

"我很愿意：替你拿了手杖和行囊，送你登上那漂泊的船儿，祝祷着和那恶潮怒浪搏战的胜利！当你渡到了彼岸，把光明的旗帜飘在塔尖，把美丽的花片，满洒了人间的时候：朋友呵！那时我或者赠你一柄霜雪般的宝剑，就到你的马前！

"朋友：这是我虔诚希望你的，也是我范围内所酬谢你的，请原谅了我！让我能在毒蟒环绕中逃逸，在铁链下毁断了上帝赐给人的圆环。"

晶清：你或者又为了他起同情责备我了：不过评梅当然是评梅，评梅既然心灵想着"超"，或者上帝所赐给评梅的也是'超'？但是这话是你所窃笑绝不以为然的。

近来心情很倦，像夕阳照着蔷薇一样似的又醉又懒！你能复我这封生机活泼的信吗？在盼！

评 梅

致陆晶清信之四

晶清：

　　任狂风撼破纸窗，心弦弹尽了凄凉，在我这不羁的心里，丝毫莫有一点激荡。虽然我是被摒弃于孤岛中的浮萍断梗，不过在这修长的远道，茫邈的将来，我绝不恐怖而抖颤，因为上帝所赐给我的是这样。我愿腋下生一只雪绒轻软的翅膀，在这风吼树号的深夜，乘飙扬沙，飞过了沙漠的故园，在黑暗中听听旅客的伤心，或者穷途的呻吟。春寒纵然凌人，但我未熄的心火，依然温暖着未冰的心房呵！朋友呵！请你努力安心，你的朋友确是不再向虚空的图画，抹泪或者含痛了。寂静的梅窠里，药炉已灭；凄凉的寒风灯侧，人影如旧。你能在百忙中，依然顾念着蜷伏的孤魂，这是评梅感激而流涕的事。

　　你读了《花月痕》而凄悲叹息，足证明多情小姐的心理。本来人生如梦，梦中怨怒，事归空幻；不过是把生谜看穿之后，像我这样转动在这宇宙中，反成了赘累的废物。所以人不可彻底，更不可聪明。我希望你不必研究万事的因缘。只看作人生的迷恋。不过我知道你是感情道路中的旅客，你既未蹈过沙漠，又未攀过绝岩，在现在就觉悟，是极不彻底的话。

　　春风拂着我的散发，繁星照着我的睡眼，我将拥抱着这静沉的黑

213

夜，卧在这株古槐树下，狂妄也好，疯颠也好，总之，尽我的心情在愉快的波浪中激荡。这绝不是可以勉强造作的事，不过你或许不能相信我？

　　静静地渡这大海，跋涉这堑岩的峭壁吧！"生"的图画，已一幅一幅展在你面前，待着你的鲜血和清泪濡染。敬祝你春梦中的愉快！

梅　四月四日下午

绿　　屋

我要谢谢上帝呢，我们能有宁静的今日。

这时我正和清坐在菊花堆满的碧纱窗下，品着淡淡的清茶，焚着浓浓的檀香。我们傲然的感到自己用心血构成小屋的舒适，这足以抵过我们逢到的耻辱和愤怒了。

我默望着纱窗外血红的爬山虎叶子沉思着。我忆起替清搬东西来绿窗的那个黄昏。

许多天的黄昏都一样吧，然而这个黄昏特别深画着悲怆之痕。当我负了清的使命坐车去学校时的路上，我便感到异样，因为我是去欢迎空寂，我是去接见许多不敢想象的森严面孔，又担心着怕林素园误会了我，硬叫校警抓出去时的气愤和羞愧。我七年未忘，常在她温暖的怀中蜷伏着的红楼，这次分外的冷酷无情。我抱着这样的心情走进校门，我站在她寝室门前踟蹰了，我不推门进去，我怕惊醒了那凄静的沉寂。我又怕璧姊和秀姊在里边，我不愿逢见她们，见了她们我脆弱的心要抖战得流下泪来，我怎忍独自来拣收这人去后的什物呢！本来清还健在，只不过受林素园的一封"函该生知悉"的信，而驱逐出。

不过我来收东西时忽然觉着似乎她是死了的情形。

在门外立了半天，终于鼓着勇气推开了门，幸而好她们都不在，给与我这整个的空寂。三支帐低赤裸，窗外的淡淡的阳光射璧姊的床缘上。清赤裹的木板上堆着她四年在红楼集聚下的物事，它们静静放在那里，我感到和几副僵尸卧着一样。收清拾楚后在这寂静的屋内环视一周，我替清投射这最后留恋的心情。我终于大胆地去办公处见她向她们拿出箱笼去的通行证。

允许我忏悔吧！我那时心情太汹涌了，曾将我在心里的怨愤泄露给我们的朋友叔举君。她默默承受了之后，我悔了，我觉不应错怪她。拿了通行证后，我又给璧姊写了个纸条，告诉她，清的东西我已搬去了，有拿错的请她再同清去换，末了我写了"再见"，这"再见"两字那时和针一样刺着我。

莫有人知道，我悄悄独自提着清的小箱走出了校门。是这样走的，极静极静，无人注意的时候我逃出了这昔日令我眷恋，今日令我悲戚的红楼。

记得我没有回顾，车到了顺治门铁栏时，我忽然想起四年前我由红楼搬到寄宿校舍的情形，不过那时我是眷恋，如今我是愤恨。

进了校场头条北口，便看见弱小的清站在红漆的朱门前，她正在拿着车钱等着我。

这次看见她似乎久别乍逢，又似乎噩梦初醒，说不出的一种凄酸压在我的胸上喉头。她也凝视着她那些四年来在红楼伴她书箱而兴起一缕哀感！

　　这夜我十点钟才回来，我和她默默地整理床褥，整理书箱，整理这久已被人欺凌、久已被人践踏、久已无门归处而徘徊于十字街头的心。

　　月色凄寒如水，令我在静冷的归路上，更感到人心上的冰块，或者不是我们的热泪所能融化！人面上的虚伪，或者不是我们的赤心所能转换。我们的世界假如终于是理想的梦，那么这现世终于要遗弃我们的，我们又不能不踽踽的追寻着这不可期待的梦境，这或许是我们心中永远的恶伧之痕吧！

　　这一夜我不知她怎样过去的，在漂泊的枕上，在一个孤清生疏的枕上。

　　如今，她沉默的焚着香，在忏悔祈祷什么我不知道。不过她是应该感谢上帝的，她如今有了这富有诗情富有画意的绿屋，来养息她受创的小灵魂。

十五年十月二十日

沄　沁

灰城里入春以来，十天有九天是阴霾四布见不着太阳光，有时从云缝里露出半面，但不到一会又飘浮过一朵墨云来掩盖上了。本来多愁善感的我，在团花如锦、光华灿烂的天地中，我的心的周围已是环抱着阴霾重重，怎禁住这样天气又压迫在我忧郁的心头呢？

昨夜忽然晴了。点点疏星，弯弯明月，令我感到静默的幽光下，有万种难以叙述的心情纠结着。在院里望了望满天星月，我想到数月前往事，觉人生聚散离合，恍如一梦。这时幻想到你们时，你们一定都是沉醉在胜利的金觥里，或者也许卧在碧血沙场做着故园千里的归梦。夜寒了，我走到房里，由书架上，拿了一本小檀峦室闺秀词，在灯下读着，以解散我寂寞的心怀。

这时门铃响了，绿衣使者把你的信递到我案头来了，你想我是多么高兴？多么欣慰呢？

你念着白发无依的老母，和临行时才开未残的腊梅；证明你漂泊中还忆到软红十丈的燕京,沄沁!

前三天我去看母亲,到了院里,母亲很喜欢的迎我进了房,一切陈设和你在时一样,只是腊梅残了,案头新换上了红绣球和千叶莲。那些花是不认识你的,不属于你的。是母亲的。在她们嫣红微笑中,知道母亲已将忆念你的爱心分注一点在她们身上了,她们现在代你伴着寂寞的父亲,你该谢谢这些不相识的花草呢!你的床上现在不是空的,是一位田小姐住在那里,夜夜陪着母亲的。黄小姐是隔一两天就去一次,还有许多朋友们也常去。母亲那天告我时她像傲然的样子,我笑着道:"这是伯母的福气,走了一个女儿,来了许多女儿",她微笑着。我在这微笑中看出了母亲们慈爱之伟大和庄严。

我想到了我故乡山城的母亲,她是没有你的母亲这样旷达的胸怀,也无这些可爱的女孩儿围绕着她。她看见的只是银须飘拂的老父,和些毫无情感的亲友们,像石像冰一样冷硬的人心侵凌着她,令她终身生活陷于愁病之中,而我又是这样忤逆,远离开她不能问暖嘘寒,后来和母亲谈了许多关乎你漂泊行踪的事,母亲很豪爽的评论现状,不带半点儿女缠绵之态,我心中暗暗佩服,自然因为有这样豪爽的母亲,才有你这样英武的女儿,我自愧不如。

虽然母亲是这样能自己扎挣,让你去投奔在战线上毫不恋恋。但是眉峰间隐约有些寂寞的皱纹,是为了忆念你新添的。

我和母亲谈着时,门环响了,一会女仆引进一位三十多岁的妇人,黄瘦憔悴中还保留着少年时的幽美丰韵;只是眼光神情中,满溢着无限的忧愁,令人乍看便知是个可怜人,伤心人。你猜是谁呢,原来是你中学的朋友——陈君。她来请母亲介绍她一个医生,医治她的肝气症。她说到了身体上的病症时，同时也告诉我们她精神上的痛苦。你是知道的，她结婚的一切经过都是她哥哥包揽，事前并未得她同意，更不必说到愿意不愿意了。结婚后数年还和好相安，共有子女六人，因为小孩多，她在四年前买了一个十四岁的丫头叫秋香，初来还听话做事也勤敏，慢慢就爱吃懒动，偷东西偷银钱，后来更坏的不堪，连老妈都雇不住，来一个好的，几天就被她引坏了。这一两年内更骄纵的不成样子，她的张老爷帮着秋香欺凌她，起初是骂，后来足拳交加慢慢也挨打了。家中的银钱都交给秋香去管，得罪了秋香时，比得罪了老爷还厉害。有一次秋香伴着三少爷玩，用卵子大的石头，击破了三少爷的鼻梁，血流了满脸，险一些打坏了眼睛。她忍不住了，叫来秋香骂了几句，秋香可受不了她的气，当时把被褥卷好放在大门口，等老爷回来她哭着向他说太太赶她走，老爷听见后亲自把大门口的被褥拿到下房里，向秋香赔礼。那夜她的张老爷又把她打骂了一顿，儿子脸上的血窟他连睬都不睬。她说，秋香现在是赶不走，她正托人给她张老爷找姨太太，她奢望有个好姨太太时，秋香或可让她走。当时陈君说着流下泪来！家庭像一座焦煎的油锅，她的丈夫便是狞恶的魔鬼，她不知这罪受到何时才完？因为有六个小孩子，她不忍舍弃了他们和她丈夫离婚，带上子女去呢，她丈夫也不肯，即是肯，她又如何能够养活了他们。这苦诉向谁呢？中国法律本来不是为女子定的，是为了保障男子的强暴兽行而规定的，她只有被宠幸的丫头欺凌，被兽性冲动的丈夫践踏她至于忍气吞声忧愤成病，病深至于死，大概才会逃脱这火坑吧！

泛沁，你是以改革一切旧社会制度，和保障女权的运动者，你怎样能够救这位可怜的妇人。

我们不知道的沦陷于此种痛苦下的女人自然很多，因之我们不能不为她们去要求社会改革，和毁灭那些保障恶魔的铁栏而努力的我们不努力，她们更深落到十八层地狱下永不能再睹天日了。像这些强暴的男子也多极了，我不知他们怎样披着那张人皮，在光天化日之下鬼混？漱玉来信告我说，那位遗弃她和别人恋爱去的情人，现在又掉过头来，隔山渡海的，向她频送秋波，说许多"薄情也许是多情，害你也许是爱你"的话来引诱她，希望破镜重圆，再收覆水。你想玩一个娼妓，也不能这样随便由男人的爱憎，况且漱玉如今是努力于妇女解放运动的人。

漂泊的生活自然不是安适幸福的生活，你所说"见了多少未曾见到的事，受了多少未曾受过的苦"，这便是你求生的成绩了，你还追求什么呢？

这值得向人骄傲的丰富经验，和人生阅历，已由你眼底收集在你心海中了，如果有一日能闲散度着山林生活时，你把你的收获写出来，也许是一本纸贵洛阳的珍册吧！

夜将尽，天空有孤雁长唳的哀声，沄沁，我执笔向你致一个文学的敬礼吧！

十六年四月十三日

董 二 嫂

夏天一个黄昏，我和父亲坐在葡萄架下看报，母亲在房里做花糕；嫂嫂那时病在床上。我们四周围的空气非常静寂，晚风吹着鬓角，许多散发飘扬到我脸上，令我沉醉在这穆静慈爱的环境中，像饮着醇醴一样。

这时忽然送来一阵惨呼哀泣的声音！我一怔，浑身的细胞纤维都紧张起来，我掷下报陡然的由竹椅上站起，父亲也放下报望着我，我们都屏声静气的听着！这时这惨呼声更真切了，还夹着许多人声骂声重物落在人身上的打击声！母亲由房里走出，挽着袖张着两只面粉手，也站在台阶上静听！

这声音似乎就在隔墙。张妈由后院嫂嫂房里走出，看见我们都在院里，她惊惶地说："董二嫂又挨打了，我去瞧瞧怎么回事？"

张妈走后，我们都莫有说话；母亲低了头弄她的面手，父亲依然看着报，我一声不响的站在葡萄架下。哀泣声、打击声、嘈杂声依然在这静寂空气中荡漾。我想着人和人中间的感情，到底用什么维系着？人和人中间的怨仇，到底用什么纠结着？我解答不了这问题，跑到母亲面前去问她：

"妈妈！她是谁？常常这样闹吗？"

"这些事情不希奇，珠，你整天在学校里生活，自然看不惯；其实家庭里的罪恶，像这样的多着呢。她是给咱挑水的董二的媳妇，她婆婆是著名的狠毒人，谁都惹不起她；耍牌输了回来，就要找媳妇的气生。董二又是一个糊涂人，听上他娘的话就拼命的打媳妇！隔不了十几天，就要闹一场；将来还不晓得弄什么祸事。"母亲说着走进房里去了。我跑到后院嫂嫂房里，刚上台阶我就喊她，她很细微的答应了我一声！我揭起帐子坐在床沿，握住她手问她：

"嫂嫂！你听见莫有？那面打人！妈妈说是董二的媳妇。"

"珠妹！你整天讲妇女问题，妇女解放，你能拯救一下这可怜被人践踏毒打的女子吗？"

她说完望着我微笑！我浑身战栗了！惭愧我不能向她们这般人释叙我高深的哲理，我又怎能有力拯救这些可怜的女同胞！我低下头想了半天，我问嫂嫂：

"她这位婆婆，我们能说进话去吗？假使能时，我想请她来我家，我劝劝她，或者她会知道改悔！"

"不行，我们刚从省城回来，妈妈看不过；有一次叫张妈请她婆婆过来，劝导她；当时她一点都不承认她虐待媳妇，她反说了许多董二媳妇的坏话。

过后她和媳妇生气时，嘴里总要把我家提到里边，说妈妈给她媳妇支硬腰，合谋的要逼死她；妹！这样无智识的人，你不能理喻的；将来有什么事或者还要赖人，所以旁人绝对不能干涉他们家庭内的事！咳！那个小媳扫，前几天还在舅母家洗了几天衣裳，怪可人的模样儿，晓得她为什么这般薄命逢见母夜叉？"

张妈回来了，气的脸都青了，喘着气给我斟了一杯茶，我看见她这样忍不住笑了！

嫂嫂笑着望她说：

"张妈！何必气的这样，你记住将来狗子娶了媳妇，你不要那么待她就积德了。"

"少奶奶！阿弥陀佛！我可不敢，谁家里莫有女儿呢；知道疼自己的女儿，就不疼别人的女儿吗？狗子娶了媳妇我一定不歪待她的，少奶奶你不信瞧着！"

她们说的话太远了，我是急于要从张妈嘴里晓得董二嫂究竟为了什么挨打。后来张妈仔细的告诉我，原来为董二的妈今天在外边输了钱。回来向她媳妇借钱，她说莫有钱；又向她借东西，她说陪嫁的一个橱两个箱，都在房里，不信时请她去自己找，董二娘为了这就调唆着董二打他媳妇！确巧董二今天在坡头村吃了喜酒回来，醉醺醺的听了他娘的话，不分皂白便痛打了她一阵。

那边哀泣声已听不到，张妈说完后也帮母亲去蒸花糕，预备明天我们上山做干粮的。

吃晚饭时母亲一句话都莫有说，父亲呢也不如经常高兴；我自己也莫明其妙的荡漾起已伏的心波！那夜我莫有看书，收拾了一下我们上山的行装后，很早我就睡了，睡下时我偷偷在枕上流泪！为什么我真说不来；我常想着怎样能安慰董二嫂？可怜我们在一个地球上，一层粉墙隔的我们成了两个世界里的人，为什么我们无力干涉她？什么县长？什么街长？他们诚然比我有力去干涉她，然而为什么他们都视若罔睹，听若罔闻呢！

"十年媳妇熬成婆"，大概他们觉得女人本来不值钱，女人而给人做媳妇，更是命该倒霉受苦的！因之他们毫不干涉，看着这残忍野狠的人们猖狂，看着这可怜微小的人们呻吟！要环境造成了这个习惯，这习惯又养了这个狠心。

根本他们看一个人的生命，和蚂蚁一样的不在意。可怜屏弃在普通常识外的人们呵！什么时候才认识了女人是人呢？第二天十点钟我和父亲、昆侄坐了轿子去逛山，母亲将花糕点心都让人挑着：那天我们都高兴极了！董二嫂的事，已不在我们心域中了！

在杨村地方，轿夫们都放下轿在那里息肩，我看见父亲怒冲冲的和一个轿夫说话，站的远我听不真，看样子似乎父亲责备那个人。我问昆侄那个轿夫是谁？他说那就是给我们挑水的董二。我想到着父亲一定是骂他不应该欺侮他自己的女人。我默祷着董二嫂将来的幸福，或许她会由黑洞中爬出来，逃了野兽们蹂躏的一天！

我们在山里逛了七天，父亲住在庙里看书，我和昆侄天天看朝霞望日升，送晚虹迎月升，整天在松株青峰清溪岩石间徘徊。夜里在古刹听钟声，早晨在山上听鸣禽；要不然跑到野草的地上扑捉蝴蝶。这是我生命里永不能忘记的，伴着年近古稀的老父，携着双鬓未成的小侄，在这青山流水间，过这几天浪漫而不受任何拘束的生活。

七天后，母亲派人来接我们。抬轿的人换了一个，董二莫有来。下午五点钟才到家,看见母亲我高兴极了,和我由千里外异乡归来一样:虽然这仅是七天的别离。

跑到后院看嫂嫂,我给她许多美丽的蝴蝶,昆侄坐在床畔告诉她逛山的所见,乱七八糟不知她该告诉母亲什么才好。然而嫂嫂绝不为了我们的喜欢而喜欢,她仍然很忧郁的不多说话,我想她一定是为了自己的病。我正要出去,张妈揭帘进来,嘴口张了几张似乎想说话又不敢说,只望着嫂嫂;我奇怪极了,问她:

"什么?张妈?"

"太太不让我告小姐。"

她说着时望着嫂嫂。昆侄比我还急,跳下床来抱住张妈像扭股儿糖一样缠她,问她什么事不准姑姑知道?嫂嫂笑了!

她说:

"其实何必瞒你呢:不过妈因为你胆子小心又软,不愿让你知道;不过这些事在外边也很多,你虽看不见,然而每天社会新闻栏里有的是,什么希奇事儿!"

"什么事呢?到底是什么事?"我问。

张妈听了嫂嫂话,又听见我追问,她实在不能耐了,张着嘴,双手张开跳到我面前,她说:

"董二的媳妇死了!"

我莫有勇气,而且我也想不必,因之我不追问究竟了。我扶着嫂嫂的床栏呆呆地站了有十分钟,嫂嫂闭着眼睛,张妈在案上检药包,昆侄拉着我的衣角这样沉默了十分钟。

后来还是奶妈进来叫我吃饭,我才回到妈妈房里。

妈妈莫有说什么，父亲也莫有说什么，然而我已知道他们都得到这个消息了！一般人认为不相干的消息，在我们家里，却表示了充分的黯淡！

董二嫂死了！不过像人们无意中践踏了的蚂蚁，董二仍然要娶媳妇，董二娘依尽要当婆婆，一切形式似乎都照旧。

直到我走，我再莫有而且再不能听见那哀婉的泣声了！然而那凄哀的泣声似乎常常在我耳旁萦绕着！同时很惭愧我和她是两个世界的人，我感觉到自己的力量太微小了，我是贵族阶级的罪人，我不应该怨恨一切无智识的狠毒妇人，我应该怨自己未曾指导救护过一个人。

血　尸

我站在走廊上望着飞舞的雪花,和那已透露了春意的树木花草,一切都如往日一样。

黯淡的天幕黑一阵,风雪更紧一阵,遥望着执政府门前的尸身和血迹,风是吹不干,雪是遮不住。

走进大礼堂,我不由的却步不前。从前是如何的庄严灿烂,现在冷风切切,阴气森森,简直是一座悲凄的坟墓。

我独自悄悄地走到那副薄薄的小小的棺材旁边,低低地喊着那不认识的朋友的名字——杨德琼。在万分凄酸中,想到她亲爱的父母和兄弟姊妹时,便不禁垂泪了!只望她负笈北京,完成她未来许多伟大的工作和使命,那想到只剩得惨死异乡、一棺横陈!

这岂是我们所望于她的,这岂是她的家属所望于她的,这又岂是她自己伟大的志愿所允许她的,然而环境是这样结果了她。十分钟前她是英气勃勃的女英雄,十分钟后她便成了血迹模糊、面目可怖的僵尸。

为了抚问未死的伤者，便匆匆离开了死的朋友，冒着寒风，迎着雪花，走向德国医院。当我看见那半月形的铁栏时，我已战栗了！谁也想不到，连自己也想不到，在我血未冷魂未去以前，会能逼我重踏这一块伤心的地方。

样样都令人触目惊心时，我又伏在晶清的病榻前，为了她侥幸的生存，向上帝作虔诚的祈祷！她闭着眼，脸上现出极苦痛的表情。这时凄酸涌住我的喉咙，不能喊她，我只轻轻地用我的手摇醒她。

"呵！想不到还能再见你！"她哽咽着用手紧紧握住我，两眼瞪着，再不能说什么话了。我一只腿半跪着，蹲在病榻前，我说：

"清！你不要悲痛，现在我们不入地狱，谁入地狱？便是这样的死，不是我们去死，谁配去死？我们是在黑暗里摸索寻求光明的人，自然也只有死和影子追随着我们。'永远是血，一直到了坟墓'。这不值得奇怪和惊异，更不必过分的悲痛，一个一个倒毙了，我们从他们尸身上踏过去，我们也倒了，自然后边的人们又从我们身上踏过去。"

生和死，只有一张蝉翼似的幕隔着。

"看电影记得有一个暴君放出狮子来吃民众。昨天的惨杀，这也是放出野兽来噬人。只恨死几十个中国青年，却反给五色的国徽上染了一片污点，以后怎能再拿上这不鲜明的旗帜见那些大礼帽，燕尾服的外国绅士们。"

这时候张敬淑抬下去看伤，用X光线照弹子在什么地方。她睡在软床上，眼闭着，脸苍白的可怕。经过我们面前时，我们都在默祷她能获得安全的健康。

医院空气自然是很阴森凄惨，尤其不得安神的是同屋里的重伤者的呻吟。清说她闭上眼便看见和珍，耳鼓里常听见救命和枪声。因此，得了狄大夫的允许，她便和我乘车回到女师大。听说和珍棺材五时可到学校，我便坐在清的床畔等着。我要最后别和珍，我要看和珍在世界上所获到的报酬。由许多人抚养培植的健康人格，健康身体，更是中国女界将来健康的柱石，怎样便牺牲在不知觉中的撒手中？

天愁地惨，风雪交作的黄昏时候，和珍的棺材由那泥泞的道路里，抬进了女师大。

多少同学都哭声震天的迎着到了大礼堂。这时一阵阵的风，一阵阵的雪，和着这凄凉的哭声和热泪！我呢，也在这许多勇敢可敬的同学后面，向我可钦可敬可悲可泣的和珍，洒过一腔懦弱的血泪，吊她尚未远去的英魂！

粗糙轻薄的几片木板，血都由裂缝中一滴一滴的流出，她上体都赤裸着，脸上切齿瞪眼的情形内，赠给了我们多少的勇气和怨愤。和珍，你放心的归去吧！我们将踏上你的尸身，执着你赠给我们的火把，去完成你的志愿，洗涤你的怨恨，创造未来的光明！

和珍！你放心的归去吧！假如我们也倒了，还有我们未来的朋友们。

她胸部有一个大孔，鲜血仍未流完，翻过背来，有一排四个枪眼，前肋下一个，腋下一个，胸上一个，大概有七枪，头上的棒伤还莫有看出。当扶她出来照相时，天幕也垂下来了，昏暗中我们都被哭声和风声，绞着，雪花和热泪，融着。这是我们现时的环境，这便是我们的世界，多少女孩儿，围着两副血尸！

这两副血尸，正面写着光荣！背面刻着凄惨！

大惨杀的第二天。

痛哭和珍

和珍！冷的我抖颤，冷的我两腿都抖颤！一只手擦着眼泪，一只手扶着被人踏伤的晶清，站在你灵前。抬起头，香烟缭绕中，你依然微笑的望着我们。

我永不能忘记你红面庞上深深的一双酒靥，也永不能忘记你模糊的血迹，心肺的洞穿！和珍，到底哪一个是你，是那微笑的遗影，是那遗影后黑漆的棺材！

惨淡庄严的礼堂，供满了鲜花，挂满了素联，这里面也充满了冷森，充满了凄伤，充满了同情，充满了激昂！多少不相识的朋友们都掬着眼泪，来到这里吊你，哭你！看那渗透了鲜血的血衣。

多少红绿的花圈，多少赞扬你哀伤你的挽联，这不是你遗给我们的，最令我们触目惊心的便是你的血尸，你的血衣！你的血虽然冷了，温暖了的是我们的热血，你的尸虽然僵了，铸坚了的是我们的铁志。

最懦弱最可怜的是这些只能流泪，而不敢流血的人们。此后一定有许多人踏向革命的途程，预备好了一切去轰击敌人！指示我们吧，和珍，我也愿将这残余的生命，追随你的英魂！

四围都是哀声，似乎有万斤重闸压着不能呼吸，烛光照着你的遗容，使渺小的我不敢抬起头来。和珍！谁都称你作烈士，谁都赞扬你死的光荣，然而我只痛恨，只伤心，这黑暗崎岖的旅途谁来导领？多少伟大的工程凭谁来完成？况且家中尚有未终养的老母，未成年的弱弟，等你培植，待你孝养。

不幸，这些愿望都毁灭在砰然一声的卫士手中！

当"偕行社"同学公祭你时，她们的哀号，更令我心碎！你怎忍便这样轻易撒手的离开了她们，在这虎威抖擞，豺狼得意的时候。自杨荫榆带军警入校，至章士钊雇老妈拖出，一直是同患难，同甘苦，同受惊恐，同遭摧残，同到宗帽胡同，同回石驸马大街。三月十八那天也是同去请愿，同在枪林弹雨中扎挣，同在血泊尸堆上逃命；然而她们都负伤生还，只有你，只有你是惨被屠杀！

她们跟着活泼微笑的你出校，她们迎着血迹模糊的你归来，她们怎能不痛哭战线上倒毙的勇士，她们怎能不痛哭战斗正殷中失去了首领！

一年来你们的毅力，你们的精神，你们的意志，一直是和恶势力奋斗抵抗，你们不仅和豺狼虎豹战，狗鼠虫豸战，还有绅士式的文妖作敌，贵族式的小姐忌恨。如今呢，可怜她们一方面要按着心灵的巨创，去吊死慰伤，一方面又恐慌着校长通缉，学校危险，似乎这艰难缔造的大厦，要快被敌人的铁骑蹂躏！

和珍！你一瞑目，一撒手，万事俱休。但是她们当这血迹未干，又准备流血的时候，能不为了你的惨死，瞻望前途的荆棘黑暗而自悲自伤吗？你们都是一条战线上的勇士，追悼你的，悲伤你的，谁能不回顾自己。

你看她们都哭倒在你灵前，她们是和你偕行去，偕行归来的朋友们，如今呢，她们是虎口余生的逃囚，而你便作了虎齿下的牺牲，此后你离开了她们永不能偕行。

和珍！我不愿意你想起我，我只是万千朋友中一个认识的朋友，然而我永远敬佩你做事的毅力，和任劳任怨的精神，尤其是你那微笑中给与我的热力和温情。前一星期我去看晶清，楼梯上逢见你，你握住我手微笑的静默了几分钟，半天你问了一句，"晶清在自治会你看见吗？"便下楼去了。这印象至如今都很真的映在我脑海。第二次见你便是你的血尸，那血迹模糊，洞穿遍体的血尸！这次你不能微笑了，只怒目切齿的瞪视着我。

自从你血尸返校，我天天抽空去看你，看见你封棺，漆材，和今天万人同哀的追悼会。今天在你灵前，站了一天，但是和珍，我不敢想到明天！

现在夜已深了，你的灵前大概也绿灯惨惨，阴气沉沉的静寂无人，这是你的尸骸在女师大最后一夜的停留了，你安静的睡吧！不要再听了她们的哭声而伤心！明天她们送灵到善果寺时，我不去执绋了，我怕那悲凉的军乐，我怕那荒郊外的古刹，我更怕街市上，灰尘中，那些蠕动的东西。他们比什么都蠢，他们比什么都可怜，他们比什么都残忍，他们整个都充满了奴气。

当你的棺材，你的血衣，经过他们面前，触入他们眼帘时，他们一面瞧着热闹，一面悄悄地低声咒骂你"活该"！他们说：

"本来女学生起什么哄,请什么愿,亡国有什么相干?"

虽然我们不要求人们的同情,不过这些寒心冷骨的话,我终于不敢听,不敢闻。自你死后,自这大屠杀闭幕后,我早已失丢了,吓跑了,自己终于不知道竟究去了哪里?

和珍!你明天出了校门走到石驸马大街时,你记得不要回头。假如回头,一定不忍离开你自己纤手铁肩,惨淡缔造的女师大;假如回头,一定不忍舍弃同患难,同甘苦的"偕行"诸友;假如回头,你更何忍看见你亲爱的方其道,他是万分懊丧,万分惆怅,低头洒泪在你的棺后随着!你一直向前去吧,披着你的散发,滴着你的鲜血,忍痛离开这充满残杀、充满恐怖、充满豺狼的人间吧!

沉默是最深的悲哀,此后你便赠给我永久的沉默。

我将等着,能偷生时我总等着,有一天黄土埋了你的黑棺,众人都离开你,忘记你,似乎一个火花爆裂,连最后的青烟都消灭了的时候,风暴雨夕,日落乌啼时,我独自来到你孤冢前慰问你黄泉下的寂寞。

和珍,梦!噩梦!想不到最短时期中,匆匆草草了结了你的一生!然而我们不幸的生存者,连这都不能得到,依然供豺狼虫豸的残杀,还不知死在何日?又有谁来痛哭凭吊齿残下的我们?

冷风一阵阵侵来,我倒卧在床上战栗!

三月廿五赴和珍追悼会归来之夜中写

雪　夜

　　北京城落了这样大这样厚的雪，我也没有兴趣和机缘出去鉴赏，我只在绿屋给受伤倒卧的朋友煮药煎茶。寂静的黄昏，窗外飞舞着雪花，一阵紧似一阵，低垂的帐帷中传出的苦痛呻吟，一声惨似一声！我黑暗中坐在火炉畔，望着药壶的蒸汽而沉思。

　　如抽乱丝般的脑海里，令我想到关乎许多雪的事，和关乎许多病友的事，绞思着陷入了一种不堪说的情状；推开门我看着雪，又回来揭起帐门看看病友，我真不知心境为什么这样不安定而彷徨？我该诅咒谁呢？是世界还是人类？我望着美丽的雪花，我赞美这世界，然而回头听见病友的呻吟时，我又诅咒这世界。我们都是负着创痛倒了又扎挣，倒了又扎挣，失败中还希冀胜利的战士，这世界虽冷酷无情，然而我们还奢望用我们的热情去温暖，这世界虽残毒狠辣，而我们总祷告用我们的善良心灵去改换。如今，我们在战线上又受了重创，我们微小的力量，只赚来这无限的忧伤！何时是我们重新扎挣的时候，何时是我们战胜凯旋的时候？我只向熊熊的火炉祷祝他给与我们以力量，使这一剂药能医治我病友霍然使她能驰驱赴敌再扫阴霾！

黄昏去了，夜又来临，这时候瑛弟踏雪来看病友，为了人间的烦恼，令他天真烂漫的面靥上，也重重地罩了愁容，这真是不幸的事，不过我相信一个人的生存，只是和苦痛搏战，这同时也在一件极平淡而庸常无奇的事吧！

我又何必替众生来忏悔？

给她吃了药后，我才离开绿屋，离开时我曾想到她这一夜辗转哀泣的呻吟，明天朝霞照临时她惨白的面靥一定又瘦削了不少！爱怜，同情，我真不愿再提到了，罪恶和创痛何尝不是基于这些好听的名词，我不敢诅咒人类，然而我又何能轻信人类……所以我在这种情境中，绝不敢以这些好听的名词来市恩于我的病友；我只求赐她以愚钝，因为愚钝的人，或者是幸福的人，然而天又赋她以伶俐聪慧以自戕残。

出了绿屋我徘徊在静白的十字街头了，这粉装玉琢的街市，是多么幽美清冷值得人鉴赏和赞美！这时候我想到荒凉冷静的陶然亭，伟大庄严的天安门，萧疏辽阔的什刹海，富丽娇小的公园，幽雅闲散的北海，就是这热闹多忙的十字街头，也另有一种雪后的幽韵，镇天被灰尘泥土蔽蒙了的北京，我落魄在这里许多年，四周只有层层黑暗的网罗束缚着，重重罪恶的铁闸紧压着，空气里那样干燥，生活里那样枯涩，心境里那样苦闷，更何必再提到金迷沉醉的大厦外，啼饥号寒的呻吟。然而我终于在这般梦中惊醒，睁眼看见了这样幽美神妙的世界，我只为了一层转瞬即消逝的雪幕而感到欣慰，由欣慰中我又发现了许多年未有的惊叹，纵然是只如磷火在黑暗中细微的闪烁，然而我也认识了宇宙尚有这一刹那的改换和遮蔽。我希望，我愿一切的人情世事都有这样刹那的发现，改正我这对世界浮薄的评判。

过顺治门桥梁时，一片白雪，隐约中望见如云如雾两行挂着雪花的枯树枝，和平坦洁白的河面。这时已夜深了，路上行人稀少，远远只听见犬吠的声音，和悠远清灵的钟声。沙沙地我足下践踏着在电灯下闪闪银光的白雪直觉到恍非人间世界。城墙上参差的砖缘，被罩着一层一层的白雪，抬头望：又看见城楼上粉饰的雪顶，和挂悬下垂的流苏。底下现出一个深黑的洞，远望见似乎是个不堪设想的一个恐怖之洞门。

我立在这寂静的空洞中往返回顾而踟蹰，我真想不到扰攘拥挤的街市上，也有这样沉寂冷静时候。

过了宣武门洞，一片白地上，远远望见万盏灯火、人影蠕动的单牌楼，真美，雪遮掩了一切污浊和丑恶。在这里是十字街头了，朋友们，不少和我一样爱好雪的朋友们，你们在这清白皎洁的雪光下，映出来的影子，践踏下的足踪，是怎么光明和伟大！今夜我投身到这白茫茫的雪镜中，我只照见了自己的渺小和阴暗，身心的四周何尝能如雪的透明纯洁；因为雪才反映出我自己的黑暗和污浊，我认识自己只是一个和罪恶的人类一样的影子，我又那能以轻薄的心理去责备人类，和这本来不清明的世界呢！朋友！我知所忏悔了！

爱恋着雪夜，爱恋着这刹那的雪景，我虽然因夜深不能去陶然亭，什刹海，北海，公园，然而我禁不住自己的意志，我的足踪忽然走向天安门，过西安门饭店的门前时，看见停着的几辆汽车，上边都是白雪，四轮深陷在雪里，黑暗的车厢中有蜷伏着的人影，高耸的洋楼在夜的云雪中扑迎着雪花，一盏半暗的电灯下照出门前零乱的足痕，我忽然想起《赖婚》中的一幕来，这门前有几分像呢！

走向前，走向前，叮叮当当的电车过去了，我只望着它车轮底的火花微笑！我骄傲，我是冒着雪花走向前去的，我未曾借助于什么而达到我的目的，我只是走向前，走向前。

进了西长安街的大森林，我远远看见天边四周都现着浅红，疏疏的枝桠上堆着雪花，风过处纷纷地飞落下来，和我的眼泪滴在这地上一样。过这森林时我抱着沉重的怆痛，我虽然能忆起往日和君宇走过时的足踪在那里，但我又怎敢想到城南一角黄土下已埋葬了两年的君宇，如今连梦都无。

过了三门洞，呵！这伟大庄严的天安门，只有白，只有白，只有白，漫天漫地一片皆白，我一步一步像拜佛的虔诚般走到了白石桥梁下，石狮龙柱之前，我抬头望着红墙碧瓦巍然高耸的天安门，我怪想着往日帝皇的尊严，和这故宫中遗留下的荒凉。踏上了无人践踏的石桥，立在桥上远望灯光明灭的正阳门，我傲然的立了多时，我觉着心境逐渐的冷静沉默，至于无所兴感这又是我的世界，这如梦似真的艺术化的世界。下了桥我又一直向前去，那新栽的小松上，满缀了如流苏似的雪花，一列一列远望去好像撑着白裙的舞女。前面有一盏光明的灯照着，我向前去了几步，似乎到了中山先生铜像基础旁便折回来。灯光雪光照映在我面上，我时我觉心地很洁白纯真，毫无阴翳遮蔽，因为我已不是在这世界上，我脱了一切人间的衣裳，至少我也是初来到这世界上。

我自己不免受人间一切翳蒙，我才爱白雪，而雪真能洗涤我心灵至于如雪冷洁，我还奢望着，奢望人间一切的事物和主持世界的人类，也能给雪以洗涤的机会，那么，我相信比用血来扑灭反叛的火焰还要有效！

十六年一月十四日雪夜

朝霞映着我的脸

——遗稿之三

上了车便如梦一样惊醒了我,睁眼看扰攘的街市上已看不见你们。我是极寂寞地归来;月光冷冰冰的射到我白围巾上,惨白的像我的心。一年之前我也在这样月光下走过。

如今,唉!新痕踏在旧痕之上,新泪落到旧泪之上,孤清的梅仍幽灵似的在这地球上极无聊的生存着。明知道人生如梦,万象皆空,然而我痴呆的心有时会糊涂起来,我总想尽方法使我遗弃一切,忘掉一切。不过,事实上适得反比例,在我这颗千疮百洞的心,朋友,你是永也不知道她的。我心幕有朝一日让风吹起你看时,一定要惊吓这样的糜烂和粉碎,二十年来我受了多少悲哀之箭和铁骑的践踏,都在这颗交付无人的小心上。

看见冷清的月儿,和凄寒的晚风吹着,我在兰陵春半醉半醒的酒已随风飞去,才想到我们这半天的梦又到了惊醒的时候。

就是在这种心情下，读你那充满了热诚和同情的信，可以说这是我多年来第一次接收朋友投给我的惠敬，我是感激的流下泪来！我应该谢谢上帝特赐我多少个朋友来安慰我这在孤冢畔痛哭的人。

你大概是还不十分知道我从前的生活。我一年之前，是脸上永没有笑容，眼泪永远是含在眼眶里的；一天至少要痛哭几次，病痛时常缠绕着我。

如今，我已好了，我能笑，我能许久不病，我能不使朋友们看见我心底的创痛和咽下去的泪，我已好了，朋友！一年前，你不信问问清，便知那时憔悴可怜的梅，绝不是现在这样达观快活的梅。这样，你还有什么不放心？况且有你这样幸福天真可爱的孩子逗我笑，伴我玩，我又哪好意思再不高兴呢，朋友呵！你说是不是？

我今天未接你信以前，你从清处走后，清便告诉我你对我的心，怕我忧伤的心，那时我已觉到难受！为什么我这样的人，要令人可怜和同情呢！

因之，我便想到一切，而使我心境不能再勉强欢笑下去。你不觉吗？你再回来时我已变了！到兰陵春我更迷惘，几次我眼里都流出泪来，使我不能把眼闭上。朋友！我到了不能支配自己、节制自己的时候，不仅朋友们看见难过，自己也恨自己的太不强悍。每次清娇憨骄傲的说到萍时，我便咽着泪下去，我是不能在人前骄傲的，我所能骄的，只有陶然亭畔那抔黄土。写到这里，我的泪不自禁地迸射出来。朋友呵！这是我深心底永不告人的话，今天大概为了醉，为了你那封充满热诚同情的信，令我在你面前画我心上的口供。然而你不准难受，也不准皱眉头，更不要替我不安。我这样生活，如目下，是很快乐的，是很可自慰的。

有朝一日你们都云散各方，遗弃忘掉了我时，我自己也会孤寂的在生活死的路上徘徊。

朋友！你不要太为我想吧！我是一切都完了的人，只有我走完我的途径，就回到永久去的地方了。我只祷告预祝弟弟们妹妹们朋友们的桃色的梦的甜蜜吧！大概所谓新生命，就是我从一年前沉郁烦结的生活中，到如今浪漫快活的生活中的获得；我已寻到了，朋友！我还有什么新生命？

"忘掉它"，我愿努力去忘掉它，但到我不能忘掉的时候，朋友！你不要视为缺憾吧！

一溜笔，写了这许多，赶快收住。

从此我们不提这些话吧！我是愿你们不要知道我夜里是如何过去，我只要你们知道我白天是如何忙碌和快活才好。在幸福如你朋友的面前，我更不愿提及这些不高兴的话，原谅我这一次吧！

写到此，不写了。写下去是永不完的。告诉你我一年多了，未曾写给人这样真诚而长的信。这样赤裸的把心拿出来写这长的信，朋友！愿你接收了梅姊今夜为了你信的真诚所挥洒的眼泪！

愿人间那些可怕的隔膜误会永远不到我们中间来，因之，我这封信是毫无顾忌，毫无回避地写的，是我感谢这冷酷残忍无情的人间一颗可爱的亮星而写的。昨夜写到这里我睡了，今朝，酒已醒了，便想捺住不投邮，又想何必令你失望呢。朝霞现在映着我的脸，我心里很快活呢！

梅　十五年十一月十八日晨

低头怅望水中月

——遗稿之四

开完会已六时余,归路上已是万盏灯火,如昨夜一样。我的心的落寞也如昨夜一样;然而有的是变了,你猜是什么呢!吃完饭我才拆开你信,我吃饭时是默会你信中的句子。

读时已和默会的差不多。我已想到你要说的话了,你看我多么聪明!

我最忘记不了昨夜月下的诸景。尤其是我们三人坐在椅上看水中的月亮,你低头微笑听我振动的心音;你又忽然告清我被犀拖去的梦。那时我真是破涕为笑了!朋友!你真是天真烂漫的好玩。你的洁白光明,是和高悬天边的月一样。我愿祝你,朋友,永远保有你这可爱的童性。一度一度生日这夜都记着我们这偶然的聚会,偶然的留迹。

朋友!你热诚的希望和劝导,我只咽泪感谢!同时我要掏出碎心向你请求，愿你不要介意我的追忆和心底的悲哀，那是出自一个深长的惨痛的梦里，我不能忘这梦，和我不能忘掉生命一样。我在北京城里，处处都有我们的痕迹，因之我处处都用泪眼来凭吊，碎心来抚摩。这在我是一种最可爱可傲又艳又哀的回忆，在别人，如你的心中或者感受到这是我绝大的痛苦吧！其实我并不痛苦，痛苦的或者还是你们这些正在作爱或已尝爱味的少爷小姐，如清如你。我再虔诚向你朋友请求，你不要为了我的伤痕，你因之也感到悲哀！

朋友！我过去我抱吻着旧梦，我未来我寻求生命的真实和安定，我是人间最幸福的人。朋友！你应该放心，你应该放心。

你所指示的例子，确是应该如斯释注。不过，我告诉你朋友，理智有时是不能支配感情的。不信，留你自己体验吧！

我如今，还羡慕你的生日是这样美丽，神秘，幽雅，甜蜜。假使明年那天我已不能共你度此一日，愿你，愿你，记得依你肩头怅望水中月的姊姊。

愿你，愿你，记得影双履齐，归途上默咽酸泪的姊姊。愿你，愿你，记得松林下并立远望午门黑影的姊姊。

我过去有多少可念可爱的梦，而昨夜是新刊下的印痕，我是为了追求这些梦生，为了追求这些梦死的人，我自然永忆此梦而终。

今天我说错了一句话，你马上的脸色变成那样苍白，我真惊，不过我也不便声张，所以我一直咽下去。后来你二次回来时，已好些了，不过我已看出你，今天居然仍会咽下悲切假装笑脸的本事了！我们认识后，我是得了你不少的笑和喜欢。我也愿我不要给忧愁与你；你不要为了清知道人生，为了我识得愁。此后再不准那样难过才好，允许了我，朋友！清那样难过，我真无法想。我还是懦弱不能在她所需要的事上帮助她。因之我为她哭，我为了恨萍哭！写的多了，再谈吧。

梅　十五年十一月二十二日夜中

我沉沦在苦忆中

——遗稿之五

我回来又去了彭小姐家一次,满天星斗中归来,我想起了君宇!

回来并不曾做稿,翻书箱找出若干旧稿不但可用而且还是好的稿子,我喜欢极了!

你也该喜欢吧,朋友!不只这期,许多期的论文都有了。不过我又翻出旧信来,看见F君从前写给我美丽的各色的许多信时,我才知道他如今是变了,不是我变,是他变了,变成了可怕的虚伪的敷衍。看见C君许多天真可爱的小信,令我热烈的想念他,我多时未看见他那沉默而黄白的脸了,我真想到他一种令人不能忘的印象。看见萍的信,我觉得人间的可怕和人情的不可靠,别人信我未看,露沙的信都检出来了,没有看。总之,在这些旧信中令我感到一种悼亡的伤感!唉!什么都过去了,往日如梦!想到你——朋友,你也是我朋友中之一,将来,或者你给与我的印象，大概也是这浅青色的几封信吧！梦醒后我所追求得到的，所遗给我的大概也仅仅是这点东西吧！

她帮助我想起一切的往事的，大概也是她们吧！世事人情，我真看透了，当时未尝不认真，过后呢，才不过是那么回事呢！可恨可怕的人心，我诅咒他，我怨恨他！

我又找出君宇初死时我给乃贤的信，披展开时，朋友！我真觉又冷森，又抖战，那零乱的字痕上，满染着泪迹，模糊中系埋着多少尸骸一样的可怕！

我要寄给你看，怕伤你心，我不寄了，总之我的泪迹你也见了不少了。

大概我们都高兴吧！今天灯光炉火下，双立着印在墙上的人影。假如我是有颗完整心的人时，那是多么快活呢，一对无虑的小儿女。但是，朋友！

人间是只有缺陷的，所以我们立在那种神秘恬静的灯火下，只是一对负伤的小鸟，互相呈露出自己的悲怆在默默无语中，在这样如画如诗的环境中，我们只为了这环境，更增我们宇宙缺陷之感！我那样心情下，第一令我难受的便是君宇了，我每次在一种静的环境中对着你朋友时我总想到君宇。真对不住你，而且也有点唐突你，我几次想喊你作"君宇"，当我看是朋友你的脸时，我自己苦笑了，今天我几次的笑都是笑我这样可怜的心呢！朋友！我真想他，假如他现在能如朋友你一样这样活活泼泼和我玩，我愿我马上死了都可以，不过，不能了，他是死了，谁都说他是死了两年之久了。然而，天呵！

为什么他不能在我心头死去呢？朋友！我今夜心海汹涌极了，我想死了的宇，我想到了母亲，我又想到这漂泊无人管的自己。这是十五年除夕之夜，然而朋友呵！我只沉沦在这样苦忆中而瞠目向天作无声之泣！

朋友！这是最后一张了，我不自禁的觉得万分悲怆！朋友！在这个信纸期中，我们是已经醒了多少次梦了，不过，朋友你和我的梦尚未全醒，但是，朋友！你千万不要为了可怜伤心的我这样的朋友而难受而悲怆！我早就不愿我给你印象太深，怕你将来难过，然而我见了你时，我又不能而且不忍压伏你和我自己的自然和天真。这样，我自己是时时觉醒着，我只怕你太难过呢！所以你自然不能不为了你可怜的朋友而伤心，不过，你千万不要把自己也卷入伤心的漩涡才好，我真有点怕呢！

我呵！认识你以来，大概给予了你的只是悲怆，令你变成了悲哀而失快乐的可怜小孩。我自己呢？自然是一半欢欣，一半悲怆！不过我总笑欢，如今，除了天涯几个知交外，你是可怜我同情我愿给我安慰快乐的一个忠诚的朋友！君宇有灵，他该怎样感谢你呵！你是这样待他遗给人间的梅妹。这时已一点半了，夜静得真有点冷，有点怕，我要睡了祝君宇来入梦！这最后一天，我不愿睡，我真想直坐到天明。想想这一年中的往事，有多少值得欢欣？有多少值得悲哀？有多少值得诅恨？有多少值得爱恋？

这一夜愿梦神吻着你的笑靥，赐以未来的幸福，和红豆主人的来临！

梅　十五年除夕

今夜简直不想睡了，我想理理东西，觉着什么都有点留恋，其实，不是什么都有点留恋，是有点留恋这十五年吧！我又开了手提箱，理了理你的信，今年是有这样厚厚的一束信。

我是惊奇的笑了！

梅　二时半又写

爆竹声中的除夕

　　这时候是一个最令人撩乱不安的环境，一切都在欢动中颤摇着。离人的心上是深深地厚厚地罩着一层乡愁，无论如何不想家的人，或者简直无家可想的人，他都要猛然感到悲怆，像惊醒一个梦似的叹息着！在这雪后晴朗的燕市，自然不少漂泊到此的旅客游子，当爆竹声彻夜的在空中振动时，你们心上能不随着它爆发，随着它陨落吗？这时的心怕要和爆竹一样的爆发出满天的火星。

　　而落下时又是那么狼藉零乱，碎成一片一节的散到地上。

　　八年了，我在北京城里听爆竹声，环境心情虽年年不同，而这种惊魂碎心的声音是永远一样的。记得第一年我在红楼当新生，仿佛是睡在冰冷的寝室床上流泪度过的；不忍听时我曾用双手按着耳朵，把头缩在被里，心里骗自己说："这是一个平常的夜，静静地睡吧！"第二年在一个同乡家里，三四个小时候的老朋友围着火炉畅谈在太原女师时顽皮的往事。笑话中听见爆竹，便似乎想到家里，跪在神龛前替我祝福的母亲。第三年在红楼的教室中写文章，那时我最好，好的是知道用功的读书，而且学的写白话文，不是先前的一味顽皮嘻笑了。不过这一年里，我认识了人间的忧愁。第四年我也是在红楼，陈夕之夜记得是写信，写一封悲凄哀婉的信，还做了四首旧诗。第五年我已出了红楼，住在破庙的东厢，这一年我是多灾多难，多愁多病的过去了。第六年我又到了一个温暖的家庭里寄栖，爱我护我如我自己的家一样；不幸那时宇哥病重，除夕之夜，是心情纷纭，事务繁杂中度过的。第七年我仍是寄居在这个繁花纷披的篱下，然相形之下，我笑靥总掩饰不住啼痕；当一个由远处挣扎飞来的孤燕，栖息在乐园的门里时，她或许是因在银光闪烁的镜里，现出她疮痛遍体的形状更感到凄酸的！况且这一年是命运埋葬我的时候。第八年的除夕，就是今夜了，爆竹声和往年一样的飞起而落下，爆发后的强烈火星，和坠落在地上的纸灰余烬也仿佛是一样；就是我这在人生轮下转动的小生命，也觉还是那一套把戏的重映演。

八年了，我仔细回忆觉我自己是庸凡的度过去了，生命的痕迹和历程也只是些琐碎的儿女事。我想找一两件能超出平凡可以记述的事，简直没有！

我悔恨自己是这样不长进，多少愿望都被命运的铁锤粉碎，如今扎挣着的只是这已投身到悲苦中奢望做一个悲剧人物的残骸。假使我还能有十年的生命，我愿这十年中完成我的素志，做一个悲剧的主人，在这灰黯而缺乏生命火焰的人间，放射一道惨白的异彩！

我是家庭社会中的闲散人，我肩上负荷的，除了因神经软弱受不住人世的各种践踏欺凌讪讽嘲笑，而感到悲苦外，只是我自己生命的营养和保护。

所以我无所谓年关的，在这啼饥号寒的冬夜，腊尽岁残的除夕，可以骄傲人了；因为我能在昏黯的电灯下，温暖的红炉畔，慢慢地回忆过去，仔细听窗外天空中声调不同的爆竹，从这些声音中，我又幻想着一个一个爆竹爆发和陨落的命运，你想，这是何等闲散的兴致？在这除夕之夜不必到会计室门前等着领欠薪，不必在冰天雪地中挟着东西进当铺，不必向亲戚朋友左右张罗，不必愁明天酒肉饭食的有无，这样我应该很欣慰的送旧迎新。然而爆竹声中的心情，似乎又不是那样简单而闲逸，我不知怎样形容，只感到无名的怅惘和辛酸！为了这一声声间断连续的炮竹声，扰乱了我宁静的心潮，那纤细的波浪，一直由官感到了我的灵魂深处，颤动的心弦不知如何理，如何弹？

我想到母亲。

母亲这时候是咽着泪站在神龛前的，她口中呢喃祷告些什么，是替天涯的女儿在祝福吧？是盼望暑假快临她早日归来吧？只有神知道她心深处的悲哀，只有神龛前的红烛，伴着她在落泪！在这一夜，她一定要比平常要想念我，母亲！我不能安慰你在家的孤寂，你不能安慰我漂泊的苦痛，这一线爱牵系着两地相思，我恨人间为何有别离？而我们的隔离又像银河畔的双星，一年一度重相会，暑假一月的团聚恍如天上七夕。母亲，岁去了，你鬓边银丝一定更多了，你思儿的泪，在这八年中或者也枯干了，母亲，我是知道的，你对于我的爱。我虽远离开你，在团圆家筵上少了我；然而我在异乡团贺的筵上，咽着泪高执着酒杯替别人祝福时，母亲，你是在我的心上。

母亲！想起来为什么我离开你，只为了，我想吃一碗用自己心血苦力挣来的饭。仅仅这点小愿望，才把我由你温暖的怀中劫夺出，做这天涯寄迹的旅客，年年除夕之夜，我第一怀念的便是你，我只能由重压的，崎岖的扎挣中，在远方祝福你！

想到母亲，我又想到银须飘拂七十岁的老父，他不仅是我慈爱的父亲，并且是我生平最感戴的知己；我奔波尘海十数年，知道我、认识我、原谅我、了解我的除了父亲外再无一人。他老了，我和璜哥各奔前程，都不能常在他膝前承欢；中原多事，南北征战，反令他脑海中挂念着两头的儿女，惊魂难定！我除了努力做一个父亲所希望所喜欢的女儿外，我真不知怎样安慰他报答他，人生并不仅为了衣食生存？然而，不幸多少幸福快乐都为了衣食生存而捐弃；岂仅是我，这爆竹声中伤离怀故的自然更有人在。

我想倦了娘子关里的双亲时，又想到漂流在海上的晶清，这夜里她驻足在哪里？只有天知道。她是在海上，是在海底，是在天之涯，是在地之角，也只有天知道。她这次南下的命运是凄悲，是欢欣，是顺利，是艰险，也只有天知道。我只在这爆竹声中，静静地求上帝赐给她力量，令她一直扎挣着，扎挣着到一个不能扎挣的时候。还说什么呢！

一切都在毁灭捐弃之中，人世既然是这样变的好玩，也只好睁着眼挺着腰一直向前去，到底看看最后的究竟是什么？一切的箭镞都承受，一切的苦恼都咽下，倒了，起来！倒了，起来！一直到血冷体僵不能扎挣为止。

走向前便向前走吧！前边不一定有桃红色的希望；然而人生只是走向前，虽崎岖荆棘明知险途，也只好走向前。渺茫的前途，归宿何处？这岂是我们所知道，也只好付之命运去主持。人生惟其善变，才有这离合悲欢，因之"生"才有意义，有兴趣；我祷告晶清在海上，落日红霞，冷月夜深时，进步觉悟了幻梦无凭，而另画一条战斗的阵线，奋发她厮杀的勇气！

我盼望她在今夜，把过去一切的梦都埋葬了，或者在爆竹声中毁灭焚碎不再遗存；从此用她的聪明才能，发挥到她愿意做的事业上，哪能说她不是我们的英雄？悲愁乞怜，呻吟求情，岂是我们知识阶级的女子所应为？

我们只有焚毁着自己的身体，当后来者光明的火炬！如有一星火花能照耀一块天地时，我们也应努力去工作去寻觅！

黄昏时，我曾打开晶清留给我的小书箱，那一只箱子上剥蚀破碎的痕迹，和她心一样。我检点时忽然一阵心酸，禁不住的热泪滴在她的旧书上。

我呆立在火炉畔，望着灰烬想到绿屋中那夜检收书箱时的她，其惨淡伤心，怕比我对着这寂寞的书箱落泪还要深刻吧！一直搁在我房里四五天了，我都不愿打开它，有时看见总觉刺心，拿到别的房里去我又不忍离它。晶清如果知道它们这样令我难处置时，她一定不愿给我了。

我看见时总想：这只破箱，剥蚀腐毁的和她心一样。

在一个梦的惊醒后，我和她分手了；今夜，这爆竹声中，她在哪里呢？

命运真残酷，连我们牵携的弱腕，他都要强行分散，我只盼望我们的手在梦中还是牵携着。夜已深了，爆竹声还不止。不宁静的心境，和爆竹一样飞起又落下，爆裂成一片一节僵卧在地上。

十五年除夕之夜

余　　晖

　　日落了，金黄的残辉映照着碧绿的柳丝，像恋人初别时眼中的泪光一样，含蓄着不尽的余恋。垂杨荫深处，现露出一层红楼，铁栏杆内是一个平坦的球场，这时候有十几个活泼可爱的女郎，在那里打球。白的球飞跃传送于红的网上，她们灵活的黑眼睛随着球上下转动，轻捷的身体不时地蹲屈跑跳，苹果小脸上浮泛着心灵热烈的火焰和生命舒畅健康的微笑！

　　苏斐这时正在楼上伏案写信，忽然听见一阵笑语声，她停笔从窗口下望，看见这一群忘忧的天使时，她清瘦的脸上现露出一丝寂寞的笑纹。她的信不能往下写了，她呆呆地站在窗口沉思。天边晚霞，像绯红的绮罗笼罩着这诗情画意的黄昏，一缕余晖正射到苏斐的脸上，她望着天空惨笑了，惨笑那灿烂的阳光，已剩下最后一瞬，陨落埋葬一切光荣和青春的时候到了！

　　一个球高跃到天空中，她们都抬起头来，看见了楼窗上沉思的苏斐，她们一起欢跃着笑道："苏先生，来，下来和我们玩，和我们玩！我们欢迎了！"说着都鼓起掌来，最小的一个伸起两只白藕似的玉臂说："先生！就这样跳下来罢，我们接着，摔不了先生的。"接着又是一阵笑声。苏斐摇了摇头，她这时被她们那天真活泼的精神所迷眩，反而不知说什么好，一个个小头仰着，小嘴张着，不时用手绢擦额上的汗珠，这怎忍拒绝呢！她们还是顽皮涎脸笑容可掬地要求苏斐下楼来玩。

苏斐走进了铁栏时，她们都跑来牵住她的衣袂，连推带拥地走到球场中心，她们要求苏斐念她自己的诗给她们听。苏斐拣了一首她最得意的诗念给她们，抑扬幽咽，婉转悲怨，她忘其所以的形容发泄尽心中的琴弦。念完时，她的头低在地下不能起来，把眼泪偷偷咽下后，才携着她们的手回到校舍。这时暮霭苍茫，黑翼已渐渐张开，一切都被其包没于昏暗中去了。

那夜深时，苏斐又倚在窗口望着森森黑影的球场，她想到黄昏时那一幅晚景和那些可爱的女郎们，也许是上帝特赐给她的恩惠，在她百战归来，创痛满身的时候，给她这样一个快乐的环境安慰她养息她惨伤的心灵。她向着那黑暗中的孤星祷告，愿这群忘忧的天使，永远不要知道人间的愁苦和罪恶。

这时她忽然心海澄静，万念俱灰，一切宇宙中的事物都在她心头冷寂了，不能再令她沉醉和兴奋！一阵峭寒的夜风，吹熄她胸中的火焰，仆仆风尘中二十余年，醒来只是一番空漠无痕的噩梦。她闭上窗，回到案旁，写那封未完的信，她说：

钟明：

　　自从我在前线随着红十字会做看护以来，才知道我所梦想的那个园地，实际并不能令我满意如愿。三年来诸友相继战死，我眼中看见的尽是横尸残骸，血泊刀光，原只想在他们牺牲的鲜血白骨中，完成建设了我们理想的事业，谁料到在尚未成功时，便私见纷争，自图自利，到如今依然是隐溺同胞于水火之中，不能拯救。其他令我灰心的事很多，我又何忍再言呢！因之，钟明，我失望了，失望后我就回来看我病危的老母，幸上帝福佑，母亲病已好了，不过我再无兄弟姊妹可依托，我不忍弃暮年老亲而他去。我真倦了，我再不愿在荒草沙场上去救护那些自残自害，替人做工具的伤兵和腐尸了。请你转告云玲等不必在那边等我，允许我暂时休息，愿我们后会有期。

　　苏斐写完后，又觉自己太懦弱了，这样岂是当年慷慨激昂投笔从戎的初志？但她为这般忘忧的天使系恋住她英雄的前程，她想人间的光明和热爱，就在她们天真的童心里，宇宙呢？只是无穷罪恶无穷黑暗的渊薮。

红鬃马

那是一个春天的早晨，一轮赤日拖着万道金霞由东山姗姗地出来，照着摩天攀云的韩信岭。韩信岭下的居民，睡眼朦胧中，忽然看见韩侯庙里的塔尖上，插着一杆雪白的旗帜，在日光中闪耀着，在云霄中飘展着。这时岭下山坡上，陆陆续续可以看见许多负枪实弹的兵士，臂上都缠着一块白布，表示革命军特别的标志。

他们是推倒满清，建设民国的健儿。一列一列整齐的队伍过去，高唱着激昂悲壮的军歌，一直惊醒了岭下山城中尚自酣睡的居民。

韩信岭四周的山城。为了这耀目的白采，勇武的健儿们，曾起了极大的纷扰，但不久这纷扰便归于寂静；居民依然很安闲愉快地耕种着田地，妇人也支起机轮纺织布匹，小孩们还是在河沟里掏螃蟹，沙滩上捡石子地玩耍着。

在当时纷扰中，隐约的枪声里，我和芬嫂、母亲扮着乡下人，从衙署逃出来，那时只有老仆赵忠跟着我们。枪林弹雨中，我们和一群难民跑到城外，那时天已黄昏，晚霞正照着一片柳林，万条金线慵懒地垂到地上。树荫下纵横倒卧着的都是疲惫的兵士，我们经过他们的面前连看都不敢看，只祷告不要因为这杂乱的足声惊醒他们的归梦。离城有五里地了，赵忠从东关雇来一辆驴车，母亲告诉车夫去南王村，拿着父亲的一封信去投奔一个朋友。我那时才十岁，虽然不知为什么忽然这样纷扰，不过和父亲分离时，看见父亲那惊吓焦忧的面貌，和母亲临行前收拾东西的匆促慌急，已知道这不幸的来临，是值得我们恐怖的！

逃难时我不害怕也不涕哭，只默默地看着面前一切的惊慌和扰乱，直到坐在车上，才想起父亲还陷在恐怖危险中，为什么他不和我们一块儿出来呢！问芬嫂，她掩面无语；问母亲时，她把我揽在怀中低低地哭了！夜幕渐渐低垂，树林模糊成一片漆黑。驴车上只认出互相倚靠蜷伏的三个人影。赵忠和车夫随着车走。除了车轮的转动，和黑驴努力前进的呼吸外，莫有一点响声。广漠的黑暗包围着。有时一两声的犬吠，和树叶的飘落，都令人心胆俱碎！到了南王村已是深夜，村门上有乡勇把守，因为我们是异乡人不许走进村。后来还是请来了父亲的朋友王仁甫，问明白后才让我们进去。过了木栅门，王宅已派人拿了灯笼来接，这时我心中才觉舒畅，深深地向黑暗的天宇吐了一口气。坐上王宅车到他家时，我已在路上睡着了。

这一夜，母亲和芬嫂都未安眠，我们焦虑着父亲的吉凶。芬嫂和母亲说："早知道这样两地悬念，还不如在一块儿放心。"母亲愈想愈觉着难过，但是在人家这里也不愿现出十分悲痛的样子。第二天，母亲唤醒我，才知道父亲已派人送信来了。说城中一切都平靖，革命军首领是我们同乡郝梦雄，他是父亲的学生，所以不仅父亲很平安，连这全县一百余村也一样平安。这消息马上便传布了全村,许多妇人领着自己的小孩来到王宅慰问我们!母亲很客气地接见了他们。那天午餐是全村的乡董公请,母亲在席上饮上三杯酒,庆祝这意外的平安!

午餐完毕,王宅用轿车送我们进城,这次不是那样狼狈了。一进城门,便看见军队排立着向我们举枪致敬。车进了大门,远远已看见父亲和一位雄壮英武全身军装的少年站在屏风门前迎接我们。下了车,我先跑过去抱住父亲,父亲笑着说:"过去给你梦雄哥行礼,不是他,我也许见不着你们了。"这时真说不出是悲是喜,母亲和芬嫂都在旁边擦着眼泪,父亲笑声中也带了几分酸意。我走到梦雄面前很规矩的向他行了礼,他笑着握了我的手说:"几年不见,妹妹已长大了,你还认识我吗?"他蹲下来捧着我的下颚这样问,我笑了,跑到母亲跟前去,父亲笑了,梦雄和赵忠他们都笑了!

过了几天,父亲和梦雄决定了一同进城,因为军旅中不便带女眷,所以把我们留在这里。在梦雄走的前一天,我们收拾好行装搬到南王村王仁甫家中暂住,等父亲派人来接我们。临行时父亲和梦雄骑着马送我们到城外,我也要骑马,父亲便把我抱在他的鞍上。时已暮春,草青花红,父亲和梦雄并骑缓缓地走过那日令我惊心的柳林,我忽然感到一种光荣,这光荣是在梦雄骑着的那匹红鬃马的铁蹄上!

到了东关外,父亲把我抱下马来,让我和母亲坐在车上去。我知道和父亲将要分离,心中禁止不住的凄哀,拉着父亲的衣角哭了!梦雄跳下马来,抚着我的额前短发,他说:"妹妹,你不要哭,过几天便派人来接你去省城。你想骑马,我那里有许多小马,我送你一匹,你不要哭,好妹妹。"母亲、芬嫂下了车和父亲、梦雄告别后,赵忠又抱我上了车。车轮动了，回头我见父亲和梦雄并骑站在山坡上，渐渐远了，我还见梦雄举扬着他的马鞭。

梦雄因为这次征服了岭南各县的逆军，很得当道的赞喜！回到省城后，全城的民众开大会欢迎他的凯旋。不久他便升了旅长，驻扎在缉虎营，保卫全城。在这声威煊赫后的梦雄，当时很引起我们故乡长老的评论。他家境原本贫寒，父亲是给人看守祠堂，母亲是个瞎子。他十岁时便离开家乡去漂泊，从戎数载，转战南北。谁都以为他早已战死沙场，哪料到革命军纷起后，他遂首先回来响应。不仅他少年得志令人敬佩，最使人艳羡的他还有一位美丽英武的夫人，听说是江苏人，她的来历谁都不知道，但是她的芳名冯小珊是这城里谁都晓得的。

我们到了省城后，便和梦雄住在一条胡同内。小珊比我大十岁，我叫她珊姐。她又活泼又勇武，憨缦天真中流露出一种庄严的神采，教人又敬又爱。梦雄和她感情很好，英雄多情，谁也看不出英武的梦雄在珊姐面前缠绵柔顺却像一只小羊。

过了中秋节后四天，是我的生日。父亲特别喜欢，张罗着给我过一个愉快幸福的生辰。那天早晨，母亲给我换上玫瑰色缎子的长袍，上边加了一件十三太保的金绒坎肩，一排黄澄澄的扣子上镌着我的小名；芬嫂与我梳了两条松长的辫子垂在两肩，她又从小银匣内拿出一条珠链给我挂在颈上。收拾好，母亲派人来叫我，芬嫂拉着我走到客厅。在廊下便听见梦雄和珊姐的笑声！我揭帘进去。珊姐一见我便跑过来握着我的手说："啊呀！好漂亮的小姑娘，你过来看看我送你的礼。""她一定喜欢我的，你信不信？"梦雄笑着向珊姐说。我走到母亲面前，母亲指桌上一个杏黄色的包袱说："你还不谢谢珊姐给你的礼。"我过去打开

261

一看，是一套黑绒镶有金边的紧身戎装，还有一顶绒帽。梦雄不等我看完，便领我走到前院，出了屏门那棵槐树下拴着两匹马，一匹是梦雄的红鬃马；还有一匹小马，周身纯白，鞍辔俱全。我想起来了，这是梦雄三月前允许了我的礼物。我真喜欢，转过身来深深地向他们致谢！那天收了不少的礼物，但是最爱的还是这两样。

不久我便进了学校，散课后，珊姐便和我骑着马去郊外，沿着树林和河堤，缓辔并骑；在夕阳如染，柳丝拂髾的古道上，曾留了不少的笑语和蹄痕。有时玩得倦了，便把马拴在树上，我们睡在碧茵的草地上，绿荫下，珊姐讲给我许多江南的风景；谈到她的故乡时，她总黯然不欢，我那时也不注意她的心深处，不过她不高兴时，我随着也就缄默了。

中学将毕业的前一年，梦雄和珊姐离开了我们去驻守雁门关。那时我已十六岁了，童年的许多兴趣多半改变。梦雄送给我的小白马，已长得高大雄壮。我想留着它不如送给珊姐自用，所以我决定送给她。在他们临行时，我骑着它到了城外关帝庙，父亲在那里设下了别宴。我下了马，和梦雄、珊姐握别时，一手抚着它，禁不住的热泪滴在它蒸汗的身上。珊姐骑着它走了三次，才追着梦雄的红鬃马去了。归途上，我感到万分的凄楚，父亲和母亲也一样的默然无语。斜阳照着疏黄的柳丝，我忽然想起六年前往事，觉童年好梦已碎，这一阵阵清峭的秋风，吹落我一切欢乐，像漂泊的落叶陨坠在深渊之中。

八年以后，暑假里，我由燕北繁华的古都，回到娘子关畔的山城。假如我尚有记忆时，真不信我欢乐的童年过后，便疾风暴雨般横袭来这许多人间的忧愁，侵蚀我，摧残我，使我终身墓葬于这荒冢寒林之中。

此后只有在一缕未断的情丝上，回旋着这颗迂回而悲凄的心，在一星未熄的生命余焰里，挥泪瞻望着陨落的希望之星，和不知止于何处的遥远途程。这自然不是我负笈千里外所追求的，又何尝是我白发双亲倚闾所希望的。然而命运是这样安排好了，我虽欲挣脱终不能挣脱。

这八年中，我在异乡沉醉过，欢笑过，悲愁过，痛哭过，遍尝了人间的甜酸辛辣；才知道世界原来是这个罪恶之薮，而我们偶然无意中留下的鸿爪，也许便成了一种忏悔罪恶的遗迹。恍惚迷离中，一切虽然过去了，消逝了，但记忆磨灭不了的如影前尘，在回忆时似乎尚可得一种空幻的慰藉。

黄昏的灯光虽然还燃着，但是酒杯里的酒空了，梦中的人去了，战云依然深锁着，灰尘依然飞扬着，奔忙的依然奔忙，徘徊的依然徘徊，我忽然踟蹰于崎岖荆棘的天地中，感到了倦旅。我不再追求那些可怜的梦影了。我要归去，我要回到母亲的怀里，暂时求个休息去。我倦了，我想我就是这样倒下去，我也愿在未倒时再看看我童年的摇篮，和爱我的双亲。

扎挣着由黑暗的旅舍中出来，我拂了拂衣襟上的尘土，抚了抚心上的创口，向皎洁碧清的天空深深地吐了一口气后，踏着月色独自走向车站。什么都未带，我不愿把那些值得诅咒，值得痛恨的什物，留在身畔再系绊我。就这样上了车，就这样刹那间的决定中抛弃了一切。车开行了，深夜里像一条蜿蜒在黑云中的飞龙，我倚窗向着那夜幕、庄严神秘的古都惨笑！惨笑我百战的勇士逃了！

谁都不晓得，这一辆车中载着我归来，当晨曦照着我时，我已离开古都有八百里，渐渐望见了崇岭高山，如笋的山峰上，都戴着翠冠，两峰之间的瀑布，响声像春雷一般。醒了，我一十余载的生之梦，这时被涧中水声惊醒了！禁不的眼泪流到我久经风尘的征衫！为了天堑削壁的群山，令我回想到幼年时经过的韩信岭，和久无音信的珊姐和梦雄。

　　下了火车，我雇了一只小驴骑到家；这比什么都惊奇，我已站在我家的门口了。湖畔一带小柳树是新栽的，晚风吹拂到水面，像初浣的头发，那边上马石前，卧着一只白花狗，张着口伸出血红的舌头，和着肚皮一呼一吸的，正看着这陌生的旅客呢！我把小驴系在柳树上，走向前去叩门，我心颤动着，我想这门开了后，不知将来的梦又是些什么？

　　到家后三天，家中人知我心境忧郁，精神疲倦。父亲爱怜我，让我去冠山住几天，他和小侄女蔚林陪着我。一个漂泊归来的旅客，乍承受了这甜蜜的温存和体贴，不觉感极涕下！原来人间尚有这块园地是会使我幸福的，骄傲的。上帝！愿永远这样吧！愿永远以这伟大的慈爱抚慰世上一切痛苦失望中归来的人吧！